認識文學，你不可不讀～

中國文學史綱要 筆記書

盧國屏——著

五南圖書出版公司 印行

作者序

這書不是新寫，而是三十四年前，就讀成功大學中文系大三時的筆記手稿，內容與座標軸、樹狀圖格式，除了少數文字因出版所需，修訂增刪補充外，都和當時手稿相同。

當年修習中國文學史課程時，因其重要且又巨大的內容，始終覺得必須有個更適合於掌握歷史縱向、橫向發展的方法，才能將書中龐雜豐富的人、事、時、地、物盡量瞭然於心，尤其不聰明的我。於是參考劉大杰先生《中國文學發展史》為底本，一邊細細閱讀、一邊將全書做了精要整理，再用成大的筆記本，以能夠增加自我理解的座標、樹狀格式，親手整理出來五份手稿筆記。

三十四年後，協助我多年的五南惠娟副總編，偶見我的筆記，鼓勵整理出版，以助初學者提綱挈領，於是始成此編。所以這既不是新作，更絕不是創作，這只是學生時期的讀書筆記。不過，當年筆記完成後，我進了政治大學深造，多年後仍常聽學弟妹提起，他們使用我的筆記影本，作讀書參考甚或準備升學考試，一代一代、影印再影印，記得當時我還問：仍能看得清楚嗎？如今手稿付梓，我真誠希望確實可以對學習者有些許貢獻便是。

通史類課程，在文史科系是至為關鍵重要的基本專業，如文學史、思想史、漢語言文字等，我自己覺得這些打底的課程，會深深影響一位學者日後的鋪陳，而我也不斷的向學生做如此的提醒。但相對的，這類課程其難就在於上下古今、橫貫東西，僅一個周代學術便是八百年縱向斷代，而稷下齊學、南方楚風，九流分派、十家之言，又是許多區域與橫向的擴充，初學者縱然確實盡力追隨老師，但也時而有「所謂伊人，在水一方。」之窘迫。於是，將通史的縱向歷時平面、橫向共時平面，以座標軸、樹狀圖方式，掌握綱要、融通理解，便是我自己讀書也建議給學生的小小心得。還是要強調，我非文學專業，讀書也沒有同儕好，只是我一直把自己當作是最笨的那個人。

這書有五個單元，分別是：總綱篇、小說篇、文章篇、詩歌篇、詞曲

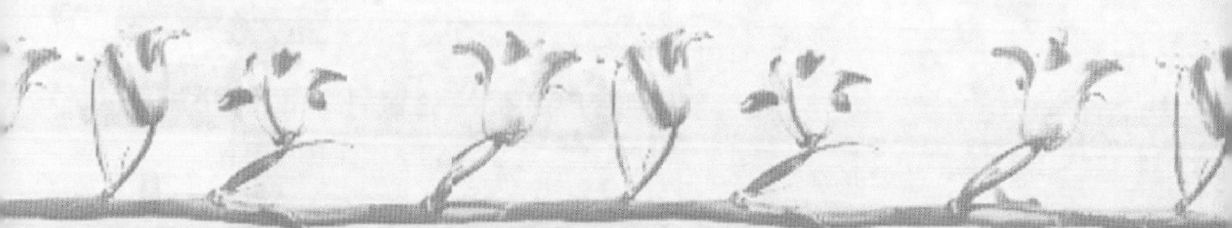

篇，當年的五本筆記也就是這五個單元。小說到詞曲篇，縱座標線由上往下，紀錄並呈現作家或作品的時代先後；橫座標線的右邊框框內，是個別作家作品特色的綱要敘述、左邊直排文字則是一小個斷代或一群文學集團的總特色、總評論等等。所有內容以重點整理為主，不包括作品賞析，這部分要靠讀者自己到劉書，或總集、別集裡去用功了。

總綱篇，有三十一個大單元，按文學通史由上往下的發展歷程與內容，將每階段的起源、作家、作品、流派、特徵、特色、優點、缺點等，以樹狀結構圖的方式，由左至右一一整理。總綱篇的每大單元有一個總標題、單元內又有若干小標題小單元，而這其實就是《中國文學發展史》書中三十一章的篇目與內文單元，我將之以樹狀圖整理、歸納、呈現，讓當時的我可以章節綱要去掌握全書。

中國文學史的書籍不在少數，各學者都會將自我的文學觀點、品評乃至好惡置於書中，又或者有的書著重作品分析、有的書很重視作者生平與各種考據，但其實每一本都有其特色。如果可以多找幾套文學史一一閱讀，這些不同學者的不同觀點，就不難在比較下理解的更全面。我覺得通史書的好看有趣，這也是原因之一。

那麼，劉大杰先生《中國文學發展史》的文學觀點與特色何在呢？既然我作了綱要，也就野人獻曝的歸納其幾個明顯的特徵，如下：

1. 重內容、輕形式
2. 重寫實、輕虛無
3. 重社會、輕華麗
4. 重經史、輕道學
5. 重散文、輕駢偶
6. 重豪放、輕柔靡
7. 重沉穩、輕浮誇
8. 重風骨、輕唯美
9. 重獨創、輕模擬
10. 重承繼、輕取巧

看得出來，劉先生偏向寫實主義、不好浪漫主義的文學史觀。以上只是往年讀書的小小心得，但藉此也提供讀者參考與指正。

近日整理手稿的過程裡，昔日讀書的種種自也浮上心頭。五本筆記是在那年盛夏七月的一個月內完成，包括反覆閱讀、逐字整理；教授我兩年文學史的，是溫文儒雅的呂興昌老師，我還修過他的左傳課，我極敬重的一位師長；夏日的成大校園，榕園周邊果樹的果實纍纍，附近滿是蟲鳴鳥叫；而暑假諾大校園與高大宿舍，大約只剩下了少數的僑生與我，寂靜得很；那宿舍

有十層樓高，暑假夜裡多數樓層與房間是黑的，偶爾電梯聲響，有些人可能會覺得絲絲驚悚，寫稿子的我倒是平靜如水，因為紙上滿篇都是早已神鬼的大作家，詩鬼李賀、仙才太白俱在桌前陪我，加以我最怕的嚴肅又嘮叨的韓昌黎公坐鎮，他還字「退之」呢！於是何懼之有，逐日愉快的完成了笨學生的讀書筆記。那年是民國七十三年、西元一九八四年。

感謝成大師長們的諄諄教誨，那裡是一個很棒的中文系。感謝政大指導教授李威熊先生、周何先生的後續提攜，引領我進入學問的潭奧。感謝五南圖書公司黃惠娟副總編、蔡佳伶責編的出版建議與協助。感謝本書的讀者們，我整理的不好、不足之處肯定太多，尚請海涵指教，畢竟學海無涯而當年青澀。

盧國屏　謹序

一零七年秋九月宜蘭細雨紛飛

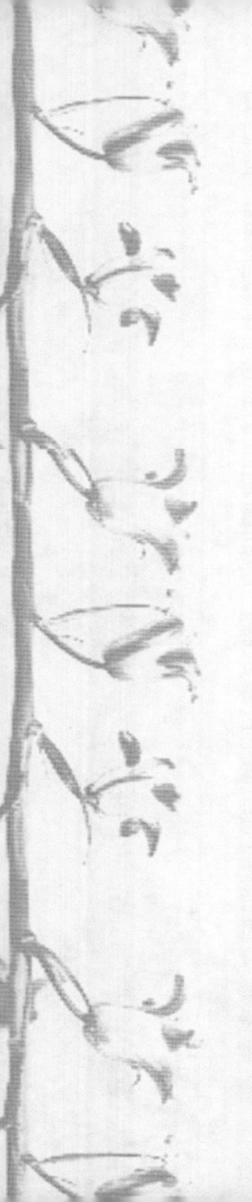

目錄

小說篇

文章篇

詩歌篇

詞曲篇

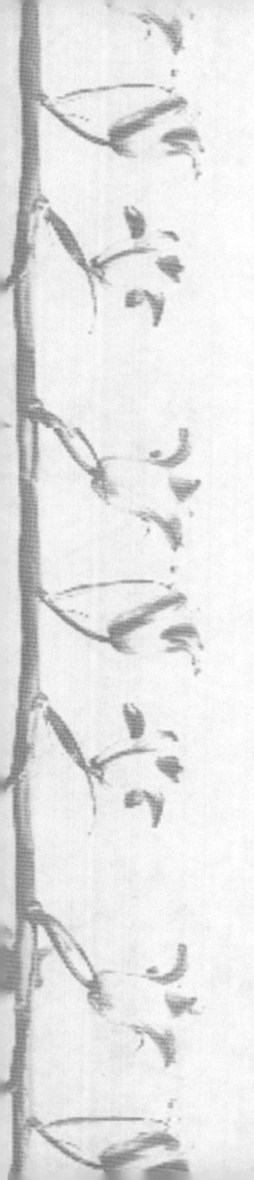

總綱篇

綱目

No.1

- 殷商卜辭
  - 社會狀況
    - 1. 經濟：畜牧→農業
    - 2. 社會：氏族→國家
    - 3. 精神文化
      - 宗教
        - 巫術迷信→庶物崇拜→占卜→巫覡→政經領袖→祭祀儀式→藝術
      - 文字：創造形成之階段→甲骨文
  - 原始文學：口頭歌謠→詩樂結合→後代韻文、散文之母
- 易經
  - 時代：商末周初
  - 作者：非一人之作乃當時史官編成
  - 社會文化狀態
    - 1. 父系家族制度完成
    - 2. 國家形式完備
    - 3. 農工商進步
    - 4. 庶物崇拜觀念殘存
    - 5. 天帝、祖先觀念形成。
  - 文學形式：有很好的歌謠、詩歌
  - 文學價值：卜辭→《易經》→《詩經》

No.2

- 一、詩經時代的社會型態
  - 農業發達→工商業發達→社會發達→宗教走入人本階段→人類感情豐富、思辨力強→哲學文學出現→《詩經》
  - 思想過程：周頌→大小雅→變風變雅→二南國風
- 二、詩經與樂舞之關係（詩樂舞合一）
  - 孔子：「吾自衛反魯，然後樂正，雅頌各得其所」
  - 墨子：「儒者頌詩三百，絃詩三百，歌詩三百，舞詩三百」
  - 史記：「三百五篇，孔子皆絃歌之以求合韶武雅頌之音」
  - 鄭樵：「古之達禮三：燕、享、祀，古之達樂三：風、雅、頌，禮非樂不行、樂非禮不舉」
  - 風因詩而爲樂，雅頌因樂而爲詩
- 三、宗教性之頌詩
  - 性質：爲宗教服務，娛神、宗教儀式
  - 形態：詩樂舞合一之舞歌，以舞容爲主
- 四、頌詩之演進（雅）
  - 性質：爲人事服務，娛人，主要是貴族，進入人事階段
  - 形態：宴會田獵詩，史詩：生民、公劉、綿綿瓜瓞、皇矣、大明
- 五、社會詩之產生與文學進展（變風變雅）
  - 性質：表現社會生活、民眾感情
  - 形態：社會詩
- 六、情歌小曲（二南．國風）
  - 性質：里巷歌謠、言情之作
  - 形態：抒情詩、民間歌謠

七、詩經的文學特色

- ㈠現實主義精神
- ㈡形體：二字句至九字句皆有，活潑自由，民歌本色
- ㈢韻律：里巷歌謠，出於天籟、和諧自然。或一二四句用韻、或隔句用韻、或句句用韻，多元的韻律規模，爲後代詩人所取法。
- ㈣語言
  - 語助詞
  - 描寫技巧
  - 聯綿詞、疊字、疊句

No.3 社會變革與散文的發展

- 一、散文興起的原因
  - 生產工具改變（鐵）→農工商發達→都市繁榮→土地兼併→舊政治、舊貴族沒落→學術普及→百家爭鳴→諸子時代→散文興起
- 二、歷史散文
  - 《尚書》—中國最古的散文
  - 《春秋》—文字簡練平淺
  - 《左傳》—上承《尚書》、《春秋》，下開《國策》、《史記》
  - 《國策》—敷張揚厲，變本加奇
- 三、哲理散文
  - 《老子》、《論語》—語錄體，私人著述之開始
  - 《墨子》—論辯文之開始，立儀、三表法（考之、原之、用之），辟侔援推
  - 《孟子》—有文采、知言、養氣
  - 《莊子》—新奇有味，輕飄無痕
  - 《荀子》—樸質簡約；《韓非》—深刻明切：思想有特色，然散文形式只是承流而無開創

No.4

一、南北文化的交流和楚國文化的發展
- ㈠南北文化交流：楚→蠻夷→強大→稱雄爭勝→南北諸侯交涉→文化交流
- ㈡《詩經》與《楚辭》：《詩經》影響《楚辭》，楚臣引經，又如語言：兮、只、也、些

二、楚辭的特質
- ㈠受楚國宗教影響：殷商文化自然環境→信神鬼重淫祀→神話傳說→幻想力→詩歌、舞樂
- ㈡受南方音樂影響
  - 1. 依《左傳》、《呂氏春秋》記載，當時樂調中已有南音
  - 2. 《楚辭》以前之南方歌謠
    - 〈越人歌〉
    - 〈徐人歌〉
    - 〈孺子歌〉
- ㈢受楚國語言影響：方言、口語
- ㈣受楚國地理環境影響：山林皋壤、文思奧府、言志抒情

三、屈原的生平與作品——〈橘頌〉、〈九歌〉、〈抽思〉、〈思美人〉、〈離騷〉、〈天問〉、〈招魂〉、〈涉江〉、〈哀郢〉、〈懷沙〉

四、屈原文學之思想與藝術
- ㈠愛國精神之發揚　㈡強烈之政治傾向　㈢不屈不撓之奮鬥精神
- ㈣藝術特色
  - 1. 浪漫主義精神　2. 詩律的解放與創作　3. 語言靈活
  - 4. 想像力豐富　5. 對後世影響深遠

五、宋玉
- 九辯是最可信的作品，落魄文人的自憐自歎，與屈原風格相反
- 唐勒、景差：與宋玉同為屈派詩人，作品則早已失傳

No.5 秦代

- 一、秦帝國的統一與學術思想的轉變
  - ㈠法治主義
  - ㈡《詩經．秦風》—秦族最早之詩歌，多車馬田獵，悲壯激昂，唯蒹葭情韻綿邈
  - ㈢《尚書．秦誓》—秦族最早之散文，穆公罪已之作，文字通達簡練
  - ㈣石鼓文—多敘游獵，亦有祝頌、燕飲之作，文體近雅頌
- 二、荀子的賦
  - 賦　篇
    - ㈠荀子居楚，但不受《楚辭》影響，蓋以學術思想爲文也
    - ㈡以賦名篇之始
    - ㈢是一種說理的散文，表面詠物，內容說理，目的是學術教育、宣傳思想
  - 成相辭
    - ㈠非詩非賦、非散文，是一種歌謠式的自由體
    - ㈡目的是規箴教訓
  - 佹　詩
    - ㈠詩賦混合之體裁
    - ㈡表現政治思想
- 三、李斯的銘
  - ㈠散文—敷陳排比，氣勢奔放，上承縱橫、下開漢賦
  - ㈡銘—歌功頌德，缺乏感情，敷陳直述，賦化象徵

秦代作品大都有賦化傾向，此時是漢賦之醞釀期

No.6

漢賦的發展與演變

- 一、漢賦興起的原因
  - (一)政治經濟的關係－國力充實→社會繁榮→貴族附庸風雅→題材取資
  - (二)文體本身的發展－四言詩衰，屈宋辭賦興
  - (三)獻賦考賦－利祿之路，作者鼎沸
  - (四)學術思想的統制－獨尊儒術，賦以諷喻、倫理之面目興盛
- 二、漢賦的特質
  - (一)半詩半文之混合體
  - (二)散文、說理、詠物成分加強
  - (三)鋪采摛文、直書其事
- 三、漢賦之發展趨勢
  - (一)形成期－賈誼、陸賈、枚乘－鵩鳥賦、七發
  - (二)全盛期－司馬相如、東方朔、枚皋、王褒、子虛、上林、洞簫
  - (三)模擬期－楊雄、班固
  - (四)轉變期－張衡、趙壹、蔡邕、禰衡－短賦、刺世疾邪賦
- 四、漢賦的演變
  - 魏晉賦
    - 特徵
      - (一)篇幅短小　(二)字句清麗
      - (三)題材擴大　(四)個性化、情感化
    - 曹魏－曹植、王粲
    - 西晉－潘岳、陸機、左思
    - 東晉－王羲之、孫綽、陶潛
  - 南北朝駢賦
    - (一)以短賦為主　(二)由散文變而為詩
    - (三)纖巧雕鏤　(四)多寫豔情哀怨
  - 唐宋律賦文賦
    - 律賦－注重音韻對偶
    - 文賦－以散文方法作賦，清新可喜

No.7 司馬遷與

- 一、司馬遷的生平一略
- 二、史記的史學價值
  - (一)新創的體制—通史、本紀、世家、列傳、書、表
  - (二)進步的觀點—突出人物在歷史進程中之重要性
  - (三)嚴肅的態度—收集資料，謹嚴分析
- 三、史記的文學價值
  - (一)豐富的思想內容—賢者必著，惡者必伐
  - (二)高度的語言藝術—詞彙豐富，整潔精煉
  - (三)善於描寫人物—個性分明，形象生動
  - (四)史家絕唱、無韻離騷—歷史價值、繼承楚辭
  - (五)影響—散文、小說、戲曲
- 四、漢書與政論文
  - (一)《史記》漢書異同
    - 觀點
      - 私史
      - 官史
    - 語言
      - 單筆、通俗
      - 排偶、艱深
    - 體例
      - 通史
      - 斷代史
  - (二)政論文—語言質樸、內容豐富
- 五、王充的文學觀
  - (一)主實用
  - (二)重內容
  - (三)反模擬
  - (四)尚通俗
  - (五)不滿辭賦

No.8

- 一、緒論—模擬詩
  - 四言體—無生氣
  - 楚辭體—較有生趣，五噫四愁是五七言詩之初形
- 二、樂府中之民歌
  - 樂府—武帝時成立，收貴族頌辭、民間歌謠
  - 特色—語言質樸、內容眞實、情感豐富、合樂而歌
- 三、五言詩之起源與成長
  - 起源
    - 起於枚乘—劉勰、徐陵之主張
    - 起於李陵—文選、詩品之主張
  - 成長：西漢醞釀期→班固、張衡成長期→魏晉成熟期
- 四、古詩十九首
  - (一)東漢建安五言詩成熟期之代表作
  - (二)質樸、平淺、自然、無奇闢之思、驚險之句
  - (三)亂世情感之表現
- 五、敘事詩
  - (一)五言詩成立，敘事詩始興
  - (二)〈上山采蘼蕪〉、〈陌上桑〉、〈羽林郎〉、〈悲憤詩〉、〈孔雀東南飛〉
- 六、結語—漢詩之價值、地位
  - (一)現實主義精神之表現
  - (二)新形式之創造〈五七言〉
  - (三)語言：質樸、自然

No.9

- 一、魏晉文學的社會環境
  - ㈠政治紊亂，文士被屠
  - ㈡儒學衰微
  - ㈢老莊哲學復活
  - ㈣新的人生觀
  - ㈤道佛之傳佈
- 二、文學理論之建設
  - 曹丕
    - ㈠強調文學氣勢
    - ㈡著重作者個性與文學風格之關係
    - ㈢注重純文藝
    - ㈣文體之分辨
  - 陸機
    - ㈠內容形式兩全
    - ㈡情感想像重要
    - ㈢反模擬
  - 葛洪
    - ㈠德行文章並重－推翻德本文末思想
    - ㈡文學是進化的－推翻貴古賤今思想
- 三、魏晉文學的傾向
  - ㈠具玄虛傾向－玄言詩文
  - ㈡具遊仙思想－遊仙詩文
  - ㈢隱逸之田園山水－田園詩文
  - ㈣現世的快樂思想
- 四、魏晉的神怪小說
  - ㈠中國可靠之小說自魏晉始
  - ㈡漢末巫風→鬼道→佛道流傳→神怪小說
  - ㈢《漢武帝內傳》、《列異傳》、《搜神記》……

No.10

- 一、建安文學
  - 特色
    - 體裁
      - 樂府歌辭之製作
      - 七言詩體之正式成立
    - 內容
      - 保存樂府詩之寫實主義精神
      - 開兩晉玄言之端
  - 代表
    - 建安七子、三祖陳王
    - 王粲—駢儷、雕琢
    - 劉楨—氣過其文、雕潤恨少
    - 曹操—長於才氣
    - 曹丕—長於情韻、文學批評、七言詩體之成立
    - 曹叡—有氣勢而弱才情
    - 曹植—性格分明、意境高遠、擴大五言詩範圍
- 二、正始文學
  - 特色
    - 內容風格—虛無玄言
    - 表現手法—象徵、隱蔽
  - 代表：竹林七賢
    - 阮籍—長五言、詠懷詩、憂思傷心、隱晦
    - 稽康—長四言、清遠峻切
- 三、太康文學
  - 特色
    - 形式主義興盛
    - 有時代共性、無作家個性
  - 代表
    - 三張二陸兩潘一左
    - 惟左思無通病，有漢魏風格〈詠史〉
- 四、永嘉文學
  - 特色—於時篇什理過其辭、淡平寡味、似道德論
  - 代表
    - 劉琨—寫家國之痛，悲憤而有餘哀
    - 郭璞—寫逃世之情，玄虛而消極
- 五、陶淵明—性格分明、情感眞實、理想高遠、語言質樸

No.11

- 一、形式主義的興盛
  - ㈠荒淫的君主貴族、掌握文壇
  - ㈡儒學衰微、虛浮、玄言繼續
  - ㈢文學觀念之進展
  - ㈣聲律說之興起
- 二、新詩體之製作
  - ㈠古詩之變體（換韻）
  - ㈡長短體之產生（詞）
  - ㈢小詩之勃興（絕句）
  - ㈣律體之產生（律詩）
- 三、山水文學與色情文學
  - 山水文學
    - 興起原因
      - ㈠現世之厭惡
      - ㈡遊仙哲理空虛
      - ㈢文士佛徒交遊
    - 特色－客觀描寫、儷采百字之偶、爭價一句之奇
    - 代表－謝靈運、謝朓
  - 色情文學
    - 特色－以豔麗辭句，和諧音律寫色情內容
    - 代表－梁簡文帝（成立）、陳後主、隋煬帝（繼之）

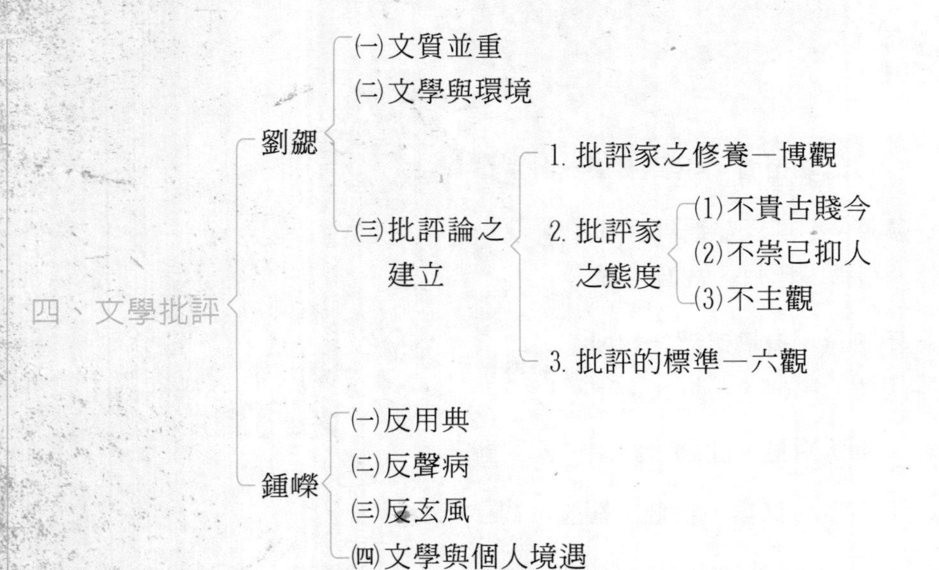
四、文學批評
劉勰
(一)文質並重
(二)文學與環境
(三)批評論之建立
1. 批評家之修養—博觀
2. 批評家之態度
(1)不貴古賤今
(2)不崇已抑人
(3)不主觀
3. 批評的標準—六觀
鍾嶸
(一)反用典
(二)反聲病
(三)反玄風
(四)文學與個人境遇
五、小說
老人—《世說新語》—文字清俊簡麗
志怪—《冥祥記》、《冤魂志》—釋氏輔教之書

No.12

南北朝樂府及詩人

- 一、南方民歌
  - 特色—形式短小、情感豐富、風格清新、內容貧乏
  - 特徵—五言四句、雙關隱語、問答形式
  - 代表
    - 〈吳歌〉—江南—豔麗柔弱
    - 〈西曲〉—荊楚—浪漫熱烈
- 二、北方民歌
  - 特色
    - 內容—偏重社會生活
    - 表現—直率熱烈
  - 代表—〈梁鼓角〉、〈橫吹曲〉、〈木蘭詩〉
- 三、南朝詩人
  - (一)宋元嘉體
    - 特色—巧似、繁蕪、雕琢、用典
    - 代表
      - 顏延之—雕琢、晦澀、貴族氣重
      - 謝靈運
        - 形式—駢偶、雕琢、開山水寫實一派
        - 內容—詩風質樸、打破玄言詩風
      - 鮑　照
        - 樂府歌辭、自由、雄俊、打破當代華靡詩風
        - 七言詩繼曹丕而作，影響李白、岑參、高適
      - 湯惠休—清新活潑，具民歌特色

- (二)齊永明體
  - 特色—聲律說→形式→唯美→宮體文學
  - 代表
    - 竟陵八友，以謝朓、沈約爲代表
    - 謝朓
      1. 山水詩，繼謝靈運而作，然清綺俊秀，善溶裁、不淫靡
      2. 五絕正式成立
      3. 意銳才弱、佳句多、佳篇少
- (三)梁陳宮體文學
  - 特色—宮體文學大盛
  - 代表
    - 梁氏父子—善擬江南民歌小詩、豔曲連篇
    - 江淹—善擬古
    - 庾肩吾、徐摛—宮體翹楚
    - 何遜、吳均—清正之音
    - 陳後主、江總—狎客文學
    - 陰鏗、徐陵—律體發展

- 四、北朝詩人
  - 特色－受南方形式主義影響，宮體文學亦盛
  - 代表
    - 胡太后－楊白花〈北方宮體文學〉
    - 北地三才－邢邵、魏收、溫子昇
    - 王褒－淒切雄渾
    - 庾信－深沈、蒼健
    - （王褒、庾信）眞正代表北地、清貞剛健之情調
- 五、隋代詩人
  - 特色
    - 前有文帝復古、從軍、出塞之內容，開唐邊塞詩先聲
    - 後有煬帝之宮體復古、形式主義又興
  - 代表
    - 楊　素
    - 虞世基
    - 薛道衡
    - （楊素、虞世基、薛道衡）質樸、無脂粉味、清遠俊拔
    - 煬帝－善以七言翻作樂府，內容則又是宮體

No.13 唐代文學的新發展

- 一、唐詩興盛之原因
  - (一)詩人地位之轉移—貴族→民間詩人
  - (二)政治背景—君主好尚、以詩取士
  - (三)詩體進化之歷史性
- 二、唐代之古文運動
  - (一)興起原因
    - 1. 形式主義思潮之反動
    - 2. 儒家思想之抬頭
  - (二)優點
    - 1. 使淫靡駢文衰退
    - 2. 使文學與人生社會連繫
    - 3. 散文創作得到好成績
  - (三)缺點
    - 1. 造成貴古賤今之觀念
    - 2. 使文學失去藝術生命
    - 3. 紊亂文學與學術界限
  - (四)代表
    - 《中說》—首開文以載道觀念
    - 唐代史家—批評六朝淫靡文風
    - 柳冕—尊聖宗經、初步建立道統文學理論
    - 韓愈—尊儒排佛、反駢重散、文道合一
    - 柳宗元—求道亦求文
    - 皮日休、陸龜蒙、羅　隱—激憤、諷刺

二、唐代短篇小說之進展

- 特點
  - (一)完整小說形式之建立
  - (二)作者態度之轉變
  - (三)浪漫主義與現實主義之結合
  - (四)受變文影響
  - (五)與古文運動相推展
- 代表
  - (一)初唐小說—《古鏡記》、《白猿傳》
  - (二)諷刺小說—《枕中記》、《南柯太守傳》
  - (三)愛情小說—《李娃傳》、《霍小玉傳》、《鶯鶯傳》
  - (四)歷史小說—《長恨歌傳》、《東城父老傳》
  - (五)俠義小說—《虯髯客傳》
- 發生原因
  - (一)受古文運動鼓盪
  - (二)受唐人溫卷風氣影響
  - (三)經濟繁榮產生市人小說
  - (四)唐人科舉之幻滅
  - (五)俗文學抬頭
- 影響
  - (一)開我國寫實短篇小說之始
  - (二)開宋以後市人小說徯徑
  - (三)創人物形象刻畫之典型
  - (四)傳奇題材爲詩人詠誦對象
  - (五)予後代戲曲寫作題材

四、唐代之變文

- (一)發見—史坦因、伯希和
- (二)來源—佛經→想像力、韻散夾雜→譯經→轉讀、梵唄、唱導→變文
- (三)形態
  - 1. 先以散文演過故事、再以韻文歌唱—《維摩詰經變文》、《降魔變文》
  - 2. 只以散文作引子，主體爲韻文—《大目乾連冥間救母變文》
  - 3. 韻散夾雜—伍子胥變文
- (四)類別
  - 1. 演述佛事—《維摩詰經變文》、《降魔變文》、《大目乾連冥間救母變文》
  - 2. 演述史事、民間故事—《伍子胥變文》、《秋胡變文》
- (五)影響
  - 1. 話本
  - 2. 彈詞
  - 3. 小說
  - 4. 戲曲

No.14

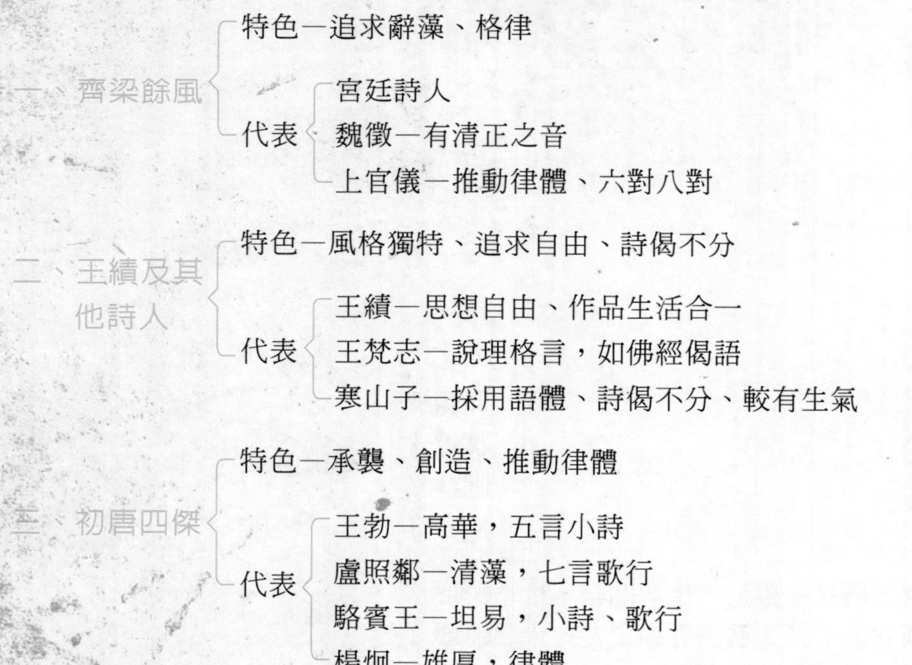
一、齊梁餘風
特色—追求辭藻、格律
代表
宮廷詩人
魏徵—有清正之音
上官儀—推動律體、六對八對
二、王績及其他詩人
特色—風格獨特、追求自由、詩偈不分
代表
王績—思想自由、作品生活合一
王梵志—說理格言，如佛經偈語
寒山子—採用語體、詩偈不分、較有生氣
三、初唐四傑
特色—承襲、創造、推動律體
代表
王勃—高華，五言小詩
盧照鄰—清藻，七言歌行
駱賓王—坦易，小詩、歌行
楊炯—雄厚，律體

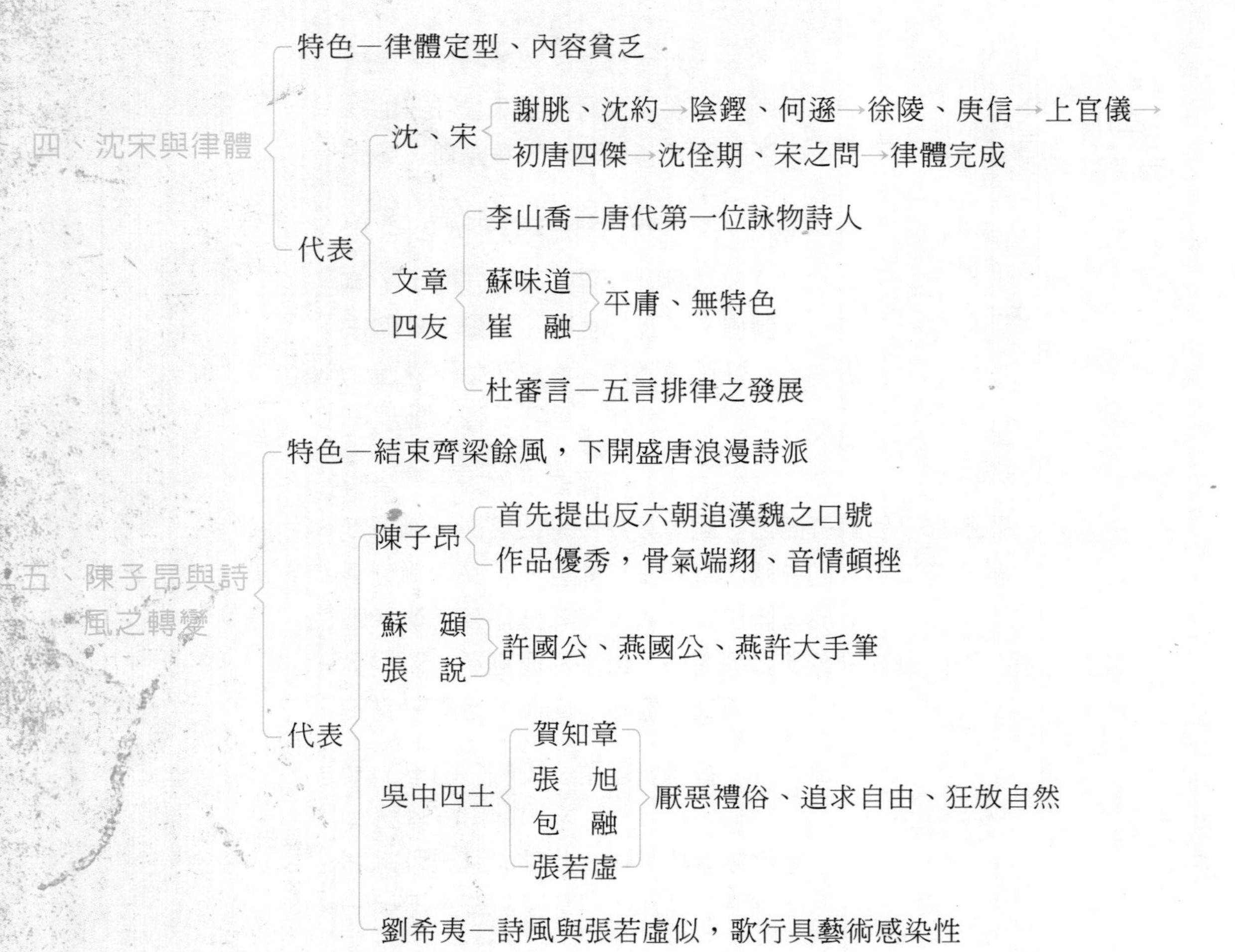
四、沈宋與律體
特色－律體定型、內容貧乏
代表
沈、宋
謝朓、沈約→陰鏗、何遜→徐陵、庾信→上官儀→
初唐四傑→沈佺期、宋之問→律體完成
文章四友
李山喬－唐代第一位詠物詩人
蘇味道
崔　融
平庸、無特色
杜審言－五言排律之發展
五、陳子昂與詩風之轉變
特色－結束齊梁餘風，下開盛唐浪漫詩派
代表
陳子昂
首先提出反六朝追漢魏之口號
作品優秀，骨氣端翔、音情頓挫
蘇　頲
張　說
許國公、燕國公、燕許大手筆
吳中四士
賀知章
張　旭
包　融
張若虛
厭惡禮俗、追求自由、狂放自然
劉希夷－詩風與張若虛似，歌行具藝術感染性

No.15

- 一、王孟詩派
  - 特徵
    - (一)詩體—長於五言
    - (二)風格—恬淡雅靜、無奔放雄渾之風
    - (三)題材—田園山水
    - (四)人生觀—佛道、退隱、消極
  - 代表
    - 王維—意象、神韻、清逸、曠淡
    - 孟浩然—退隱進取衝突、平淡悲憤兼有、風格明朗、語言清澈
    - 儲光羲—努力寫農夫、樵子之田園生活
    - 劉長卿—五言之長城、王維靜、劉氏閑、此二人之異
    - 韋應物—澹遠清雅、有意學陶、與劉長卿爲五言雙璧
    - 柳宗元—學陶、學謝
- 二、岑高詩派
  - 特徵
    - (一)詩體—長於七言
    - (二)風格—奔放雄偉，以氣象見長
    - (三)題材—邊塞、戰爭、征人、離婦
    - (四)人生觀—現世樂歡、積極
  - 代表（長於樂府歌行）
    - 岑參—樂府歌行、險怪雄奇
    - 高適—似岑參、然雄奇外又加征人、思婦之蒼涼、哀怨
    - 李頎—七言歌行，慷慨悲涼
    - 崔顥—風骨凜然、氣象雄渾

王昌齡—善寫宮闈離情

王之渙
王　翰

（王之渙、王翰）—雄渾生動

（以上）—長於絕句

三、李白

籍貫—隴西、西域、四川、山東、金陵

成就—完成陳子昂之詩歌革新

代表

樂府民歌—清新自然
長篇歌行—雄偉自由
恬淡詩—恬靜淡遠
絕句—境界神遠

（以上）—集大成者

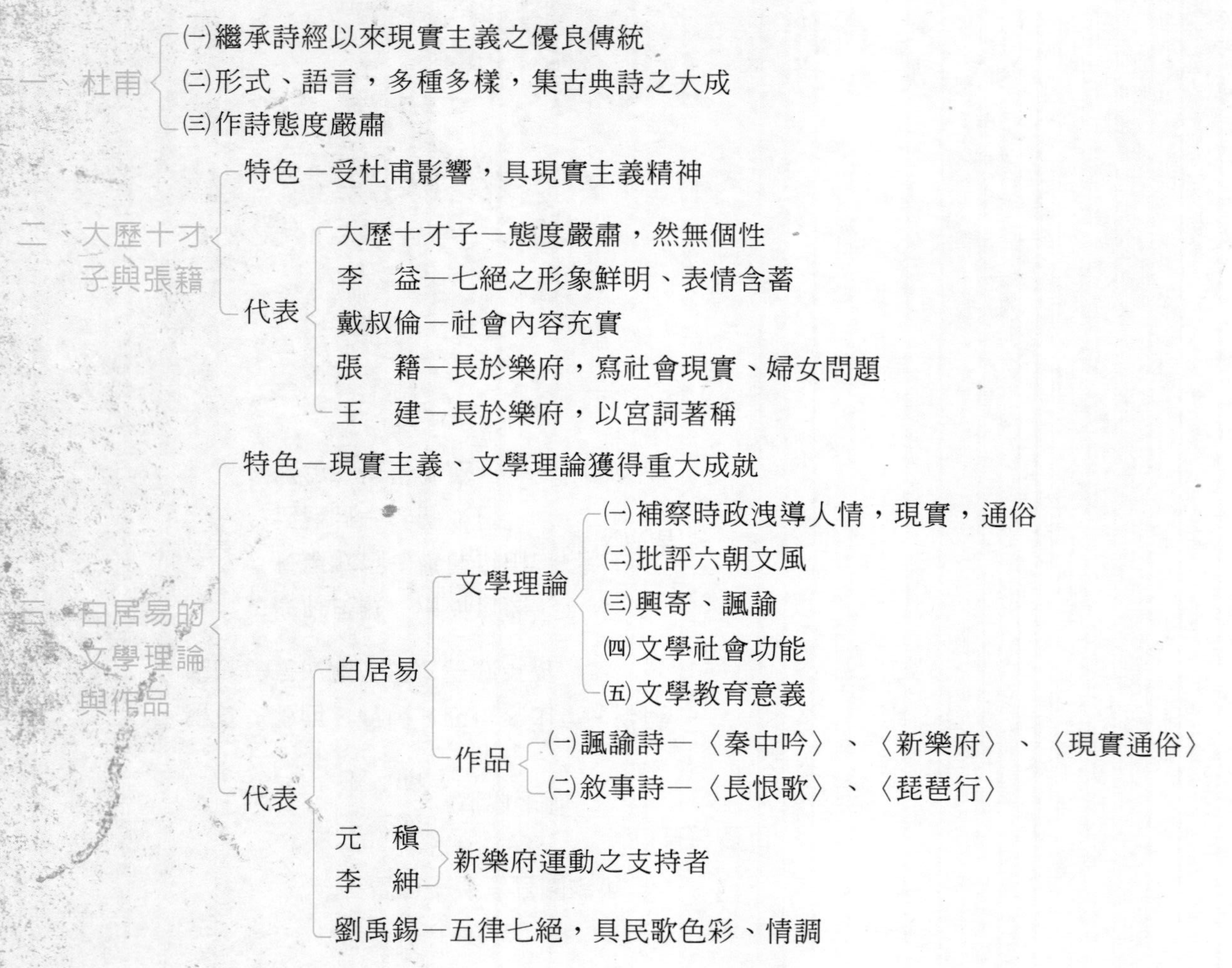

- 一、杜甫
  - ㈠繼承詩經以來現實主義之優良傳統
  - ㈡形式、語言，多種多樣，集古典詩之大成
  - ㈢作詩態度嚴肅
- 二、大歷十才子與張籍
  - 特色－受杜甫影響，具現實主義精神
  - 代表
    - 大歷十才子－態度嚴肅，然無個性
    - 李　益－七絕之形象鮮明、表情含蓄
    - 戴叔倫－社會內容充實
    - 張　籍－長於樂府，寫社會現實、婦女問題
    - 王　建－長於樂府，以宮詞著稱
- 三、白居易的文學理論與作品
  - 特色－現實主義、文學理論獲得重大成就
  - 代表
    - 白居易
      - 文學理論
        - ㈠補察時政洩導人情，現實，通俗
        - ㈡批評六朝文風
        - ㈢興寄、諷諭
        - ㈣文學社會功能
        - ㈤文學教育意義
      - 作品
        - ㈠諷諭詩－〈秦中吟〉、〈新樂府〉、〈現實通俗〉
        - ㈡敘事詩－〈長恨歌〉、〈琵琶行〉
    - 元　稹、李　紳－新樂府運動之支持者
    - 劉禹錫－五律七絕，具民歌色彩、情調

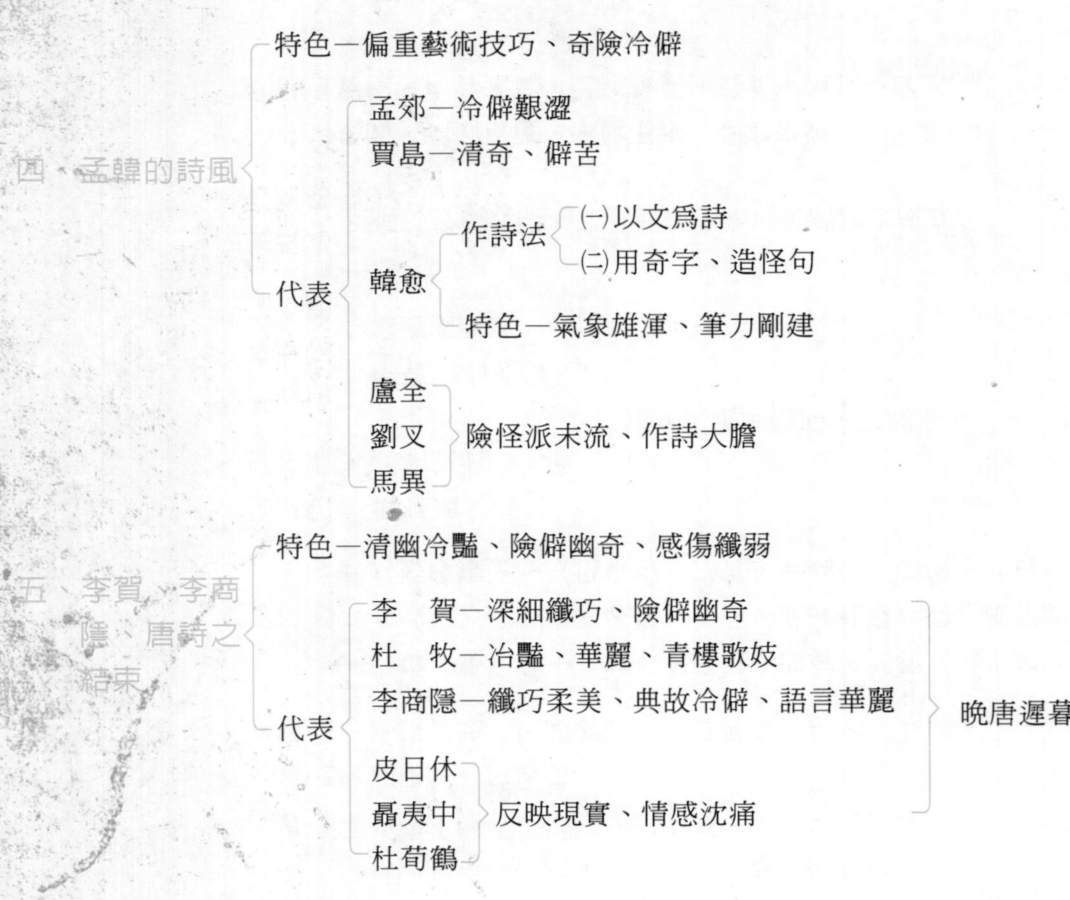
四、孟韓的詩風
特色—偏重藝術技巧、奇險冷僻
代表
孟郊—冷僻艱澀
賈島—清奇、僻苦
韓愈
作詩法
(一)以文爲詩
(二)用奇字、造怪句
特色—氣象雄渾、筆力剛建
盧全
劉叉
馬異
險怪派末流、作詩大膽
五、李賀、李商隱、唐詩之結束
特色—清幽冷豔、險僻幽奇、感傷纖弱
代表
李　賀—深細纖巧、險僻幽奇
杜　牧—冶豔、華麗、青樓歌妓
李商隱—纖巧柔美、典故冷僻、語言華麗
皮日休
聶夷中
杜荀鶴
反映現實、情感沈痛
晚唐遲暮情調

No.17

一、詞之起源與成長

- ㈠起源—樂府近體詩→配合音樂→和聲泛聲→添實字→詞體整齊但譜子繁長→長短其句→以詞入樂，不用和聲→依曲塡詞→詞
- ㈡萌芽—齊梁小樂府、梁武帝江南弄
- ㈢成立—劉禹錫、白居易
- ㈣成長—外族音樂、民間歌曲、社會需求

二、唐代詩人的詞

- 李白
  - ㈠《尊前集》載十二首，全唐詩十四首，然除〈清平調〉外，本集全無
  - ㈡《教坊》記載〈菩薩蠻〉一曲，然《杜陽雜編》載起於大中初年、李白時無有
  - ㈢〈菩薩蠻〉、〈憶秦娥〉二首，一婉約一豪放，乃百代詞宗
- 張志和、張松齡：俱有漁父詞寫江湖放浪
- 戴叔倫、韋應物、王　建：俱有〈調笑令〉寫邊塞離別
  - （以上）可知文人塡詞初期，詞調不多
- 劉禹錫、白居易：詞具音樂效能，又具藝術生命，可謂詞之成立

三、敦煌曲辭

- ㈠來自民間、顚倒重覆、傖傖不雅、詞之來源
- ㈡語言質樸、內容充實、已有長調、爲北宋慢詞先聲

- 四、晚唐詞人與溫庭筠
  - 皇甫松—清豔不淫靡
  - 司空圖—詞格頗高，著有詩品
  - 韓　偓—以宮詞著稱
  - 唐昭宗—豔而不浮
  - 溫庭筠
    - 特色—富貴氣、脂粉氣、表情細膩、造語清新
    - 地位
      - (一)專力填詞
      - (二)詩詞分途，詞調謹嚴
      - (三)詩詞過渡之橋樑
- 五、西蜀詞
  - 特色—淫靡蕩俗、詞格卑弱
  - 代表
    - 《花間集》十八家—以豔麗辭句，寫女人美態
    - 鹿虔扆、李　珣—境界高遠、詞格莊重、打破西蜀詞風
    - 韋　莊—善寫情詞、清麗秀雅、白描聖手、與溫詞相反
- 六、南唐詞
  - 特色——掃西蜀華豔、詞格較高
  - 代表
    - 李璟—委婉哀怨、打破西蜀華豔詞風
    - 馮延巳—清秀深細、堂廡特大、開北宋一代風氣
    - 李煜—眼界始大、感概遂深

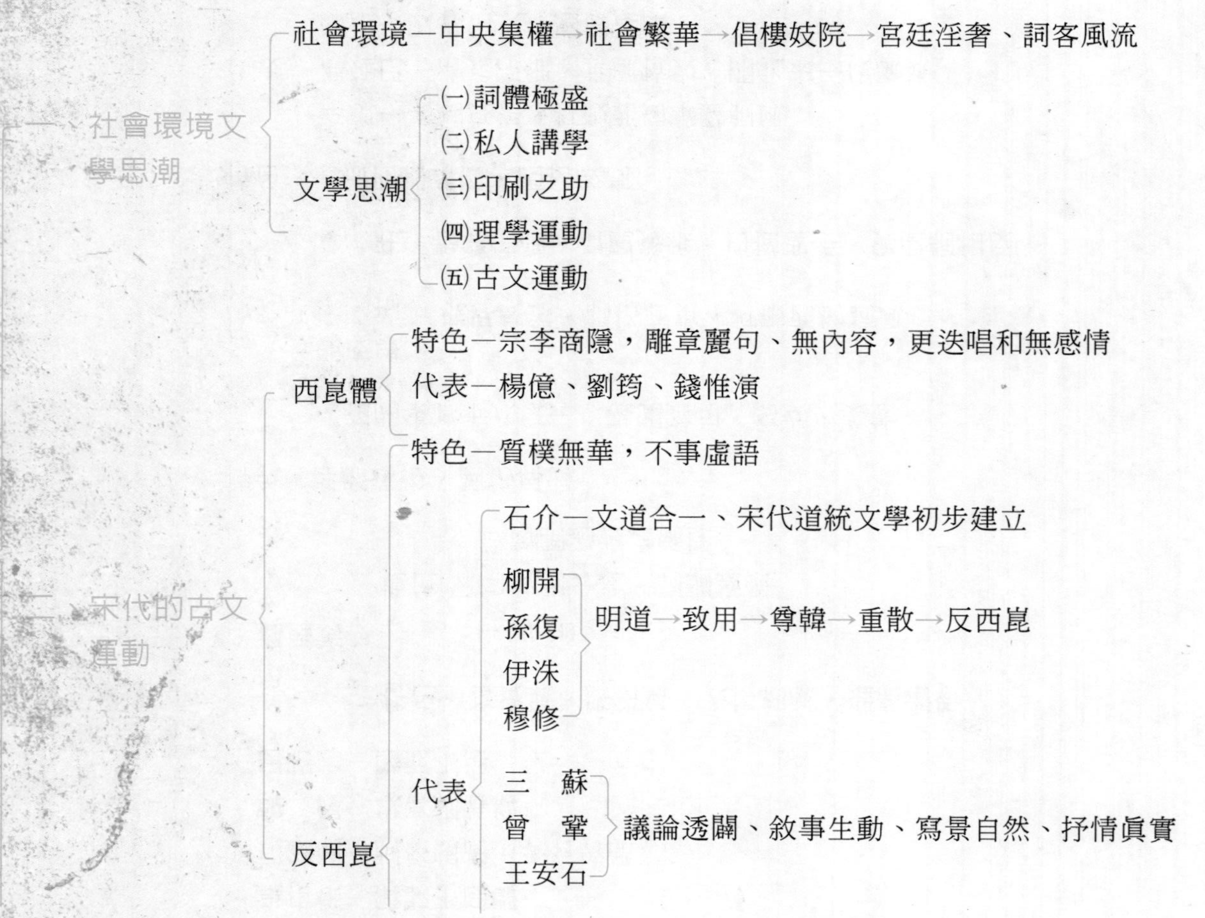
一、社會環境文學思潮
社會環境—中央集權→社會繁華→倡樓妓院→宮廷淫奢、詞客風流
文學思潮
(一)詞體極盛
(二)私人講學
(三)印刷之助
(四)理學運動
(五)古文運動
二、宋代的古文運動
西崑體
特色—宗李商隱，雕章麗句、無內容，更迭唱和無感情
代表—楊億、劉筠、錢惟演
反西崑
特色—質樸無華，不事虛語
代表
石介—文道合一、宋代道統文學初步建立
柳開
孫復
伊洙
穆修
明道→致用→尊韓→重散→反西崑
三　蘇
曾　鞏
王安石
議論透闢、敘事生動、寫景自然、抒情眞實

No.18

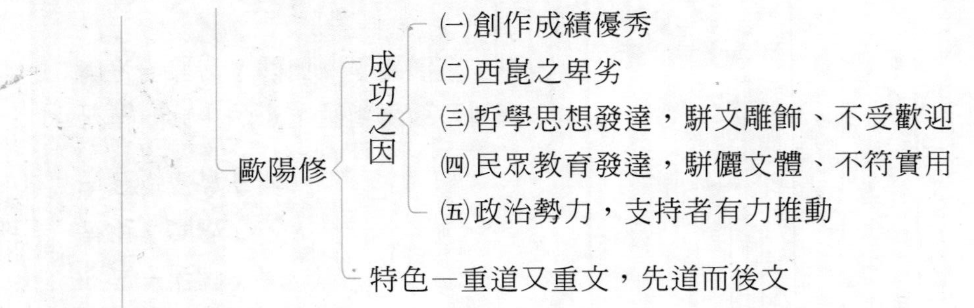

- 歐陽修
  - 成功之因
    - (一)創作成績優秀
    - (二)西崑之卑劣
    - (三)哲學思想發達，駢文雕飾、不受歡迎
    - (四)民眾教育發達，駢儷文體、不符實用
    - (五)政治勢力，支持者有力推動
  - 特色－重道又重文，先道而後文
- 成就
  - (一)散文賦之產生
  - (二)宋詩之議論化、散文化

三、道學家之文學觀

- 特色－文學無用論、道統文學之權威
- 代表
  - 周敦頤－文以戴道，但不否認文學價值
  - 二　程、朱　熹－視文學爲異端，眞正之倒學

No.19

- 一、宋詞興起之原因
  - (一)繁華的都市、歌舞的宴樂
  - (二)詞體本身的歷史發展
  - (三)君主的提倡與投入
- 二、宋初的詞
  - 特色
    - 花間南唐遺風，形式短小，內容單調
    - 華貴雍容，不卑俗，不纖弱
  - 代表
    - 韓琦、宋祁、寇準：婉麗清巧
    - 范仲淹—兼豪放婉約二格，開詞體之解放
    - 晏殊—雍容有餘，內容不足，珠玉詞
    - 歐陽修—幽香冷豔，五代詞風，六一詞
    - 晏幾道—哀怨淒楚，小山詞
- 三、詞風的轉變與都會生活之反映
  - 特色
    - 形式—慢詞
    - 表現—鋪敘
    - 內容—都會生活
  - 代表
    - 張先—承上啓下，詞風轉變之橋梁
    - 柳永—通俗、藝術、尤擅羈旅行役

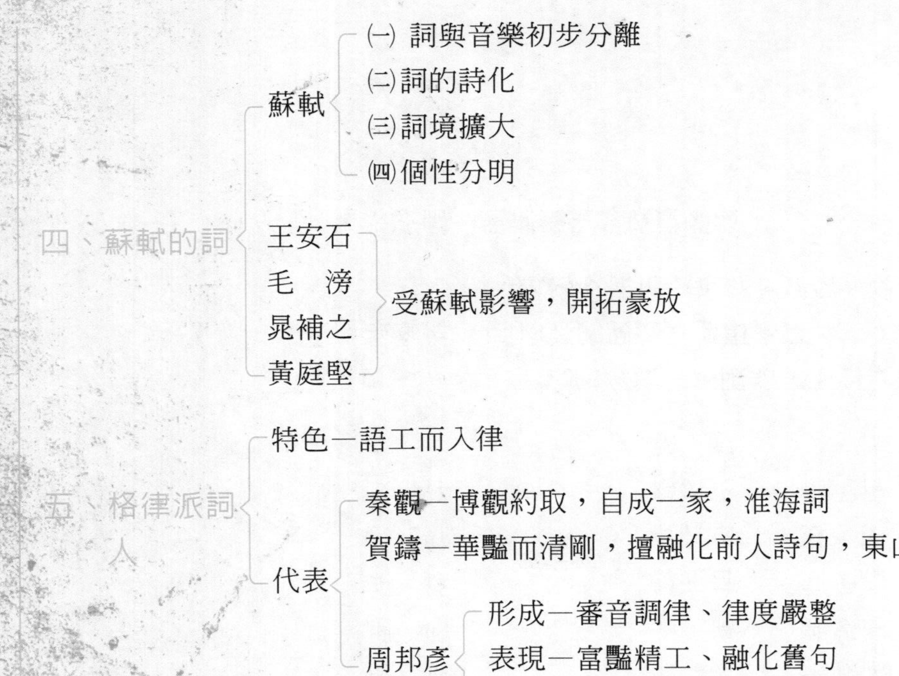

- 四、蘇軾的詞
  - 蘇軾
    - (一) 詞與音樂初步分離
    - (二) 詞的詩化
    - (三) 詞境擴大
    - (四) 個性分明
  - 王安石、毛滂、晁補之、黃庭堅——受蘇軾影響，開拓豪放
- 五、格律派詞人
  - 特色—語工而入律
  - 代表
    - 秦觀—博觀約取，自成一家，淮海詞
    - 賀鑄—華豔而清剛，擅融化前人詩句，東山詞
    - 周邦彥
      - 形成—審音調律、律度嚴整
      - 表現—富豔精工、融化舊句
      - 內容—重形式乏內容，開詠物一派
- 六、李清照
  - 白描，深入淺出，音律和諧，淒楚幽豔
  - 音樂語言、藝術感染，抒情詞的極高境界

No.20

一、辛棄疾與其他詞人

- 特色
  - 1. 打破婉約華靡之詞風
  - 2. 開放格律嚴整之詞體
  - 3. 詩詞文合流
- 代表
  - 岳飛、趙鼎、胡銓、張元幹、張孝祥 → 辛棄疾 → 陳亮、劉過、韓元吉、袁去華、楊炎正、陸游 → 朱敦儒、葉夢得、向子諲、蘇庠、楊无咎 → 岳珂、方岳、陳經國、文及翁、李昂英、劉克莊
  - 辛棄疾
    - (一)形式的解放—不限韻、不對仗、用口語
    - (二)內容的廣泛—無事不寫
    - (三)風格多樣化—雄奇、高潔、婉約、豪放
  - 朱敦儒—遁世養生、放達閑淡

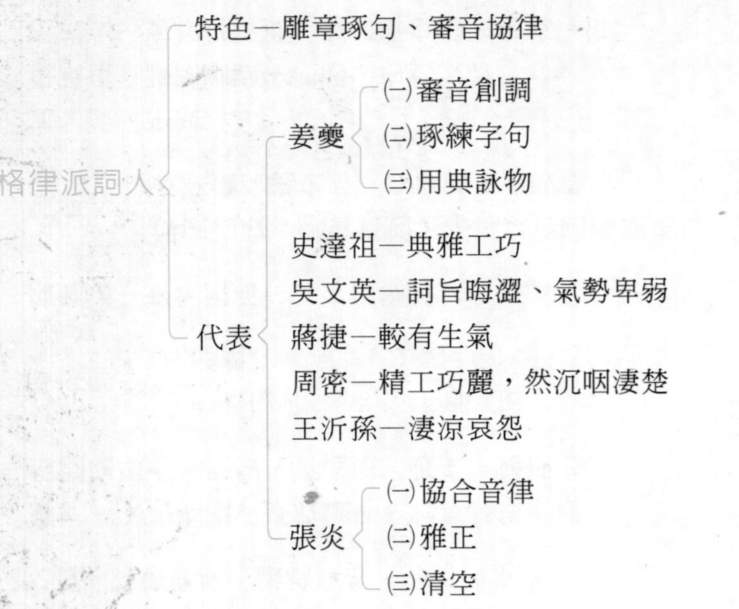

二、格律派詞人
特色－雕章琢句、審音協律
代表
姜夔
(一)審音創調
(二)琢練字句
(三)用典詠物
史達祖－典雅工巧
吳文英－詞旨晦澀、氣勢卑弱
蔣捷－較有生氣
周密－精工巧麗，然沉咽淒楚
王沂孫－淒涼哀怨
張炎
(一)協合音律
(二)雅正
(三)清空

No.21

- 一、西崑詩派－對偶、典故、纖巧、姸華——唐音時代
- 二、林和靖－平淡、自然、語言質樸、情調柔弱、少豪氣魄力
- 三、
  - 歐陽修－以文爲詩，明淺通達，宗韓愈
  - 石曼卿－格高氣壯、古硬清新
  - 蘇舜卿－筆力豪俊、超邁橫絕
  - 梅堯臣－深思精微、深遠閒淡
- 四、王安石－奇險怪僻、議論典故、亦有清空之作

（二～四）初露曙光

- 五、
  - 蘇軾－工巧神韻、豪放雄奇、七言長篇最佳
  - 蘇門四學士－秦觀、黃庭堅、張耒、晁補之
- 六、
  - 黃庭堅
    - ㈠ 脫胎換骨　㈡ 字字有來處
    - ㈢ 拗體　㈣ 去陳反俗，好奇尙硬
  - 陳師道－奇峭清新、無生硬拗折
  - 陳與義
    - 博觀約取，融會貫通，不專以奇峭拗硬見長
    - 多感憤沈鬱之音，江西詩派之改革者

（五～六）極盛

- 七、
  - 尤　袤－平淡
  - 楊萬里－詼諧幽默、俚語、白話入詩
  - 范成大－有杈枒折拗，有清新自然，自成一格
  - 陸　游－早年務求奇巧、中年豪宕奔放、晚年閒適恬淡

（七）折降

八、
- 張　戒—㈠思無邪　㈡正確學習杜甫
- 姜　夔—㈠貴獨創　㈡貴妙悟　㈢貴風格
- 嚴　羽—㈠崇盛唐　㈡主妙悟　㈢反議論用典

九、（極衰）
- 四靈派—宗賈島、姚合、較量平仄、鍛鍊字句
- 江湖派—詩格不高，戴復古、劉克莊稍佳

十、遺民詩—亡國之痛，亂離之情，憤恨哀怨

十一、元好問—風格高古，悲壯，主建安風骨，清剛勁健，自然淳眞

No.22

宋代小說

- 文言
  - 志怪
    - 《太平廣記》、《括異志》
    - 《稽神錄》、《祖異志》
    - 《江淮異錄》、《夷堅志》
  - 傳奇（沿襲舊風 頗少新創）
    - 樂史—《綠珠傳》、《楊太眞外傳》
    - 秦醇—《趙飛燕別傳》、《驪山記》、《溫泉記》、《譚意歌傳》
    - 無名氏—《大業拾遺記》、《開河記》、《迷樓記》、《海山記》、《梅妃傳》
- 白話
  - 短篇話本
    - 話本由來
      - 唐代變文→唐代通俗小說、〈秋胡變文〉、〈唐太宗入冥記〉→漸入白話→宋代民間藝人謀生→說話→創作話本→迎合民眾→使用白話→創作既多→質量提高→具文學價值
    - 發現
      - (一)錢曾《也是園書目》，存十二種
      - (二)京本通俗小說
      - (三)明代之清《平山堂話本》、《三言》中，亦收有
    - 特色
      - (一)有引子，稱得勝頭回
      - (二)分段分章
      - (三)有詩為證
      - (四)以駢文、詩詞，寫特殊場面

長篇

- 《新編五代史平話》
  - (一)敘五代故事，每代二卷
  - (二)詩起詩結，中以散文敘史
  - (三)史事概本正史，但人物戰爭，則大加點染，加以誇張滑稽
  - (四)文學藝術價值不高，但可看出宋代講史話本面貌，演成後代歷史長篇小說
- 《大宋宣和遺事》
  - (一)亦講史，而雜以社會故事
  - (二)分元、亨、利、貞四部分
  - (三)節鈔舊籍、體例不一、有文言、有白話、結構不謹密、非說話人底本，乃宋末憤世文人，擬話本而作
  - (四)梁山濼故事，即後代《水滸傳》底本
- 《大唐三藏取經詩話》
  - (一)分三卷十七章，是中國章回小說之祖
  - (二)有詩有話，故名詩話
  - (三)充滿幻想、浪漫情調，演成後代西遊記

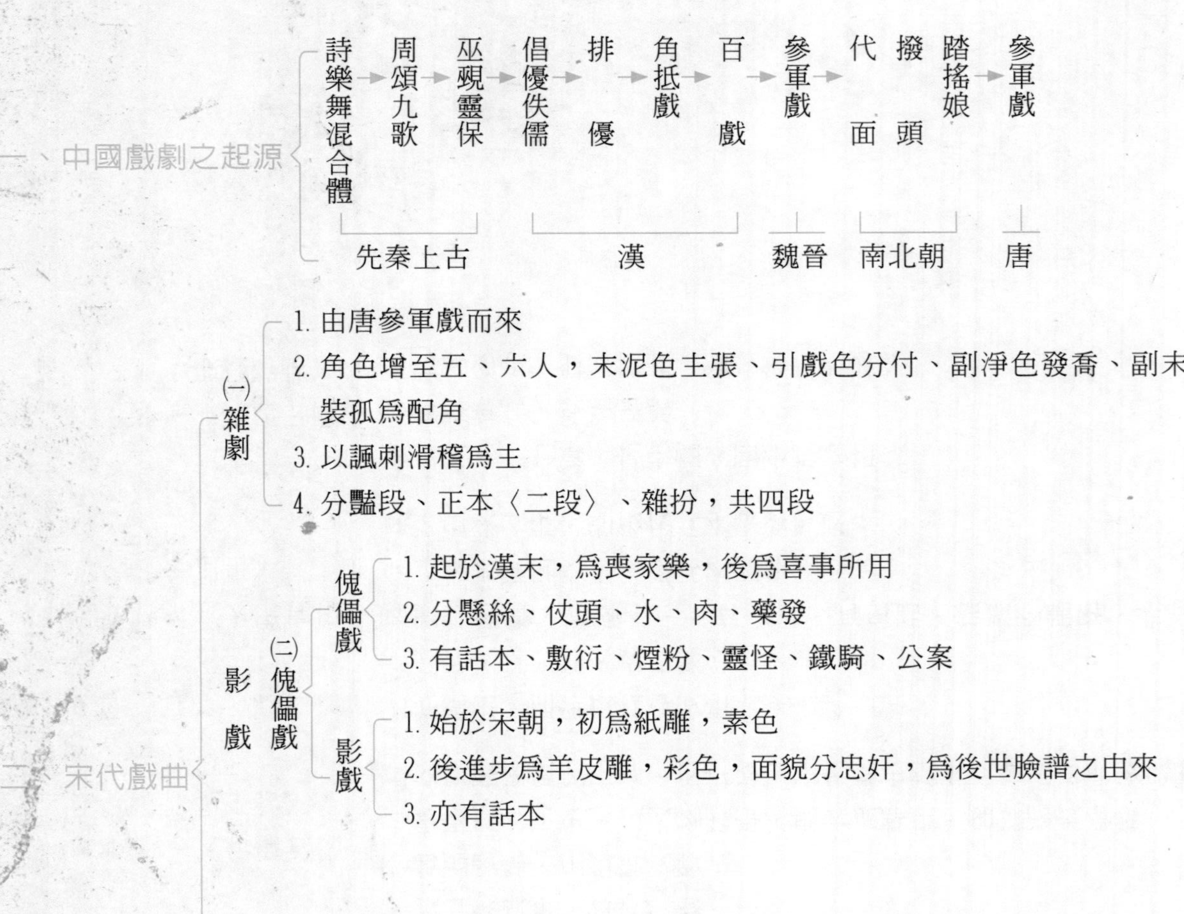

宋代的戲曲

一、中國戲劇之起源

詩樂舞混合體 → 周頌九歌 → 巫覡靈保 → 倡優伕儒 → 排優 → 角抵戲 → 百戲 → 參軍戲 → 代面 撥頭 踏搖娘 → 參軍戲

先秦上古	漢	魏晉	南北朝	唐
詩樂舞混合體、周頌九歌、巫覡靈保	倡優伕儒、排優、角抵戲、百戲	參軍戲	代面、撥頭、踏搖娘	參軍戲

二、宋代戲曲

(一)雜劇

1. 由唐參軍戲而來
2. 角色增至五、六人，末泥色主張、引戲色分付、副淨色發喬、副末色打諢、裝孤爲配角
3. 以諷刺滑稽爲主
4. 分豔段、正本〈二段〉、雜扮，共四段

(二)傀儡戲 影戲

傀儡戲

1. 起於漢末，爲喪家樂，後爲喜事所用
2. 分懸絲、仗頭、水、肉、藥發
3. 有話本、敷衍、煙粉、靈怪、鐵騎、公案

影戲

1. 始於宋朝，初爲紙雕，素色
2. 後進步爲羊皮雕，彩色，面貌分忠奸，爲後世臉譜之由來
3. 亦有話本

㈢歌舞劇

- 轉踏
  1. 以一曲連續歌唱
  2. 有每首詠一事者，多首合詠一事者
  3. 組織—勾隊詞（駢文）、本事詞（一曲一詩相間）、放隊詞
- 隊舞
  1. 以歌舞者之一隊爲單位
  2. 分小兒隊、女弟子隊二種
  3. 偏重舞踏，歌唱成分少
- 大曲
  1. 採前代大曲樂調，敘述故事
  2. 組織繁複
  3. 以歌舞爲主，故事居次
  4. 文人簡省、樂工不肯連奏——於是成長短不拘
- 曲破
  1. 始於唐五代、宋借以演故事
  2. 有念白、化裝、指揮、表演、爲宋最進步之舞曲
- 鼓子詞
  1. 如今之清唱，以歌唱爲主，故事爲主，少舞踏
  2. 初只是詞之疊詠（歐陽修〈採桑子〉）
  3. 後進步爲詞與散文相間（〈趙令時〉、〈商調蝶戀花〉）

- (四)講唱戲
  - 諸宮調
    - 1. 北宋孔三傳所創
    - 2. 補救鼓子詞
      - 只用一調無變化
      - 形式短小，不易敘長篇
      - （以上）爲缺點
    - 3. 以一宮調之幾支曲子，合爲一套，再合若干套數爲一整套
    - 4. 散文、歌辭夾雜
    - 5. 董西廂
      - (1)由悲劇改爲喜劇
      - (2)人物刻畫突出
      - (3)寫景場面複雜
      - （以上）較唐元稹更具戲劇化
  - 唱賺
    - 1. 取一宮調之若干曲，合爲一套
    - 2. 規模小，用於宴會
- (五)戲文
  - 1. 起於宋代溫州民間，向北發展，成元明南戲之祖
  - 2. 明代傳奇之祖
  - 3. 可考者，《趙貞女蔡二郎》、《樂昌分鏡》、《王煥》、《王魁》、《陳巡檢梅嶺失妻》等作品

No.23

曲

- 一、元曲範圍
  - 散曲—元代的新體詩
  - 雜劇—元代的歌劇
- 二、曲產生之原因
  - (一)詞的衰弱—與民間絕緣
  - (二)外樂的影響—配合外樂製作新詞
  - (三)政治環境—政治黑暗、民眾文學發展
- 三、散曲的體裁
  - (一)小令—民間小調、形式短小、語言精鍊
  - (二)雙調—合二調三調組成
  - (三)套數
    - 1. 由同一宮調之曲牌多首，連合爲一整體
    - 2. 全套各調，必須同韻
    - 3. 須有尾聲，以表首尾完整，音樂結束
- 四、曲與詞之不同
  - (一)形式上
    - 曲更加長短句化
    - 有襯字
  - (二)音韻上
    - 曲更嚴密
    - 分平仄、清濁、陰陽
    - 通首同韻、絕無換韻
    - 平上去三聲通叶
  - (三)精神上
    - 曲—直說、白描
    - 詞—含蓄、溫婉

- 五、散曲之產生與分期
  - ㈠北宋—萌芽
  - ㈡外樂侵入—成長
  - ㈢董西廂—成熟
  - ㈣元初—全盛
- 元散曲作家
  - 一、前期（元以前）
    - 特色—通俗、白話、質樸、直率、民間文學
    - 代表
      - 關漢卿—風流浪子、曲中柳永、口語白描、曲子本色
      - 白　樸—品格極高、有故宮禾黍之悲、有抒情白描手法
      - 王實甫—退隱、田園
      - 盧　摯—官位顯達、內容多懷古唱和、形式多典雅辭藻
      - 姚　燧—正統古文作家、曲多似詩詞中語、少曲本色
      - 馬致遠
        - 成就
          - 擴大曲之內容
          - 提高曲之意境
        - 長處—有各種體裁，各種風格
      - 張養浩—描寫自然、眞實舒適、作品婉麗、玉樹臨風
      - 貫雲石—外族文士，有直率質樸，有工麗清新
      - 睢景臣—擴大曲之內容
      - 劉　致
        - 創套曲最長形式
        - 創散曲之社會文學
        - →曲中白居易
      - （睢景臣、劉致）擴大曲之範圍

二、後期〈元一統後〉

- 特色
  - 拘韻度、講格律、含蓄琢鍊、典雅華美、格律派、曲學批評、曲韻研究書籍出現
- 代表
  - 張可久
    - ㈠分韻分題，誇才耀藻
    - ㈡曲境擴大
    - ㈢重形式格律
    - ㈣詩詞曲融合，以追求雅正
    - ㈤清而豔，華而不麗，格律派代表
  - 喬　吉
    - ㈠雅正婉麗，琢鍊字句
    - ㈡善融前人舊句
    - ㈢喜用疊字，音律和美
  - 格律派詞人
    - 特色－以清麗典雅見長，不出張可久、喬吉範圍
    - 代表
      - 徐再思、王仲元、曹明善、趙善慶、錢霖、任昱、周德清、吳西逸

No.24

一、元代雜劇

(一)雜劇的產生

宋金大曲曲破、諸宮調 → 加入代言賓白、歌唱、腳色 → 書會 → 競爭 → 文人編劇 → 雜劇流行

(二)雜劇的組織

1. 歌唱
   - (1)以套曲組成
   - (2)每套稱一折
   - (3)以四折爲通例
   - (4)另外可用楔子
   - (5)每折一人獨唱
2. 賓白—臺辭
3. 腳色—旦末淨丑、以旦末爲主
4. 科—動作
5. 砌末—道具
6. 題目正名—在劇本末尾，可做廣告用

(三)雜劇興盛的原因

1. 戲劇文學之發展
2. 利於戲劇發展之城市經濟、社會環境
3. 科學廢行

(四)前期雜劇特色

1. 起於北方，以大都爲中心
2. 文學質樸，表情直率
3. 現實生活之描寫
4. 北方口語及外族語言之雜用

二、元劇作家

(一) 元雜劇前期作家

- 關漢卿—《趙盼兒風月救風塵，感天動地竇娥冤》
- 王實甫—《崔鶯鶯待月西廂記》
- 白　樸—《梧桐雨》、《牆頭馬上》
- 馬致遠—《破幽夢》、《孤雁漢宮秋》
- 楊顯之—《臨江驛瀟湘秋夜雨》、《鄭孔目風雪酷寒亭》
- 武漢臣—《散家財》、《天賜老生兒》
- 紀君祥—《冤報冤趙氏孤兒》
- 康進之—《李逵負荊》
- 高文秀—《黑旋風雙獻功》、《詩酒麗春園》、《鬥雞會》、《喬教學》、《借屍還魂》、《大鬧牡丹園》、《敷衍劉要和》
- 石君寶—《魯大夫秋胡戲妻》
- 李好古—《沙門島張生煮海》
- 張國賓—《公孫汗衫記》
- 孟漢卿—《張孔目智勘魔合羅》
- 鄭庭玉—《看錢奴買冤家債主》

(二) 雜劇的南移

- 政治南侵
- 劇團南移
- 作家南遊

- 鄭光祖－《迷青瑣倩女離魂》、《傷梅香騙翰林風月》
- 喬　古－多寫才子佳人故事，《杜牧之詩酒揚州夢》、《李太白匹配金錢記》
- 宮天挺－似馬致遠、失意憤恨、隱退消極、引書用典
- 秦簡夫－《東堂老勸破家子弟》、《宜秋山趙禮讓肥》
- 楊　梓－《忠義士豫讓吞岸炭》
- 蕭德祥－《楊氏女殺狗勸夫》

㈢ 元劇文學價值

1. 內容豐富
2. 語言質樸、通俗、口語化
3. 以韻文敘述故事、成就較詩詞大

No.25

- 一、明代舊體文學衰微之原因
  - (一)八股制義束縛文學發展
  - (二)戲曲小說取代古文詩詞地位
  - (三)古文詩詞，成就已高，後人難出其右
- 二、明初擬古先聲
  - 宋濂－古文雍容華貴，臺閣體先驅
  - 高啓－擬漢魏六朝唐宋，而不能自成一格
  - 林鴻、高棅：專重盛唐，只重形式，不重內容
- 三、臺閣體
  - 楊士奇、楊　榮、楊　溥：三　楊
  - 李東陽－茶陵詩派
  - 歌功頌德、雍容典麗、平庸衰弱
- 四、前後七子擬古主義
  - 興盛原因
    - 反臺閣之空洞
    - 反八股之淺陋
  - 理　　論
    - 文必秦漢詩必盛唐
    - 摹擬爲創作之途
  - 缺　　點
    - 捨本逐末、形式主義、空洞浮淺
  - 代　　表
    - 李夢陽、何景明、李攀龍、王世貞

- 五、嘉靖三大家
  - 王慎中、唐順之、歸有光
    - (一)重時代性與作家個性
    - (二)反較聲律雕句文
    - (三)反貴古賤今，清淡，眞摯
- 六、王陽明哲學
  - 王陽明、李卓吾——強調獨立自由精神、反擬古、反思想束縛
- 七、公安派
  - 興起原因—反前後七子之擬古主義
  - 理論
    - (一)文學是進化的
    - (二)反摹擬
    - (三)獨抒性靈，不拘格套
    - (四)重內容
    - (五)重小說戲曲
  - 缺點
    - 生活狂放、脫離現實
    - 風格輕佻、內容貧弱
  - 代表—袁宏道、袁中道、袁宗道
- 八、竟陵派
  - 興起
    - 以幽深孤峭、救公安浮淺
    - 用怪字、押險韻、顛倒文句
  - 理論—與公安相同
  - 代表—鍾惺、譚元春

九、晚明散文

- 特色—不講道理，不拘形式，隨筆直書，獨抒性靈
- 公安—袁宏道
  - 灑脫、自由、不俗、不滯
  - 文中有人、文字流麗清新
- 竟陵—劉同人
  - 用字造句，組織新奇，別有情趣
  - 幽深孤峭，無公安之流利，但另有情趣
- 詼諧—王思任
  - 生性滑稽、氣宇軒昂
  - 加詼諧於幽深冷峭之中
- 集大成—張岱
  - 題材擴大、體裁自由、情趣躍然
  - 有公安之清新、竟陵之冷峭、王氏之詼諧，著有《陶庵夢憶》、《西湖夢尋》、《瑯嬛文集》

No.26

一、南戲之源流與形式

- 何謂南戲—就是南曲戲文，是用南方語言、南方歌曲所組成之民間戲曲
- 產生時地—起於宋徽宗到光宗年間之浙東溫州
- 宋南戲本失傳原因
  - 宋末兵亂、保存不易
  - 文人專力詩詞、尙未染指戲曲
- 現知宋南戲
  - 《趙貞女蔡二郎》、《樂昌分鏡》
  - 《王煥》、《王魁》、《陳巡檢梅嶺失妻》
- 現存元南戲全本
  1. 《小孫屠》、《張協狀元》、《宦門子弟錯立身》
  2. 來自民間
  3. 情節有許多不自然之處
  4. 曲白不平均，比不上雜劇
  5. 可看出，傳奇前身之形體
- 南戲組織
  1. 題目正名—與雜劇類似，不過放在前面
  2. 家　　門—以詞牌作劇情說明
  3. 長短自由—不分折、不分齣，受諸宮調影響
  4. 科、白、腳色—白爲文言、駢偶（缺點）生旦爲主，末退爲配角

南北戲之異

北戲	南戲
每折一人獨唱	可獨唱、合唱、對唱
每本四折	長短自由
每折限用一宮調，一韻到底	可換韻
勁切雄麗	清峭柔遠
以賓白始	以唱始
有眞正悲劇	皆爲大團圓
不重賓白	曲白並重

二、元末明初五大傳奇

- 興起
  - 元末雜劇南移 → 南北戲競爭 → 南戲改良 → 五大傳奇應運而生 → 進入傳奇時代
- 殺狗記
  - (一)承元末蕭德祥雜劇殺狗勸夫而來
  - (二)題材富社會性
  - (三)說白淺明、曲文流暢、出於本色
- 白兔記
  - 前承
    - 宋話本、三代史平話、漢史平話
    - 金劉知遠諸宮調
    - 元劉唐卿，《李三娘麻地捧印》雜劇
  - 特色—此劇文辭之樸素，爲五大傳奇之最
- 拜月亭
  - 前承關漢卿《閨怨佳人拜月亭》雜劇
  - 結構巧妙、曲文質樸、比美《琵琶記》
- 琵琶記
  - 作者—高明，此劇爲高級文人染指傳奇之一部重要作品
  - 文學理論
    - 文學必關風化、合教化
    - 休論插科打諢，也不尋宮數調

- 特色
  - 體制之革新—南戲分齣以琵琶始
  - 結構之縝密——線寫蔡伯喈求取功名，一線寫趙五娘災荒遭遇
  - 人物之鮮活—趙五娘先柔順後堅強，蔡伯喈先鮮明後昏暗
  - 曲詞之佳妙—以常言俗語作曲子，點鐵成金，信是妙手
  - 音樂之變化—不尋宮數調，但用得變化，唱來和諧
- 缺點
  - 末五折不佳—強弩之末
  - 情節牽強
    - 如中狀元三載而家人不知
    - 五娘千里尋夫，能否全節，亦不知

荊釵記

- ㈠作者朱權，明太祖第十七子。
- ㈡全戲四十八齣，寫王十朋、孫汝權和錢玉蓮的戀愛糾紛。
- ㈢精通音律宜於演唱，但描寫與結構不佳。
- ㈣吳梅評爲「曲本不佳，明曲中之下乘」
- ㈤在傳奇地位中，遠遜於《琵琶記》

三、傳奇之典麗化

- 中衰復盛
  - 明初皇室北遷，雜劇盛行，傳奇暫時消沈
  - 然南戲悅耳，繁複曲折，社會安定後，自嘉、隆以至明末，傳奇大盛
- 邱　濬
  - 傳奇中衰後復盛之第一人
  - 主張以劇載道
- 邵　璨
  - (一)承邱濬以劇載道思想
  - (二)《香囊記》組織似《拜月》、《琵琶》，加水滸故事，頗覺雜蕪
  - (三)作品力求雅正、雕琢、對偶、典故、駢文，爲傳奇文辭派之祖
  - (四)香囊以後，演成戲曲之駢儷化，予明戲不良影響
- 李開先
  - (一)代表作品——《林冲寶劍記》
  - (二)文雅工麗、無雕琢之氣，有北曲爽朗、高昂本色
  - (三)本期脫俗之代表作家
- 崑腔興起
  - 魏良輔
    - (一)改正崑腔音律，研究南北樂器，造成高低抑揚之複音
    - (二)助長南戲發展
    - (三)打消各地雜腔
  - 梁辰魚
    - 以崑曲作劇之創始與權威
    - 代表作品——《浣紗記》
  - 浣紗與琵琶
    - 崑腔之有《浣紗記》，如南戲之有《琵琶記》，一是體制革新，一是聲腔改良
    - 琵琶使南戲躍上劇壇，浣紗上承琵琶、香囊，造成晚明之格律、辭采

四、雜劇的衰弱與短劇之產生

- 明雜劇
  - 朱有燉
    - (一)明初雜劇代表，此時雜劇仍有勢力
    - (二)漸超元人規矩，雜劇開始變化
    - (三)作品音律和諧，但內容多神仙、妓女、風月
  - 康　海—《中山狼》／王九思—《沽酒遊春》
    - 有北方之本色、古樸、二人後雜劇衰弱
- 短劇興起
  - 特色
    - (一)音律上—南北互雜
    - (二)形式上—較傳奇、雜劇皆短
    - (三)來源—元代王生之《圍棋闖局》，短劇之祖
    - (四)復興原因—雜劇衰微、傳奇繁重
  - 代表
    - 徐　渭
      - (一)短劇代表作家
      - (二)《四聲猿》、《漁陽弄》、《翠鄉夢》、《雌木蘭》、《女狀元》
      - (三)擺脫傳統，自創新意，不為南曲限、也不為四折所束
    - 汪道昆
      - 《高唐夢》、《洛水悲》、《遠山戲》、《五湖遊》
      - 多寫風流韻事、著重抒情，少雄渾之氣
    - 陳與郊
      - 《昭君出塞》、《文姬入塞》
      - 出塞平庸、入塞則白描、真實
    - 徐復祚—《一文錢》／王　衡—《鬱輪袍》
      - 諷刺短劇
    - 孟稱舜
      - 《桃花人面》，短劇言情之代表作
      - 文辭華豔、充滿詩意、曲辭皆佳

五、湯顯祖與晚明戲曲

- 格律派〈吳江派〉
  - 特色—講韻律、宮調、唱法，曲律書應運而生
  - 代表
    - 沈璟
      - ㈠著《南九宮譜》，格律派代表
      - ㈡作曲主張以合律第一，不重文辭內容
      - ㈢作品有《屬玉堂傳奇》十七種，成績不佳
      - ㈣提倡本色論、反對以駢文辭賦為戲曲
    - 卜古臣、呂天成—斤斤於宮調平仄，作品皆亡
    - 王驥德
      - 作曲律，為格律派理論代表
      - 受曲律之限制，又拘於才情，無好作品
- 文辭派〈臨川派〉
  - 特色—以工麗辭藻著稱，不重音律
  - 代表
    - 湯顯祖
      - ㈠其文學地位，在突破格律藩籬
      - ㈡《玉茗堂四夢》、《紫釵記》、《牡丹亭》、《邯鄲記》、《南柯記》
      - ㈢與公安派之反形式主義精神一致
    - 孫仁儒
      - ㈠一反才子佳人劇，另成風格
      - ㈡《東郭記》
        - 取材鮮活（齊人一妻一妾）
        - 說白通俗流暢
        - 曲文本色俚俗
    - 李　玉
      - 作《北詞廣正譜》，研究金元以來北曲
      - 《一捧雪》、《占花魁》
    - 阮大鋮—《燕子箋》、吳　炳—《情郵記》：以美麗之辭藻著稱

No.27

- 一、明代小說特質
  - (一)白話文學成熟
  - (二)對小說不再輕視，如公安
  - (三)反映時代社會，具現實意義
- 二、三國演義
  - 演化
    - (一)唐宋元金三國故事
    - (二)元《全相三國志平話》
    - (三)明羅貫中《三國志通俗演義》─增篇幅、刪無稽、增史料
    - (四)清毛宗崗《三國演義》
      - 改正內容、辨正史事
      - 整理回目、改為對偶
      - 增刪詩文、削除論贊
      - 注重辭藻、修改文詞
  - 特色
    - (一)善寫政治紛亂
    - (二)塑造人物形象
    - (三)描寫人物性格
    - (四)表揚忠孝節義
    - (五)內容豐富變化多端

三、水滸傳

- 演化
  - ㈠民間故事
  - ㈡大宋宣和遺事
  - ㈢宋元話本
  - ㈣元黑旋風雜劇
  - ㈤施耐安《水滸傳》—結於招安平方臘，改為白話體
  - ㈥羅貫中《水滸傳》—加征田虎王慶一段，成三寇之數
  - ㈦郭武定本《水滸傳》—去田、王一段，加遼國一段
  - ㈧簡本《水滸傳》—加王、田、破遼、成平四寇、文字簡單、故曰簡本
  - ㈨楊定見《水滸傳》—繁簡合編
  - ㈩金聖歎《水滸傳》—以強盜招安不可倡、腰斬水滸成七十回
- 特色
  - ㈠現實主義藝術力量
  - ㈡塑造人物描繪性格
  - ㈢粗線條寫作筆法
  - ㈣辭彙豐富多彩
  - ㈤語言粗豪風格

- 四、西遊記
  - 演化
    - 宋《大唐三藏取經史話》，元取經之雜劇
    - 小說《魏徵夢斬涇河龍》，吳承恩《西遊記》
  - 特色
    - (一)浪漫主義創作精神
    - (二)豐富無比的想像力
    - (三)多樣的離奇故事
    - (四)佈局謹嚴語言流利
    - (五)諧謔言語暗寓諷世
- 五、金瓶梅
  - (一)借水滸故事之一段演成
  - (二)特色
    - 1. 表現實際社會面貌
    - 2. 富於時代寫實意義
    - 3. 細膩大膽的描寫語言
    - 4. 寫人物之技巧具高度成就
    - 5. 因果報應，宿命思想
- 六、才子佳人戀愛小說——《王嬌梨》、《好逑傳》、《平山冷燕》、《鐵花仙史》
- 七、晚明短篇小說
  - 《清平山堂話本》、《三言》、《二拍》、《今古奇觀》
  - 《石頭點》、《西湖二集》、《醉醒石》

No.28

民歌

- 北派
  - 特色—北人氣勢粗豪、內容較富、有關漢卿、馬致遠風度、以馮惟敏為首
  - 代表
    - 康　海、王九思—牢騷、憤怒、豪放本色，有北曲爽朗情調，但有的過於做作
    - 常　倫—性豪放、多力善射北方健兒，曲亦奔放豪邁
    - 李開光—雖有好句、難得佳篇
    - 劉效祖—能采民間活語和俗曲調子作成通俗小曲、有民歌色彩
    - 趙南星—近劉效祖，從事通俗文學
    - 馮惟敏
      - (一)題材廣闊、內容豐富
      - (二)語言生動、活潑自然
      - (三)北方之爽朗豪邁，發揮無遺
- 南派
  - 特色—以清麗勝、修辭細美、風格婉約、喜言閨情，王磐、施紹莘為首
  - 代表
    - 陳鐸—字句清華、風格柔媚、南方情調濃、北方本色少
    - 王磐—題材廣闊，有南方華美清俊、北方爽朗古直，有正經，有詼諧
    - 金鑾—南方濃厚、清麗，但兼詼諧，似王磐
    - 沈仕—專寫情愛、開香奩一體、語言尖新、善刻畫
    - 梁辰魚—重辭藻、沈　璟—重聲律—形式主義興、喜言閨情詠物，只求律度嚴整
    - 施紹莘
      - 擺脫梁、沈束縛，自成一家
      - 清麗蒼茫，哀怨豪放，兼而有之

民歌

- (一)舊曲重形式格律與民間隔離，民間自有歌辭，當時稱雜曲、俗曲
- (二)沒有舊曲之文雅蘊藉、音律也不謹嚴、通俗而新鮮、生活化
- (三)大半爲娼妓所歌，其功能是實用的
- (四)今見最早明小曲
  - 《四季五更駐雲飛》，《題西廂記詠十二月賽駐雲飛》、《太平時賽賽駐雲飛》、《新編寡婦烈女詩曲》。調子都是駐雲飛
- (五)馮夢龍
  - 整理收集民歌最有貢獻
  - 編童癡一《弄掛枝兒》、《童癡二弄山歌》

No.29

- 一、清代樸學興起之原因
  - (一)政治環境—高壓懷柔、八股、文字獄
  - (二)反明末王學末流之空洞浮淺
  - (三)舊體文學成就已高，後人難出其右
- 二、清代文學特質
  - (一)舊文學由衰頹而光榮結束
  - (二)新文學由孕育而萌芽拙壯
  - —新舊文學交界關口
- 三、晚明文學思想的餘波
  - 特色—承晚明公安反形式主義思潮而來
  - 代表
    - 金聖歎—選批小說
    - 李漁—作戲曲評論
    - 袁枚—詩主性靈、反擬古
- 四、清代學術先驅
  - 特色
    - 明經致用、反公安竟陵、反前後七子、反小說戲曲
    - 文以載道、文以明道、走上復古之路
  - 代表—顧炎武、黃宗羲、王夫之
- 五、清初散文
  - 特色—清初三大家擬唐宋八大家，繼承嘉靖三大家
  - 代表—侯方域、魏禧、汪琬

六、桐城派
- 理論
  - 作文要通經明道，要有義法，求根源
  - 古文與詩詞歌賦分開，輕視小說戲曲
- 文統—六經→論孟→《左傳》、《史記》→唐宋八大家→歸有光→桐城
- 代表—方苞、劉大櫆、姚鼐

七、陽湖派
- 特色—喜作駢文、兼取子史雜家、桐城旁支、筆勢放縱、詞意深厚、不及桐城謹嚴
- 代表—張惠言、惲敬

八、曾國藩—調和漢宋、文繼方、姚、討喜山谷、範圍擴大、不以聖道爲文學全部、清代古文中興

九、清化駢體文學
- 特色—與桐城議論相反、重駢文
- 代表
  - 清初—陳維崧、吳綺、章藻功
  - 乾嘉—汪中、袁枚、孔廣森等八大家
  - 晚清—皮錫瑞、王闓運

No.30

一、清代的詩歌

- (一)前清詩壇概況
  - 派別
    - 尊唐—神韻、宗法、格調、肌理
    - 宗宋—反流俗、排淫濫、發議論、以文入詩
  - 時代
    - 道咸以前—尚典雅、主性靈、少現實反映
    - 道咸以後—經世變、多憤世哀時之音、詩風趨新
- (二)清初詩壇
  - 錢謙益　宗宋—反形式模擬詩必盛唐說，應酬之作，則菁蕪雜處
  - 吳偉業　尊唐—長七言歌行，詩多激楚、蒼涼之音
- (三)尊唐詩派
  - 王士禎
    1. 承嚴羽妙悟，創神韻一派
    2. 反修飾、議論，喜古澹自然、清新蘊藉之詩，宗王，孟
    3. 規模小，氣勢弱，是此派缺點
  - 施閏章
    1. 主實修，以學問救神韻末流
    2. 有王孟風致、杜甫工力
  - 宋　琬
    1. 尊杜、韓與施愚山齊名，有南施北宋之稱
    2. 七律七古、章節蒼涼、表現北方雄健氣質
  - 朱彝尊
    1. 學問淵博，功力深厚，喜誇耀才學
    2. 爭奇鬥勝，掉書袋，用險韻
  - 趙執信
    1. 論詩與王士禎似
    2. 但以王詩流於膚廓、故矯以劖刻
  - 沈德潛
    1. 詩主盛唐，倡格調說
    2. 所作雍容典雅，臺閣典型

- 翁方綱
  1. 治金石學，故詩實質，充厚，缺少性情
  2. 病神韻之浮淺，倡肌理以救之，學問詩派代表

(四)宗宋詩派
- 宋　犖—縱橫奔放、刻意生新、一時與漁洋爭名
- 查愼行—詩崇蘇、陸
- 厲　鶚—喜用冷字僻典、流於餖飣撏撦
- 趙　翼
  1. 不標榜宋詩，但精神由宋而來
  2. 不滿王士禎神韻
  3. 詩中喜發小議論，表現諷刺與詼諧
  4. 不講格調宗法，隨意抒寫而不浮淺

(五)性靈詩派
- 袁　枚
  1. 枚以前詩，競言派別、宗法，故以性靈號召，詩得見本眞
  2. 好處是清新流麗，壞處是浮淺油滑
- 鄭板橋
  1. 無典麗氣、名士氣，天眞浪漫
  2. 出身貧困，詩具現實、人道精神
- 黃景仁
  1. 落魄江湖，有多愁善感之氣質
  2. 雄放中有感傷哀怨，但過於消極
- 張問陶
  1. 性靈說之宣揚者
  2. 缺點與袁枚正同

詩家 / 詩人

(六)乾嘉迄道光
- 蔣士銓—與袁枚、趙翼稱江左三大家，以戲曲見長
- 舒　位—文采頗佳、筆力不厚
- 王　曇—性好遊俠，一反南人婉約，詩風雄健
- 龔自珍—七律七絕，時有佳作

(七)晚清
- 宗宋詩人
  - 鄭珍、金和—鄭凄滄、嚴肅、金以話體、散文體、日記體入詩
  - 沈子培、陳泣——一味擬宋，毫無價值，號為同光體
- 黃遵憲
  1. 反拜古擬古，主個性、自我，詩風開放，代表甲午時期
  2. 取材現實，反映甲午時代
  3. 重視民歌學習民歌
  4. 在舊體詩中，注入新語言，新思想，如電報、火車

  （2.–4.）特色
- 王闓運——一味擬古，與當時社會脫離，但學力深厚，擬古逼眞

二、清代的詞

- (一) 前清詞壇概況
  - 修辭用字，審音寫律，態度認眞
  - 詞學研究，成績可觀
  - → 詞之中興
- (二) 納蘭容若派
  - 納蘭容若
    - 1. 近李後主，哀愁感傷，生死無常，花月之感
    - 2. 不講派別，聲律，典故，形式，隨手抒寫
    - 3. 形式短小，詞句白描，天眞纏綿
  - 王漁洋—小令似其七絕，神韻甚佳
  - 毛奇齡—經學家，長於小令
  - 彭孫遹—有南唐風格、與容若最近
  - 佟世南—意境深厚、天眞蘊藉，與容若合稱小令雙星
  - 顧貞觀
    - 不喜雕琢，不重典故，與容若近似
    - 但風格奔放、直率，少容若之淒惋、沈著
- (三) 陽羨派
  - 陳維崧
    - 氣魄雄渾、蒼涼勁健、效法蘇、辛
    - 才氣縱橫，亦有南方清眞雅正之詞
  - 曹貞吉
    - 有壯語高歌，蒼涼雄健
    - 有刻劃細密，詠物之作
  - 孫枝蔚
    - 有飛揚跋扈，嶔崎歷落之作
    - 但以婉約小令見長

- (四) 浙西派
  - 朱彝尊
    - 標榜南宋，宗姜夔，格律精巧，辭句工麗
    - 句琢字鍊，歸於醇雅，缺少高亢境界
  - 浙西六大家
    - 朱彝尊、龔翔麟、李良年
    - 李符、沈暤日、沈岸登
  - 厲鶚
    - 審音守律、詞藻絕勝、字句清俊、音調和美
    - 只具形式，不具內容，高者雅正，低者委靡堆砌
  - 項源祚
    - 嘉道間，浙派漸衰，常州興起，項氏出，浙派一振
    - 古豔哀怨，律度和諧
- (五) 常州詞派
  - 特色—以風騷之旨號召，反庸濫淫靡，攻無病呻吟
  - 代表
    - 張惠言—詞以比興寄託為主，要有溫柔含蓄之感情
    - 周濟—鼓吹寄託，詞有隱晦，幾成詩謎
    - 金應珹、金式玉、鄭掄元—常州詞之跟隨者

- (六) 晚清詞人
  - 蔣春霖
    - 1. 不爲浙常二派所囿，卓然自立
    - 2. 蒼涼激楚，備極酸辛
    - 3. 態度嚴肅、不標比興寄託，自有比興寄託
  - 尊常州派
    - 莊棫
    - 譚獻
  - 近常州派
    - 王鵬運
    - 文廷成
    - 鄭文焯
    - 朱孝臧
- (七) 清代詞藉校刊整理
  - 王鵬運—《四印齋彙刻詞》、《宋元三十一家詞》
  - 朱孝臧—《彊村叢書》
  - 江　標—《靈鶼閣彙刻宋元名家詞》
  - 吳昌綬—《雙照樓刊影宋元詞》

三、清代的曲

- (一) 前清曲壇概況
  - 雜劇傳奇，俱成遺響，作者雖多，多摹擬前人，唯《長生殿》、《桃花扇》可觀
  - 傳奇—宗玉茗堂（湯顯祖）
  - 短劇—宗徐渭、汪道昆
  - 雜劇——蹶不振
- (二) 清代戲曲衰弱原因
  - 1. 清初雅尙詞章，用力詩文，曲非所習
  - 2. 樸學興盛，曲爲末藝
  - 3. 臺閣諸公，不喜聲樂，僅及舊辭
  - 4. 花部、亂彈興起，正統戲曲成絕響
- (三) 清代戲曲代表
  - 傳奇
    - 李　漁
      - 1. 明末清初戲曲一大轉變，明末尙格律，李一反格律
      - 2. 變明末辭藻格律，爲通俗，淺顯
      - 3. 略帶嘲噓、詼諧，特重賓白
    - 洪　昇
      - 《長生殿》五十齣爲代表
      - 複雜曲折，曲辭清麗悽絕
    - 孔尙任
      - 《桃花扇》爲代表
      - 故事皆本歷史，態度認眞，富現實性

雜劇—蔣士銓
1. 中國舊戲曲之總結束
2. 四絃秋，臨川夢爲代表作
3. 詩文戲曲，喜言倫常，爲名教之擁護者

短劇—楊潮觀
1. 清代短劇專家
2. 以戲曲抒寫性靈
3. 重趣味通俗
4. 重賓白
5. 充滿詼諧
6. 雄健豪放，兼李漁，士銓特色

(四) 崑曲沒落花部興起

花部代表—皮黃

皮黃興起
- 始於湖北、黃岡、黃陂、與徽調相混，四大徽班入京而流行
- 經京戲鼻祖程長庚改良而大成，成爲劇壇主流

皮黃進步處
1. 文字通俗，增加舞臺效果
2. 長短自由
3. 布景、腔調較複雜

崑曲與花部

	崑曲	花部
音調	諧律但繁縟	慷慨、激發人心
曲文	典雅但不通俗	直質、婦孺能解
內容	多男女猥褻	多忠孝節義

- ㈤ 清代散曲
  - 格律派
    - 特色─承梁、沈格律、辭藻，多新意，宗喬吉、張可久
    - 代表
      - 朱彝尊
      - 厲　鶚
      - →以詞人之筆、發清雅之音、成詞人之曲
  - 本色派
    - 特色─能表現元人豪放、爽辣本色
    - 代表─趙慶熺，豪爽蒼涼
- ㈥ 道情
  - 特色─來自民間，所言多閒適樂道之曲，故名道情
  - 代表
    - 鄭板橋─多寫人生無常歸於漁樵農牧
    - 徐大椿─擴大道情內容、形式，注入民歌文字、格調
    - 招子庸─作粵謳一卷，發揮民歌風格
- ㈦ 清代民歌
  - 特色
    - 以民間流行曲調抒寫情愛
    - 優點─天眞大膽、文字可愛。缺點─內容不廣多言情愛
  - 代表歌集
    - 《時尙南北雅調萬花小曲》
    - 《霓裳續譜》
    - 《白雲遺音》

No.31

《儒林外史》

- 一、聊齋誌異
  - (一)作者蒲松齡
  - (二)多寫妖狐神鬼，奇形怪事
  - (三)文筆簡鍊、條理井然
- 二、近聊齋者
  - 袁　枚—《新齊諧》
  - 沈起鳳—《諧鐸》
  - 和邦額—《夜譚隨錄》
  - 紀　昀—《閱微草堂筆記》
  - 浩歌子—《螢窗異草》
  - 管世灝—《影談》
  - 馮起鳳—《昔柳摭談》
- 三、醒世姻緣
  - (一)作者蒲松齡
  - (二)文字技巧細緻深刻
- 四、明清小說之不同
  - 明、傳承加工
  - 清、整體，獨創
- 五、儒林外史
  - (一)作者吳敬梓
  - (二)古典諷刺文學
  - (三)全是普通口語，也用成語、諺語、歇後語，是國語的文學
- 六、紅樓夢
  - (一)作者曹雪芹
  - (二)家譜自傳式小說
  - (三)具社會寫實諷喻特色
  - (四)十八世紀以來最偉大中國文學傑作

七、鏡花緣
- ㈠作者李汝珍
- ㈡賣弄經學及小學考據
- ㈢重視婦女問題

八、以小說誇學問辭章
- ㈠《野叟曝言》—夏敬渠作，包羅萬象，無所不談
- ㈡《蟫　史》—屠紳作，以結屈之古文作成
- ㈢《燕山外史》—陳球作，以駢文寫成，無生氣

九、俠義小說
- 特色
  - 平話式的通俗文學，揄揚勇俠，贊美粗豪
  - 以《兒女英雄傳》、《三俠五義》為代表
- 代表
  - 《兒女英雄傳》、《三俠五義》、《小五義》
  - 《永慶昇平》、《萬年青》、《英雄大八義》
  - 《英雄小八義》、《劉公案》、《李公案》
  - 《施公案》、《彭公案》

十、倡優小說
- 特色
  - 以妓院、伶人為題材、受商人士子歡迎
  - 清末帝國主義侵入，都市繁榮，寫倡優豔跡，頓成新篇
- 代表
  - 《品花寶鑑》、《花月痕》、《青樓夢》
  - 《海上列花傳》、《海上繁華夢》、《海天鴻雪記》
  - 《九尾龜》

十一、清末小說

- 繁榮原因
  - ㈠印刷、新聞發達、印書易、應用多
  - ㈡知識份子認識小說重要性
  - ㈢清末好以小說抨擊政治
- 代表
  - 李寶嘉
    - 《官場現形記》—刻畫官場醜態
    - 《文明小史》—寫新舊交替社會面貌
  - 吳沃堯
    - 《二十年目睹之怪現狀》—寫社會之奇形怪事
    - 《九命奇冤》—佈局謹嚴，採倒敘寫法
  - 劉　鶚—《老殘遊記》
  - 曾　樸—《孽海花》

小說篇

綱目

古代的神話傳說—魏晉的神怪小說—南北朝小說—唐代小說—㈠初唐之小說—㈡諷刺小說—㈢愛情小說—㈣歷史小說—㈤俠義小說—㈥其他重要小說、專集—唐代的變文—宋代的小說—㈠文言小說（志怪傳奇）—㈡白話小說（短篇）—㈢白話小說（長篇）—明代小說—㈠《三國演義》—㈡《水滸傳》及其他—㈢《西遊記》及其他—㈣《金瓶梅》—㈤才子佳人的戀愛小說—㈥晚明的短篇小說—清代小說—㈠《聊齋誌異》及其他—㈡《儒林外史》—㈢《紅樓夢》—㈣《鏡花緣》及其他—㈤俠義小說—㈥倡優小說—㈦清末的小說

古代的神話傳說

產生 →

神話—是初民對於自然現象的解釋，反映人類和自然界的競爭，如：宇宙開闢、人類起源、平治洪水、太陽神、火神等，是神話的重要內容。

傳說—產生較晚，大都敘述古史事蹟和英雄行爲。

↓

到了後來，神話傳說的故事，輾轉相傳，神話中的神，變爲了人，有時傳說中的人，又變爲了神，於是神話傳說，混淆不清。

↓

遠古的神話，都是原始社會人們集體的口頭創作，在有文字流傳以前，已廣泛的流傳在人們的口頭。流傳日久，故事內容也複雜化、系統化、美麗化，而成爲初民日常活動過程中，對於自然現象的解釋，對於自然界的奮鬥和願望，以及全部社會生活，在藝術概括中的反映。

↓

神話的產生，絕不是憑空的創造，是建築在生活過程，和生存競爭的現實基礎上的。

↓

如有巢、燧人、庖犧等，都說明了每個神的存在，都和人們的生存利益聯繫在一起，只有眞正爲人們服務，爲人類謀利益的，在初民的社會裡，才能上升到神的世界中去。再如，夸父追日、精衛塡海，都表現古代人們勇敢的性格，不屈不撓的奮鬥精神，和那種征服自然的高貴品格。

價值

1. 神話是富於人性的：神話來自民間集體創作，必然會表現出人類的勤勞、勇敢的性格、豐富的智慧和想像力，和自然界奮鬥的現實生活，以及對於幸福自由的渴望，因此是富於人性的。
2. 可了解初民的生活和思想，作爲古代歷史之影。
3. 對後代文學、美術、小說、戲曲、石刻有很大影響。

形態

中國古代沒有神話專書，材料保存最多的是《山海經》、《楚辭》、和《淮南子》，此外，《穆天子傳》、《莊子》、《國語》、《左傳》，也有片段材料。

這些古籍，時代都很晚，不可能是古代神話的原始形態，但可看出一些古代神話之影子。

《山海經》，是古代巫書，並非一人一時所作，傳爲夏禹伯益所作，是不可信的，書中神靈有四百五十幾個，人形神與非人形神之比約一比四，此書對後代小說有很大影響。

在古代的神話傳說中，最富於文學意味，而又具體地反映出上古人們的生活願望，和思想感情來的，是英雄帝王的故事，如女媧造人補天、后羿射日、大禹治水、都是非常精彩的，在初民社會裡，眞能辟除民害的，才能成爲受

女媧

《楚辭》中，〈九歌〉、〈離騷〉，尤其是〈天問〉，也保存不少神話材料。

《淮南子》稍晚，但材料很多，也很重要。

這些文獻記載各種各樣形態之神話，有自然界之神話，也有英雄帝王之故事，以後者較佳，以下論之。

女媧之功業

女媧神話起源於南方苗族，相傳爲伏羲之妹，後結爲夫婦，成爲人類始祖，初見《楚辭．天問》，及《山海經》之〈大荒西經〉，其功業：

1. 造人：

《說文》：「媧，古之神聖女，化育萬物者也。」

《風俗通義》：「俗說天地開闢，未有人民，女媧，摶黃土作人，劇務不暇供，乃引繩泥中，舉以爲人。」「女媧禱祀神祇而爲女媒，因而置婚姻。」

知在神話中，女媧是造人的神，又教人結婚生子，藉以傳代。

2. 鍊石補天：

《淮南子》：「往古之時，四極廢，九州裂，天兼覆，墮不周載……於是女媧鍊五色石，以補蒼天……」

人敬愛的神，才能成爲歷史上的帝王，女媧、羿、禹這些神話，都是在初民的理想和願望的過程中，在原始現實主義和原始浪漫主義相結合的基礎上創造出來的，他們共同的特徵，是和自然界奮鬥，爲人類謀利益。

她補蒼天，正四極，殺黑龍，止淫水等，都表示初民之迫切願望，女媧爲他們完成願望，於是她成了神。

鍊石補天，是女媧神話中，最富文學意義的。

后羿

《淮南子》：「堯之時，十日並出，焦禾稼，殺草木，而民無所食……堯乃使羿……上射十日，而下殺……於是天下廣狹遠近，始有道里。」

在初民的頭腦裡，看見到處都是太陽，發生了大旱災，又有怪獸爲害，於是造成十日並出的觀念，因此在人們的願望與創造中產生出羿射太陽的神話來，羿是初民創造出來，爲民除害的典型英雄。

《淮南子》：「羿請不死之藥於西王母，姮娥竊以奔月，悵然有喪，無以續之。」

這是羿的妻子嫦娥的故事，這一故事在後代的詩歌、小說、戲曲裡，都成爲美麗之題材。

《楚辭》中之羿，與上述不同，他不是爲人類除害的神，而是一個荒淫的諸侯，這或許是傳說的來源不同，或史上另有后羿一人，在儒墨各家的文獻裡，羿都是神話退盡，而成爲完整的歷史性人物。

但無論變化如何，說他是射箭能手，這是大家都一致的。

大禹

在古代的治水傳說中，禹是最受敬戴的英雄，他有爲人類服務的崇高品德，和刻苦奮鬥的精神。

以上這三個故事，禹的眞實性較大，所以歷史上說禹是夏朝第一代的帝王。

《尙書》和《墨子》中，都有禹平苗之記載，他當時可能是許多部落聯盟的酋長，一面作戰有功，一面疏通河水，百姓敬愛他，於是造成多樣的傳說，而成爲神人不分了。

漢武帝內傳

描寫漢武帝從初生到崩葬時之故事，是魏晉小說中較好的一篇。

已脫離殘叢小語的形式，能用想像力把故事組織起來，成爲一個長篇。

其中如敘王母下降一段，文字既是美麗，描寫也甚細緻活潑，開後代小說先聲。

除了文字與形式以外，便是從前那種人獸合一的王母到了當代人筆下，穿起了文化的衣冠，戴了珠寶首飾，成了天姿掩藹的絕世仙女，在這裡，正表現了魏晉文學的玄想精神。

小說起源於古代的神話傳說，我國神話傳說，最不發達，因此小說的形成，也非常遲緩。在《山

內容和《漢武帝內傳》差不多，但文字技巧卻比不上。

海經》、《穆天子傳》裡、雖包含了一些神話傳說的故事，但他們只可以看作是小說的材料，還不能看作是小說。《漢書藝文志諸子略》錄小說十五家，這十五家，在唐初都已亡佚、由《太平御覽》所引的《鬻子》、《大戴禮記》所引的青史與零篇看來，或者戰爭，或言禮制，實在還算不了小說，除此之外，現存的漢代小說，如右列都是魏晉人作，由此看來，論中國的小說，最可靠的時代，還得以魏晉開始。

魏晉神怪小說興起的社會原因

魏晉時代的神仙鬼怪小說，充分地表現了當代流行的神祕思想與宗教迷信，或出文人，或出教徒，無不以豐富的想像力，把古代的神話傳說材料加以美化加以靈性。

《中國小說史略》：漢末大暢巫風，而鬼道逾熾，會小乘佛教亦入中土漸見流傳，凡此皆張皇鬼神，稱道靈異，故自晉迄隋，特多鬼神志怪之書，其書有出文人者，有出教徒者，文人工作，雖非如釋道二家，意在自神其教，然亦非有意爲小說，蓋當時以爲幽明雖殊途，而人鬼乃皆實用，故其敘述異事，與記載人間常事，自視固無誠妄之別矣。

列異傳 → 《隋志》云，魏文帝撰，其中都是敘鬼物奇怪之事，文中有甘露年間事，在文帝後，或後人有所增益，已佚。

↓

搜神記 → 雖多數涉及鬼神，但也有少數作品，通過神怪的體裁，反映出當時人們對於幸福生活的追求，如〈吳王小女〉、〈韓憑夫婦〉。

↓

神異經 → 《博物志》，張華著；《搜神後記》，陶潛著；《述異記》，祖沖之著，無不談神說鬼，敘述奇異之山川草木。

他們的內容雖有些不同，然其表現的精神及其根本意識都是一致的，把神鬼存在，善惡報應的宗教觀念，與迷信色彩全都表現出來了。

↓

十洲記

↓

洞冥記

↓

博物志

↓

搜神後記

↓

靈鬼志

↓

述異記

這一時期的小說比起前期來，有了進步，按其內容，同當代士大夫的清談風尚，與宗教色彩，發生密切的聯繫，他們的內容，可看出有兩個明顯方向，一是以兩晉以來盛極一時的清談風氣和品評人物爲基礎、記錄士流的言談軼事的，正始之玄言、竹林的狂放，都是藝林所追懷景仰，這種風氣至宋不衰，於是文人雅士或記其言語，或追其行爲、殘叢小語、固無補

南北朝小說

語林

在《世說新語》以前，晉人裴啓著《語林》、郭澄之著《郭子》，其體裁內容多與世說相似。

書雖早亡，但在《太平廣記》、《太平御覽》，《藝文類聚》諸書中，常可見其遺文，且《世說》中之事實、文字、間或與此相同，因《世說》晚出，乃多纂輯舊文。

郭子

世說新語

宋臨川王、劉義慶撰，全書三十八篇，由後漢至東晉，凡高士言行，名流談笑，集而錄之。

書中雖都是一些散記，內容卻很豐富。刻畫出士族生活的面貌，與豪門貴族的荒淫和虛僞醜態。

語言清俊簡麗、富於表現能力，往往片言數句，把一個人的思想面貌，形象鮮明的勾畫出來，給人非常深刻的印象，而又風趣橫生，富機智與幽默，長則數行，短則幾句，然文字無不清俊簡麗，爲本書最大特色。

這種富於現實性的記錄較之那種言神志怪的小說來，自然要眞實的多。

於實用，軼事清言，亦可發思古之幽情，這派代表是在說另一派是以宗教思想爲基礎，尤以佛教爲主體，當日佛教大行，因果輪迴之說，震駭人心，文士教徒或引經史舊聞以證報應，或言神鬼故實以明靈驗，如《冥祥記》、《冤魂志》，是此派代表，此外或轉寫佛經故事或傳述道教迷信，如《續齊諧記》，也是屬於這派小說。

俗說

沈約著，體例亦仿世說，多記兩晉宋齊名人言行。

此書已亡，在《御覽類聚》諸書中，時見徵引，文字清麗，風趣亦佳。

沈約本是齊梁間名士，此等文字自然是勝任愉快。

魏晉南北朝小說之形式

1. 短篇文言文，逐條筆記，以數百字為多，百字內千字上較少。

2. 文句多採散文，罕見駢句、南北朝為駢文極盛時代，獨小說能保持散文面目，蓋當時作者不以小說為重，信筆記述，不事雕琢故能致此。

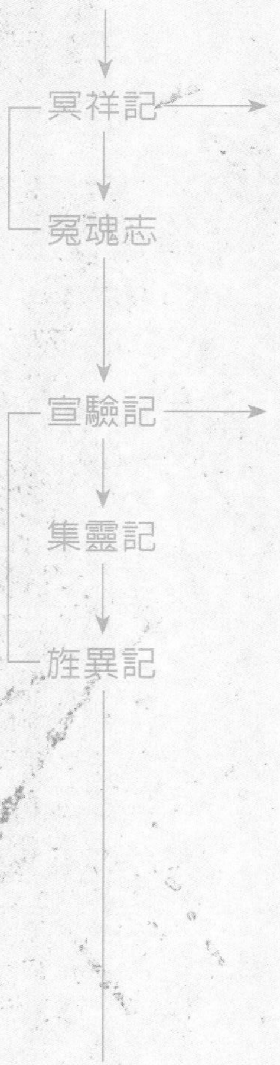

冥祥記 → 冤魂志 → 宣驗記 → 集靈記 → 旌異記

冥祥記、冤魂志：《冥祥記》，宋王琰所作，《冤魂志》隋顏之推作，所記多為佛教史實，及因果報應，與經像顯效的故事，同為釋氏輔教之書。

宣驗記、集靈記、旌異記：《宣驗記》，劉義慶作，《集靈記》，顏之推作，《旌異記》，侯白作與上述二書類似，然文筆不佳，內容思想亦俱雷同。

3. 題材：以鬼神怪異之事爲大宗，名人軼事及雋語次之，前者所謂志怪小說，後者所謂志人小說。

4. 撰述動機：

(1) 純爲喜好鬼神怪異之事而撰述，無意爲宗教作宣傳，撰人多爲文士。

續齊諧記 →

吳均作，吳均是梁代詩人，詩風清俊，時人號稱吳均體，《續齊諧記》雖係言神志怪之書，然其文字亦卓然可觀。

其中陽羡書生一篇，原出佛經，經吳均漢化而寫成，可知在當代的小說內，一面表揚佛教思想，一面採用佛經中的故事作爲題材。

拾遺記

王嘉作，今存十卷，古起庖犧，近迄東晉，俱有記述。

書中多言怪異，然極少因果報應之說，並時敘人事及社會生活，文筆亦頗清麗，尤爲此書特色。

可知此書體例乃合雜錄志怪二體而成，不過志怪的成分較多而已。

(2)藉志怪小說之體寓宗教宣傳之旨，十九爲佛教作宣傳，撰人多爲教徒。

5.題材演變：魏晉多陰陽五行求仙服食、靈怪變異之事。南北朝則禮佛消災、因果報應之說大盛。

(一)初唐之小說

嚴格地說起來，我國六朝時代的小說，還沒有成熟，這並不只是因其內容的荒謬，而其形成與描寫也是非常的貧弱，六朝的作品大都只是一些沒有結構的殘叢小語式的雜記，敘事沒有佈置、文筆亦極淺簡，實在還算不得小說。

古鏡記

王度作，其內容雖仍是六朝志怪一流，然篇幅較長，文字亦較爲華美，演進之跡甚明。

王度爲王通之弟，王績之兄，述一古鏡服妖制怪的種種故事，事跡荒謬、然敘述部局俱佳。

白猿傳

作者佚名，述梁將歐陽紇之妻，容貌絕美，爲白猿精奪去，歐陽紇聚眾入深山幽谷尋得之，妻已受孕，後生一子，貌絕似猿，即後世歐陽詢。

此文雖涉怪異，或係詢之仇人中傷之作，其創作動機，與其他志怪，自有不同。

然其文字，在《古鏡記》之上，寫深山之景，猿精與諸婦女之言語動作，都生動可喜。

唐代傳奇特點：

1. 完整的短篇小說形式：由雜記式的殘叢小語，變爲洋洋大篇的文章，由三言二語的紀錄變爲複雜的故事描繪，在形式上，注意到了結構；在人物上，注意到了心理性格與形象的塑造；內容上，也由志怪述異擴展到人情社會的反映，於是小說地位由此提高。

游仙窟

武后時張文成〈張鷟〉作，託言人神相愛，實際是寫的妓女生活。

自敘奉使河源，道中投宿某家，乃爲仙窟，受兩仙女十娘、五娘的溫情款待，共宿一夜而去。

文體是華美的駢文，並時雜淫褻的語言，《唐書》上說張文成：下筆輒成，浮豔少理致，其論著率詆消蕪穢，然大行一時，晚進莫不傳記。

→ 史上二大駢文小說：唐張文成《游仙窟》
清陳球《燕山外史》

2. 作者態度的改變：到了唐朝，文人才有意識的寫作小說，視爲有價值之文學作品，不像從前，多出方士教徒之手作爲輔教傳道之書。

3. 發展基礎：由六朝志怪小說，和中晚唐商業經濟發達的社會基礎上發展。

4. 創作方法：積極浪漫主義與現實主義的結合，具強烈之現實主義。

(六) 諷刺小說

諷刺小說以枕中記、南柯太守傳爲代表，唐代以詩賦取士，造成了那些詩人才子熱烈地追求富貴功名的欲望，枕中、南柯的作者，就用著這種社會心理爲基礎，寫出這種強烈的諷刺小說。

枕中記
南柯太守傳

《枕中記》，沈既濟作，《南柯太守傳》，李公佐作，這兩篇作品中，作者的用意及手法都是一致的，作品的社會心理基礎也是一致的。

他們同樣用虛幻的，象徵的敘述，來描寫富貴、功名的無常，給當代沉迷於利祿的人生觀，一種強烈的諷刺，也可說是一種解脫。

故事之虛幻雖近於志怪，然與《古鏡記》一類，是絕不相同的。

另外，作者對人生態度，與人生意義的認識，也是相同的，富貴功名是虛幻，人生不得不求一個眞正的歸宿，這個歸宿，便是當日流行的佛道思想混合的那種逍遙自適、達觀樂天的人生。

此二篇，因其文字之美麗，故事的曲折佈局的整嚴，描寫的動人，達到了很高的藝術成就。

傳奇小說由六期片段記載發展爲完整型態，受以下三方面之影響：

1. 古文運動：駢文消沈、白話文未興、古文實最宜寫小說，故古文運動對傳奇之貢獻乃提供文體。

2. 科舉風氣：科舉考官多爲古文家，古文家重詩、議論文，與敘事文，傳奇小說能同時包括詩、議論、敘事文、故當時溫卷作品，

任氏傳——→ 沈既濟作，亦諷刺之佳作，文字極爲優美，寫一狐精殉節的故事，其用意是對於當代婦女的譏諷，借禽獸之貞操道德，責罵人類的無品。

古嶽瀆經
李公佐作，無甚特色，蓋亦諷刺一流。
盧江馮媼傳

多爲傳奇小說。

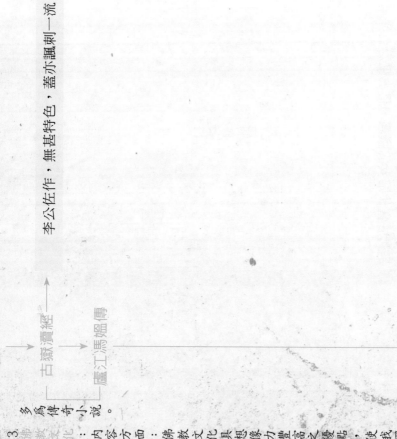

3. 佛教文化：內容方面：佛教文化具想像力豐富之優點，使我國小說題材更爲豐富。形式方面：佛經譯文多韻散合體、初期傳奇夾雜詩歌即受此影響。

㈢愛情小說

愛情小說多以現實的人事爲題材，與取材於神怪者全異其趣，才子佳人的離合、妓女秀才的結識，由此演出種種故事，文人以清麗之筆，描摹體會，所以格外動人、爲唐人小說中之代表。

霍小玉傳 → 蔣防作

寫詩人李益，與名妓先合後絕的故事，是一幕失戀的悲劇。

情節雖極簡單，然文筆寫得楚楚動人，不失爲一篇美妙的作品。

李娃傳 → 白行簡作

述某生戀一娼女名李娃者，後因窮困爲女所棄，其父爲顯官，怒其有辱門楣，鞭之幾死後李娃感其情，攜與俱歸，從此努力讀書，得登科第，父子合好如初。

此篇情節複雜，富戲劇性、人生變化波瀾曲折、佈局謹嚴、極合小說體裁，加以文筆高妙，寫得委宛動人，主要人物形象，刻畫得眞實又生動。

白行簡另有《三夢記》三篇是一種隨筆體的雜錄，不如李娃傳。

唐人傳奇之特色

1. 寫作以散文爲主，但駢儷句法仍夾雜使用。

2. 作品中往往夾雜詩歌與議論文字。

鶯鶯傳——元稹作，亦名《會眞記》

寫張生和鶯鶯的私戀，而終至於訣絕的悲劇。傳中的張生，就是作者自己的影子，是一篇帶有自傳性質的小說，故事的發展，心理的活動有一些實際體驗，決非全出於虛構，因此寫得格外眞實動人。

《鶯鶯傳》的重要成就，是成功創造了一個舊式社會的名門閨秀，爲了追求愛情的幸福生活，反抗舊道德，而終歸於失敗的女性悲劇。張生那種始亂終棄的行爲，正反映出那種熱心富貴功名，輕視愛情的薄倖男子的眞面貌。

鶯鶯這種弱不勝衣、不露才、不爭寵、自怨自艾的女子形象，便成爲後代中國小說中女性典型。

歷史小說取材於史料，再加以編排鋪設，與正史不同、同那些志怪之作亦異，唐代天寶之亂，最能擾動人心，推其禍源總以玄宗的荒淫、貴妃的驕奢、楊國忠的專權、高力士的跋扈構成安祿山的變亂，於是這些人物遂成為小說的題材。

長恨歌傳 陳鴻作

陳鴻為白居易之友，《長恨歌傳》為白氏的長恨歌而作，傳中敘貴妃入宮，祿山之亂，馬嵬之變，以至道士求魂為止，其中雖雜有神仙方士之說，並不損失這篇小說的社會性與眞實性。

傳中寫貴妃得寵後，兄弟姊妹俱煊赫一時，既眞實而又充滿了諷刺，把當日的裙帶政治，黑暗荒淫的眞面目暴露無遺，同時把當日民間憤恨的心理，也表現得非常眞切。

作者在篇末說：「意者不但感其事，亦欲懲尤物，窒亂階，垂於將來也。」這是《長恨歌傳》的本意，表面說是懲尤物，側面則是罵皇帝，這意義很顯明。

唐代社會有三大特徵，這三大特徵，乃成為唐人傳奇之主要題材

1. 佛道盛行：諷刺小說、志怪小說。
2. 進士與倡妓戀愛成風：愛情小說。
3. 藩鎮跋扈、弱肉強食：俠義小說、歷史小說。

東城父老傳 → 陳鴻作

寫鬥雞童賈昌一生的歷史，在他的歷史中正反映出玄宗的荒淫與天寶的亂象，貴妃以顏色得寵，賈昌以鬥雞承歡，都越過了政治的正軌，作者極力從正面鋪寫，從側面暗示著當日政治的黑暗。

此篇和《長恨歌傳》，充分地表現了民間對於於君主的責罵，對政治腐敗、社會紊亂的憤懣與譴責，具有濃厚的時代性與社會性。

高力士外傳 →

安祿山事蹟

開元昇平源

李林甫外傳

皆屬歷史小說，其中《高力士外傳》，郭湜作；《安祿山事蹟》，姚汝能作；《開元昇平源》，吳兢作。俱不如陳鴻二篇。

(五)俠義小說

俠義小說是以俠士的義烈行爲爲主，而加以故事愛情的穿插，更顯得故事情節的複雜。唐代中葉以後，藩鎮各據一方，爭權奪利，私蓄游俠之士以仇殺異己，於是俠士之風盛行一時。歐洲中古世紀騎士活躍於社會，因此產生描寫騎士生活的

柳氏傳 → 謝小娥傳 → 無雙傳 → 崑崙奴傳 → 聶隱娘傳 → 紅線傳

《柳氏傳》—許堯佐
《謝小娥傳》—李公佐
《無雙傳》—薛調
《紅線傳》—袁郊
《崑崙奴傳》、《聶隱娘傳》—裴鉶

小說，唐代俠義小說的產生，同樣有著近似這種社會生活的基礎，但因爲要表現俠士的特別技能，所以常有超現實的描寫，如騰雲駕霧之術、神力怪箭之事，與當日神仙術士一流的迷信思想，發生密切關係，因此作者往往是教徒。

虬髯客傳 ──→ 杜光庭作

敘述紅拂私奔與李靖創業的故事，作者一面是以當日盛行的俠士爲主題，一面又在唐末離亂之際，夢想著新英雄的出現，把這種現像結合起來，於是產生了這篇好作品。

在形式上，有了嚴整的佈局，適當的剪裁，而對於人物的個性，有了更進一步的深刻描寫，情節的穿插，事體的起伏富於變化曲折的波瀾，更能引人入勝。

唐以前之小說，都不注重結構，只敘事而不注重描寫人物，到了李娃、鶯鶯、虬髯客，這種缺點全都克服，於是在藝術上價值提高了。

(六)其他重要小說、專集

離魂記

柳毅傳

《離魂記》，陳玄祐作；《柳毅傳》，李朝威作。都表現美好生活的渴望和愛情幸福的追求，而具有動人的藝術力量。

玄怪錄

續玄怪錄

甘澤謠

傳奇

這些皆是以傳奇之文會爲專集者。

《玄怪錄》、牛僧孺作；《續玄怪錄》，李復言作；《甘澤謠》，袁郊作；《傳奇》，裴鉶作。

《玄怪錄》已佚，《太平廣記》尙存三十三篇，可見其大概，其造文立意大都故作玄虛，不近人情。

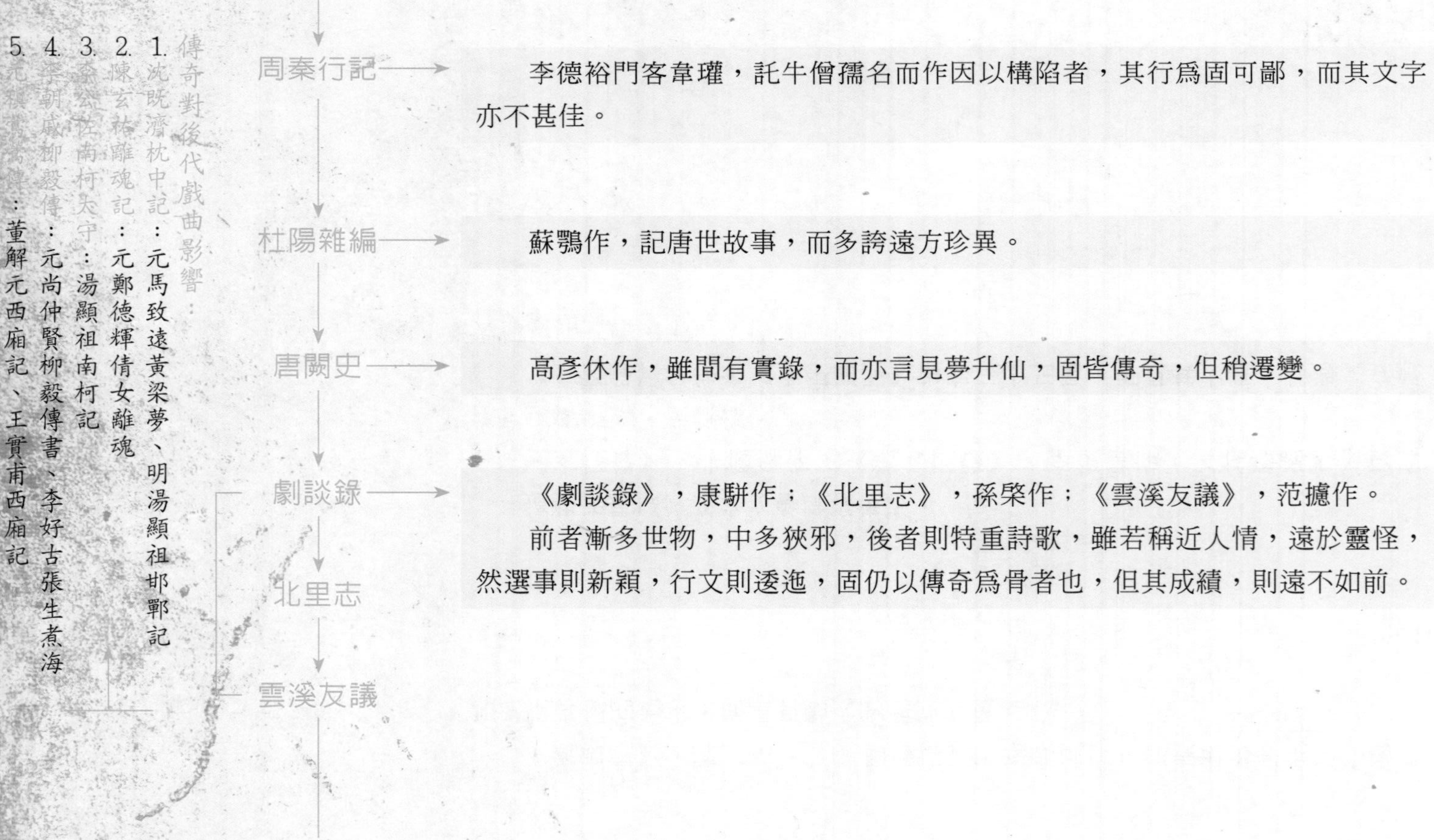

傳奇對後代戲曲影響：
1. 沈既濟枕中記：元馬致遠黃粱夢、明湯顯祖邯鄲記
2. 陳玄祐離魂記：元鄭德輝倩女離魂
3. 李公佐南柯太守：湯顯祖南柯記
4. 李朝威柳毅傳：元尚仲賢柳毅傳書、李好古張生煮海
5. 元稹鶯鶯傳：董解元西廂記、王實甫西廂記
6. 陳鴻長恨歌傳：元白仁甫梧桐雨、清洪昇長生殿
周秦行記
杜陽雜編
唐闕史
劇談錄
北里志
雲溪友議

周秦行記：李德裕門客韋瓘，託牛僧孺名而作因以構陷者，其行爲固可鄙，而其文字亦不甚佳。

杜陽雜編：蘇鶚作，記唐世故事，而多誇遠方珍異。

唐闕史：高彥休作，雖間有實錄，而亦言見夢升仙，固皆傳奇，但稍遷變。

劇談錄、北里志、雲溪友議：《劇談錄》，康騈作；《北里志》，孫棨作；《雲溪友議》，范攄作。

前者漸多世物，中多狹邪，後者則特重詩歌，雖若稱近人情，遠於靈怪，然選事則新穎，行文則逶迤，固仍以傳奇爲骨者也，但其成績，則遠不如前。

唐代的變文

變文對後代中國文學之影響

1. 話本：宋人話本在形式上，受有變文的影響。
2. 彈詞：寶卷彈詞一類的民間通俗作品，是變文的嫡派兒孫。
3. 小說：在中國的長篇小說中，時時夾雜著一些詩詞歌賦或是駢文的敘述，這是變文體裁的轉用。

來源 → 變文之來源是佛經，佛經如何變為變文，須先了解佛經之翻譯

(一)佛經翻譯，可分三期：

1.第一期由後漢至西晉：

此期為譯經之幼稚時代，內容方面不一定可信，文字多取本國流行的文體，真正譯文的體裁還未建立，支謙、竺法護為代表。

2.第二期從東晉到南北朝：

為全盛時期，當日的譯者，多能兼通漢語梵文，一面能將佛教的經典作有系統的真實介紹，同時又確立一種翻譯的文體，這種文體不求華美，只求切合原意，於是在文句的組織、構造上，多傾向梵化而語體亦夾雜其間，因此釀成一種新文體，鳩摩羅什為代表。

3.第三期唐代：

佛經至此，重要者均已譯出，主要的工作已由介紹而入於佛教哲學的創立了，玄奘為代表。

(二)佛經翻譯之影響：

大量佛經之翻譯，首先影響哲學思想方面，東晉、南北朝的思想界，佛教

思想，占領了當日士大夫的頭腦。

但在文學的形式內容與想像方面發生明顯的影響，都是起始於唐朝。

所以在兩晉南北朝時代，我們要注意的是佛教給予當日士大夫的思想和人生觀方面的影響，促進浪漫的興起。到了唐朝及唐以後，才正式看出佛教文學給予中國文學，在形體、修辭上的影響，促進許多新文學形體的出現。

↓

㈢佛經文學之特色：

1. 富於想像——

想像力之豐，變化百出，無奇不有。中國文學正需要這種能力，如後代西遊、封神，正受其影響。

2. 韻散夾雜——

中國文學的體裁是單純的，散是散駢是駢，佛經卻是韻散夾雜，散文之後有韻文之偈，可以唱，容易記憶，這種體裁對後世彈詞、平話、戲曲，皆有影響。

↓

㈣佛經如何通俗化：

佛經要深入民間，必須通俗化，通俗的兩個方向，便是故事化、音樂化。

南北朝時佛徒在傳教方面，有所謂轉讀、梵唄、唱導種種方法，便是朝這

4. 戲曲：中國的戲曲，由唱白兼用起，在演劇的藝術上始得一大進步，可能受了變文之啓示以此。

兩方向去做。

所謂轉讀便是用正確之音調、節奏來朗誦佛經，所謂梵唄則是一種讚誦的歌唱。

這兩種方法在印度是一類的，《高僧傳》：「天竺方俗，凡是歌詠法言，皆稱爲唄。」知梵唄，就是一種梵歌，如基督教之讚美詩，這些梵歌在民間流行普遍了，於是便有擬其形式，改以內容而出現之民歌，如：嘆五更、十二時、女人百歲篇一類之俚曲。

另外唱導則是一種佛道的演講和說法的制度，這種演講，對貴族要華麗典雅，對民眾則須求通俗，因爲要引起聽眾興趣，於是便增加敘述和描摹，也就是故事化了。

↓

(五)變文的產生：

梵唄〈頌歌〉化爲俚曲，唱導〈演講〉加以故事性，於是佛經趨向於通俗化、故事化、也擴大化了。由這種情形演變下去，變文就適應這種環境而產生了。

變文有講有唱，有描寫，有譬喻，是一種極好之宣傳品，最初的變文，只演述佛事，到後來，史事、豔事也都講了起來，題材增多，於是變文也就成爲一種民間文學的新體裁了。

形態

變文，即佛經演變之意，其形成爲韻散夾雜體，然其韻散構成的形態卻有三種：

1.先用散文講述故事，再用韻文歌唱

如《維摩詰經變文》，《降魔變文》

2.只用散文作引子，主體以韻文細詳的敘之

如《大目乾連冥間救母變文》

3.韻散交雜並用，不可分開，成混合形式

如《伍子胥變文》

韻文部分之體裁以七言爲主體，偶雜有三言、五言、六言的，五言、六言雜用的，見入相變文，此種較少。

散文部分之體裁，則有用普通散文的，有用語體的，有用駢文的，前二者較生硬，駢文較圓熟，後世西遊、水滸等散文中，突起一段，介紹風景人物的駢文形式，即從變文取法而來。

類別

變文類別因其內容，分爲二種：

一、演述佛事

二、演述史事，與民間故事

(一)演述佛事——

1. 《維摩詰經變文》：

維摩詰經，本身就是一部富有文學趣味的小說式的經典。

經中敘述釋迦佛派文殊師利，去向居士維摩詰問渡之事，本是平淡無味，但作者將之通俗、擴大、想像鋪敘，成了變文中第一部宏大之作。

2. 《降魔變文》：

篇幅雖短，但文字頗流利生動，寫舍利佛降魔之事，《西遊記》許多鬥法場面，和此篇很相像。

3. 《大目乾連冥間救母變文》：

敘述佛弟子大目乾連救母出地獄的故事，篇中極力寫地獄之淒慘，人生因果報應，由此暗示佛力偉大與信佛的善果，是宣傳佛教有力的作品。

表現出作者的想像力的豐富，與創造的精神，成為後代寫地獄之範本。

(二)演述史事，與民間故事——

演述佛事之變文在民間盛行，於是有人依其格式換其內容，因此非佛事之變文，因之而起，如：

1. 《舜子至孝變文》—寫舜之故事
2. 《列國傳》—寫伍子胥之事
3. 《明妃傳》—寫王昭君之事
4. 《秋胡變文》—寫民間故事
5. 《西征記》—寫與外族之戰爭

可見變文體裁已經確立，民間自由運用，其內容就擴大了。

宋代的文言小說，在志怪傳奇方面，無論內容、文體多沿襲舊風，頗少新創。

宋代的小說

(一)文言小說（志怪傳奇）

志怪

稽神錄 → 江淮黑人錄 → 乘異記 → 括異志 → 祖異志 → 洛中紀異 → 幕府燕閒錄 → 夷堅志

《稽神錄》—徐鉉　《江淮黑人錄》—吳淑之

《乘異記》—張君房　《括異志》—張師正

《祖異志》—聶田　《洛中紀異》—秦再思

《幕府燕閒錄》—畢仲詢　《夷堅志》—洪邁

其中以《夷堅志》最爲有名，共四百二十卷，因作者學問淵博，頗有文名，書中時有佳篇，但以卷佚過繁，成書過急，有以五十日寫十卷者，故在文字上未能細潤，內容上亦時有重複，是本書弊病。

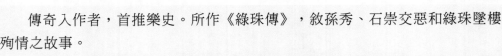

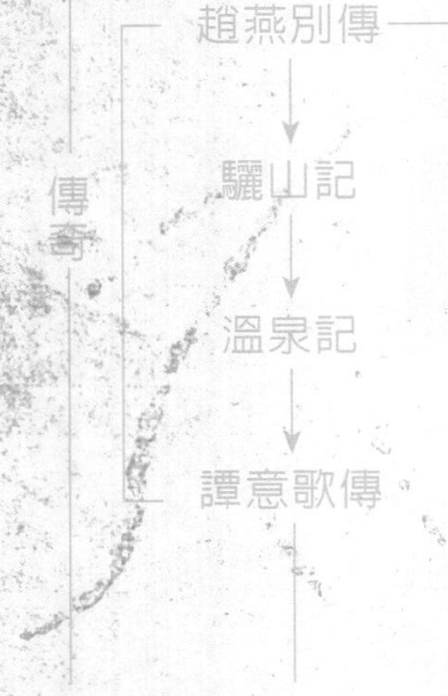

傳奇入作者，首推樂史。所作《綠珠傳》，敘孫秀、石崇交惡和綠珠墜樓殉情之故事。

《太眞外傳》爲《長恨傳》、《長恨歌》的重述，其中除加入一些小故事外，別無新意，文字亦遠不如陳鴻之簡潔。

樂史另外又長於地理，作有《太平寰宇記》，引書至百餘種，雖偶雜小說家言，然是精審之作。

秦醇作，前三篇敘漢、唐宮闈舊事，與《太眞外傳》同體，後篇乃當時戀愛故事，似《霍小玉傳》，但以團圓作結。

各篇中雖偶有雋語，但大體蕪弱，去唐人傳奇聲貌頗遠。

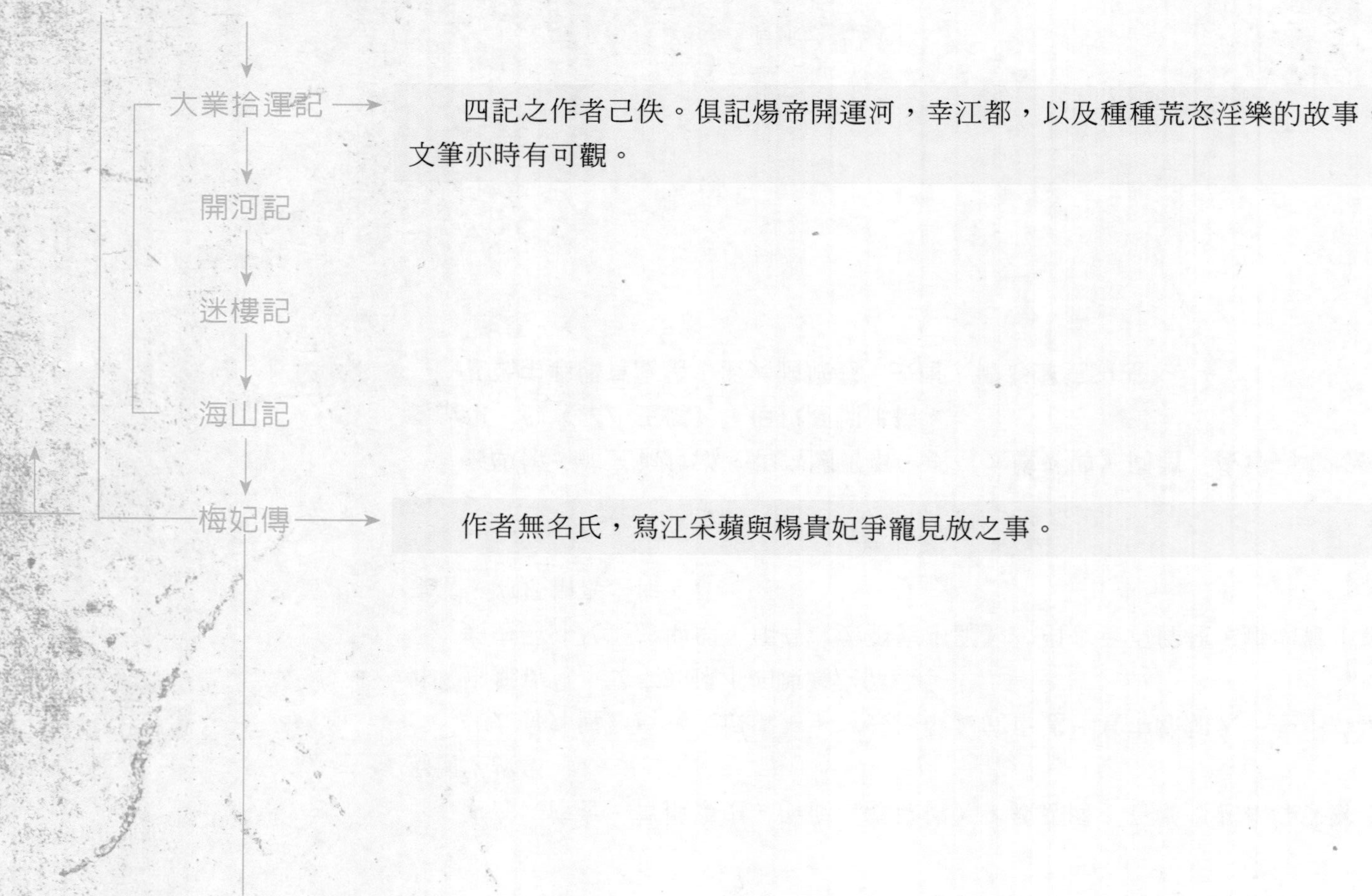

四記之作者已佚。俱記煬帝開運河，幸江都，以及種種荒恣淫樂的故事，文筆亦時有可觀。

作者無名氏，寫江采蘋與楊貴妃爭寵見放之事。

宋人話本形式結構之特色

1. 有引子作開場、或詩詞、或故事，說話人稱「得勝頭回」。
2. 分段分章，遇精彩處作一結束，以使聽眾下次再來，後世章回小說源於此。
3. 「有詩為證」之形式，亦為後代小說取法。
4. 遇特殊場面，以駢文或長詩長詞作介紹。

〈以上四點，俱從變文演化而來〉

錢曾，《也是園書目》戲曲部中，列宋人詞話十二種：

《燈花婆》、《風吹轎兒》、《馮玉梅團圓》
《種瓜長者》、《錯斬崔寧》、《簡帖和尙》
《紫羅蓋頭》、《山亭兒》、《李煥生五陣雨》
《女報冤》、《西湖三塔》、《小金錢》

這一種通俗文學，本為古代正統文學家輕視，故除見《也是園書目》外，就沒有提過它。

直到《京本通俗小說殘本》的出現，方使我們知道，《也是園書目》中「宋人詞話」的眞實面目，後由亞東書局付印為《宋人話本八種》，看到的人就多了：

《碾玉觀音》、《菩薩蠻》
《西山一窟鬼》、《志誠張主管》
《拗相公》、《錯斬崔寧》
《馮玉梅團圓》、《金虜海陵王荒淫》

這幾種小說，都是南宋的話本。但是宋代的白話小說，存在人間的還不只這幾篇，從明洪楩編的《清平山堂話本》，茂苑《野史編》的古今小說，馮夢龍的三言諸書，在日本與國內先後發現以後，還可以從中找出一些宋代的小說來。

不過這些書中的話本，雖是來自宋代，但編輯刊印的時代較遲，文字的修飾比較大，就很難保存宋代原本之眞面目了。

變文

↓

變文體的通俗文學
季布歌
董永行孝歌
唐太宗入冥記
秋胡變文

↓

已離開文言，漸入白話

↓

宋代民間藝人

↓

爲了謀生、職業

↓

說話

↓

創作話本

以上這些話本文學的主要特色，是在於它具有新內容、新形式，而眞的成爲通俗文學，話本是在經濟發達的基礎上發展起來的，和文人作品有很大不同，因爲來自民間，反映的社會內容和生活面貌，極爲廣泛，所以他們的思想，具有冒險的、積極的、追求美好生活的種種特徵，同士大夫的保守傳統是不同的。

話本中的主角，主要都是下層平民，他們都極力追求生活利益，因此對於傳統道德、黑暗政治、門戶觀念種種舊勢力，表示了強烈的不滿和反抗，於是愛情、政治、愛國、俠義俱成了話本主要題材。

上述作品，以《錯斬崔寧》、《志誠張》主管二篇，較爲成熟。

為了迎合市民需要

↓

必須使用白話體

↓

作品多、創作人多

↓

質量提高

↓

於是產生許多具文學價值之白話小說

(三)白話小說(長篇)

新編五代史平話 →

為當日說話人的講史底本，敘述梁唐晉漢周五代之歷史。每代二卷，都以詩起詩結，中間用散文敘述史事，散文部分，大都為淺近的文言，而偶有純粹的白話。

所敘事，重要者皆本正史，對於個人的性情雜事，及戰爭場面則大加點染，加以誇張的描寫和鋪敘，頗具歷史小說規模，在文學意義上講，本書沒有多大藝術價值，但由此可看出講史底本面貌，並由此演出後代歷史長篇小說。

現存宋代小說，可分爲短篇與長篇二類，短篇的都爲純粹的白話，並且白話文運用的技巧，已達到很成熟的階段。長篇的大都爲淺近的文言與不十分成熟的白話夾雜合用，在語言的運用上，比起短篇來都幼稚得多，因長篇大都爲講史，講史在文學上容易受到古代史書的影響，但他們無論在內容上、結構上，都替後代的長篇小說立了一個好基礎。

大宋宣和遺事

亦帶講史性質，而多雜以社會故事，全書分元亨利貞四集。

此書係節抄舊籍而成，故體例全不一致，有典雅的文言，有流利的白話，結構上亦無嚴密的組織，不是說話人的本子，想是宋末憤世文人，擬話本而爲者。

宣和遺事中，所敘的梁山濼的故事，即是後日《水滸傳》的底本，這一段可看作《水滸傳》最初的本子，並且本段中的白話文，已寫得較爲精彩，由此可以推測，當初這是一本獨立的書，或是一部話本，由宣和遺事之作者，將之抄錄進去，成爲書中的一節。如此看來，《水滸傳》的故事，不僅在宋末的民間已很流行，並已有人編寫成書，或作爲說話的底本了。

大唐三藏取經詩話

全書分三卷，共十七章，是中國章回小說之祖，書中有詩有話，故名爲詩話。

由篇目看來，知道書中已充滿了浪漫成分，與幻想情調。

全書敘述玄奘與猴行者，西天取經的故事，當日的猴行者，雖是一個白衣秀士，但已經是神通廣大、文武雙全，替後代西遊記中的齊天大聖，立好一個基礎。

到了元朝，用這個故事來寫戲曲的人也很多，再漸變下去，便成就了吳承恩那部偉大作品。

本書雖文字拙劣，敘事簡略，每章字數不稱，但他正如《五代史平話》、《宣和遺事》一樣，是後代長篇小說的種子，白話文學的先聲。

明代小說與三國 → 三國演義 →

—— 演化過程 ——

㈠唐宋金元

唐：李義山驕兒詩，「或謔張飛胡，或笑鄧艾癡」知唐末的三國歷史，已為通俗故事流行民間了。

北宋：說話人，有說三分之專家。

金：金人院本，搬演三國故事者特多。

元：元雜劇，也有許多三國故事

可知三國歷史，在唐宋金元，已成為通俗故事。

《三國演義》的主旨與思想內容：

《三國演義》的主旨是反分裂、求統一的思想，在這樣的思想基礎上，很真實地描寫了東漢末年帝國朝政的極端黑暗，和人民在那個時代的慘痛生活，這方面真實而又歷史的反映，是三國的主要思想內容。

㈡元，《全相三國志平話》

是元代講史文學的遺產，分上、中、下三卷，內分上下二欄，上欄是畫，下欄是文，始於黃巾賊亂，桃園三結義，終於晉王統一，後來的三國志演義，在此已初具規模，但文字粗簡，語意不暢，人地之名時有誤寫，所敘事實，頗違正史。

由此看來，《三國志平話》，是說話底本，沒有經過文人修飾、藝術價值不高，但在演化上卻很重要，由此可知道元朝之三國故事，在民間傳播的形態。

《三國演義》與史實略有不符的原因

《三國演義》是一部小說，它以那個時代的歷史事實爲骨幹，爲基礎，經過民間藝人的長期編造，再經羅貫中整理、加工、和再創造的過程，這中間滲雜了作者的主觀思想和文學想像，對於史事的安排、改動、和人物性格的描寫，求其合於文學的創作意圖，求其合於藝術的眞實，同歷史事件發生某些不盡符合的地方，自然是難免的。

特色

《三國演義》善寫政治紛亂，通過故事發展和人物活動，把許多歷史材料加以文學化、生動活潑、機趣橫生、內容豐富、變化萬端，展開各種不同的鬥智，在塑造人物形象，描寫人物性格上，得到了很大成就。

㈢明，《三國志通俗演義》

將《三國志平話》，加以改編，寫成一本雅俗共賞的小說的是羅貫中，他是中國首先用全力作小說的作家。

《三國志通俗演義》，前有庸愚子之序，將羅貫中改編的心思說得非常明白，他要把那些言辭鄙謬，士君子看不起的平話，改編為「文不甚深，言不甚俗」又不完全違背正史的通俗演義，上可給士君子讀，下可給民眾看，雅俗共賞。一面可以普及歷史知識，同時又要合乎里巷歌謠之義，他是有意的要為民眾創作通俗文學。

羅本《三國志通俗演義》共二十四卷，每卷十節，每節有一小目，七言一句，這是我國長篇小說，初期繼承話本的形式。

羅本與平話本不同之處：

1. 增加篇幅，改正文字。
2. 削落無稽之談，刪去因果報應之說。
3. 增加史料、詩詞、書表。

㈣清，《毛宗崗三國演義》

羅本一出，平話本盡滅，於是新刊本三國演義紛出，皆以羅本爲主，改動不大，至清毛本出，變化才大。

毛氏師金聖嘆改水滸西廂之法，改作羅本，再加上批評，稱第一才子書，也就是今日之《三國演義》本，毛本文字進步，於是羅本又湮沒不爲人知了。

毛本改作之處，約有四端：

1. 改正內容，辨正史事。
2. 整理回目，改爲對偶。
3. 增刪詩文，削除論贊。
4. 注重辭藻，修改文詞。

可知《三國演義》，非一人一代之作，乃由正史入於民間，再由話本回到文人手中的集體創作，但主要成績，不得不歸於羅貫中。

缺點

1. 有些地方過於誇張，生活細節不夠眞實，偶爾也涉迷信妖異。
2. 語言不是純粹的白話，而雜半文半白的通俗文言，確是美中不足，其原因則因爲三國演義從講史演化而來，講史爲了牽就史事引用史中文獻，作者爲了方便，有的照段抄錄，有的改頭換面編寫，於是文言便成爲主要部分。

(三)《水滸傳》及其他

水滸所敘宋江事，俱見信史，但其性質與演義體之三國完全不同，水滸只取史中一點一滴開展擴充，自由鋪寫，完全不爲歷史所拘束，敘述佈局，獨出心裁，成爲一部自由創作的小說，故小說水滸，在文學上的成就較講史三國爲優。

水滸傳 → —— 演化過程 ——

(一)民間故事

南宋時，水滸已爲民間流行的故事，由民間流行，逐步進入話本與戲劇。

↓

(二)《大宋宣和遺事》

據宣和遺事所記，水滸人物已有三十六人，文字雖短，事實已具規模，起於楊志等押運花石綱，終於征方臘。

↓

(三)宋元之際，《水滸傳》其他話本

宣和遺事外，在宋元之際，還有《水滸傳》一類的話本，見羅燁《醉翁談錄》中的有石頭孫立，青面獸，花和尚，武行者等篇。

↓

(四)元代水滸雜劇

到了元朝，出現了許多水滸故事的雜劇，以寫黑旋風爲多，劇中人物之性格雖與小說頗有異同，但也可體會到水滸故事流行之盛況。

↓

㈤施耐菴本《水滸傳》

施氏是第一個將水滸寫成小說的人，是在民間傳說和話本的基礎上，加以整理組織，加工創造之第一人。

《大宋宣和遺事》中之水滸故事，已有濃厚的白話傾向，故施本應該也是白話。又其故事架構，與宣和遺事略同，招安以後，接著討平方臘，書便結束了。

↓

㈥羅貫中本《水滸傳》

到了羅氏將施本再加以改造，他可能看見宣和遺事最末一段有「因此三路之寇，悉得平定」二句，因宋江已經招安，加進征田虎、王慶一段，湊成三寇之數。

↓

㈦郭武定本《水滸傳》

嘉靖年間，是中國長篇小說進步發展的大時代，《水滸傳》在這時，又經修改。

沈德符云：「武定侯郭勳，在世宗朝號好文，多藝能計數，今新安所刻水滸善本，即其家所傳，前有汪太函敘託名天都外臣者。」

《水滸傳》的現實主義藝術力量，在塑造人物形象和描繪人物性格方面，得到了卓越的成就，它所寫的，大部是出身寒微的好漢，生龍活虎的英雄，它用的是粗線條的筆法，著墨多，色彩濃烈，用豐富多彩的辭彙和粗豪風格的語言，描繪出各種不同階段，不同類型之物形象。

一百二十回本發凡云：「郭武定本，即舊本，移置閻婆事、甚善。其於寇中去王、田，而加遼國，猶是小家照應之法，不知大手筆者，正不爾爾。」

知郭本乃去羅本之田、王事，而加遼國一段，想是當時北方外族壓境，作者以安內換成攘外，聊快人意。

但破遼事亦有根據，宣和遺事初節有「童貫巡邊，五月童貫兵與遼人戰敗退保雄州」之記載，破遼殆由此來。

郭本作者無法斷定，但汪太函頗有可能，他是與王世貞齊名之文學家，因此郭本藝術價值亦提高不少。

郭本一百回，是繁本之祖。

↓

(八)簡本《水滸傳》

郭本問世，立刻獲得士大夫們的讚嘆，但是郭本之簡，不適合一般民眾，因此謀利的書商，不得不另謀出路。

於是取施、羅舊本，恢復田、王，改作破遼一節，成爲平四寇，內容最富，以全本向民眾號召，兜攬生意，於是許多版本，紛紛出版。

這些本子，內容與羅本最接近，文字卻最簡略，俱可稱爲簡本。

簡本多止錄事實，中間簡遊詞餘韻，神情寄寓處，一概刪之，知簡本不如郭本。

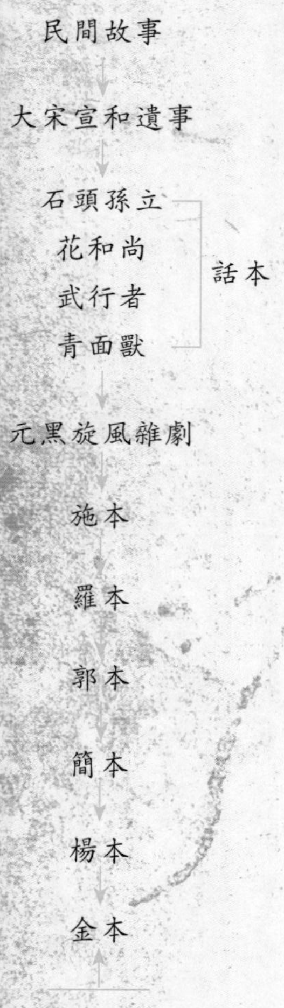

(九)楊定見本《水滸傳》

楊氏為顧全本名義，而又要挽救郭本缺失，於是用郭本原文，再將簡本中田、王故事，加以改作，插入破遼前，如此一來，又是全本，又是繁本，而文字也都可讀了，是一部繁簡全編之綜合全書。

(十)金聖嘆本《水滸傳》

金氏站在傳統立場，覺得強盜招安，建立功業之事，不可提倡，於是他腰斬水滸，只取郭本前七十回，餘皆刪去，並以盧俊義一夢結束，把英雄們壯烈之功業，化成一場悲劇。

但文字確實改得頗好，於是金本行，餘皆作為古董，今見水滸即金本。

水滸傳版本源流

民間故事
↓
大宋宣和遺事
↓
石頭孫立、花和尚、武行者、青面獸（話本）
↓
元黑旋風雜劇
↓
施本
↓
羅本
↓
郭本
↓
簡本
↓
楊本
↓
金本

水滸後傳

陳忱所作，生於明萬曆，死於清康熙初年，是明季遺民，有強烈的民族意識，在他許多詩歌裡，表現了亡國的沈痛感情。

後傳，由阮小七憑弔梁山，殺死張幹辦，和李俊太湖捕魚，反抗巴山蛇，這兩件事展開，梁山舊英雄又匯集，再加入一些新人物，展開反抗行動。

語言生動、人物也寫得不壞，但前半部較優，後半就弱了許多。

三遂平妖傳

原書題羅貫中編，敘文彥博討平王則、永兒夫婦的故事，王則實有其人，但書中所敘，頗多妖法。

因當日助彥博作戰者，有諸葛遂智、馬遂、李遂，故名《三遂平妖傳》，今本爲馮夢龍改編。

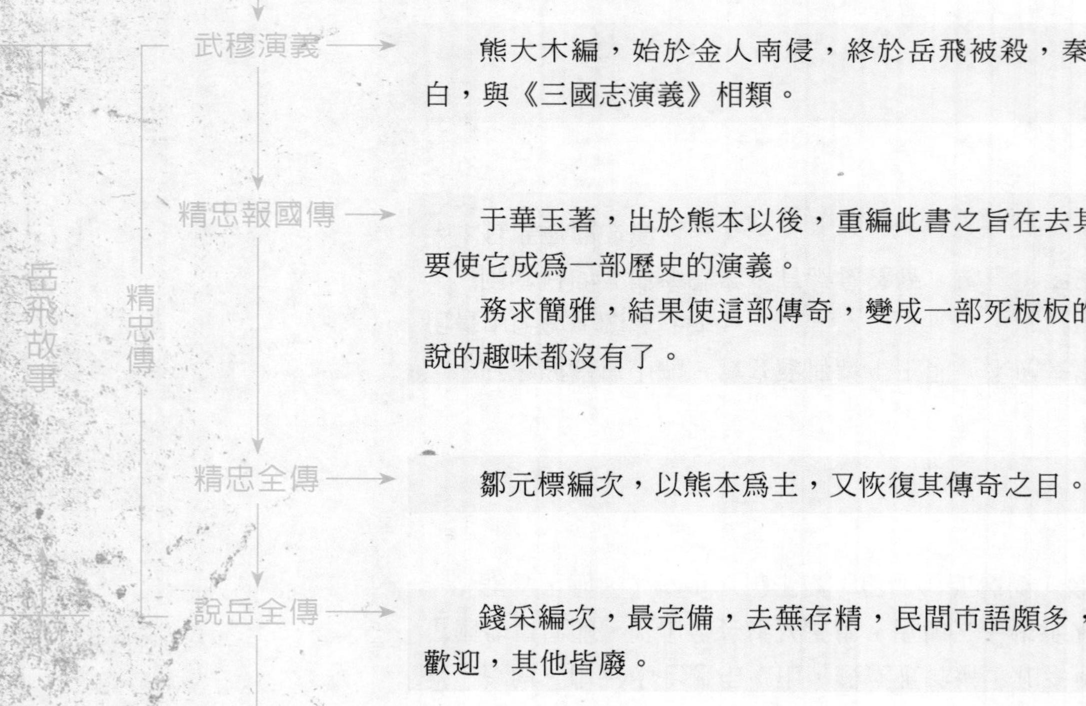

武穆演義——熊大木編，始於金人南侵，終於岳飛被殺，秦檜在獄中受報應，半文半白，與《三國志演義》相類。

精忠報國傳——于華玉著，出於熊本以後，重編此書之旨在去其荒誕不稽的小說材料，而要使它成爲一部歷史的演義。

務求簡雅，結果使這部傳奇，變成一部死板板的演義，活潑的精神，和小說的趣味都沒有了。

精忠全傳——鄒元標編次，以熊本爲主，又恢復其傳奇之目。

說岳全傳——錢采編次，最完備，去蕪存精，民間市語頗多，又加荒誕之說，於是民眾歡迎，其他皆廢。

西遊記

—— 演化過程 ——

(一)《大唐三藏取經詩話》

看取經詩話目錄，知道宋、元民間流行的唐僧取經的故事，已逐步脫離眞實的史事，加入了神怪的成分。

孫行者也已加入成爲唯一的保駕弟子，模樣雖是白衣秀士，卻是一位神通廣大的猴王。

(二)取經雜劇

在元朝，還有人採用取經的故事來作雜劇，雜劇雖不能表現這故事的詳情，但無論內容和人物的個性，都比取經詩話要複雜得多。

(三)《西遊記》及其他

《西遊記》的文學特色是作者發揮了浪漫主義的創作精神，通過豐富無比的想像力，在原有的故事基礎上，創造了多種多樣的故事和形象不同的神靈妖魔，而又賦予他們以人情世故的精神實質和現實生活思想的基礎。在這些文字裡，由於作者的天才創造，使故事情節變化萬端，一波未平一波又起，把讀者帶進到一個幻想世界，一個推沙走石的鬥法戰場，一面是充滿恐怖，同時又洋溢者藝術的動人感情。

㈢《魏徵夢斬涇河龍》

永樂大典鈔本，送韻夢下，有一條是《魏徵夢斬涇河龍》，引書標題作西遊記，文字全是白話，是小說無疑。

文字已經很純熟，是吳承恩創作西遊記之重要材料。

㈣吳承恩《西遊記》

吳承恩與前七子之徐中行友善，互相唱和，人生態度玩物傲世，形成了他文章上幽默、詼諧、豪縱奔放的風格，他自幼喜歡讀玄怪小說，終於寫成一部優美的神魔文學西遊記。

吳承恩博學多才，文筆清綺，西遊記雖有所本，但只有骨架，經他再創以後，文字風格頓改舊觀。本書幻想豐富，佈局謹嚴，精力壯健，語言流利，確是我國浪漫文學的巨獲，作者賦性詼諧，每於敘述恐怖的場面雜以滑稽，化緊張爲舒鬆，變神妖爲人性，確是西遊記之一大特色。

但西遊也有其缺點，如迂腐觀念和迷信色彩交織著的因果報應說，和那種成仙成佛的落後思想。

西遊補

董說作，是《西遊記》的續書中較好的一部，共十六回。所謂補者是欲插入孫悟空「三調芭蕉扇」之後，其實自成局面，並非補作。

此書思想，主要是攻擊明末的腐敗政治、墜落輕浮的士風和那些求和投降的漢奸，並極力諷刺當代讀書人與八股文，因此西遊補表面雖是一部神話書，其實完全是一部人話書。

《西遊補》中，充滿著諷刺詼諧文學的特色，尤善於分辨人物的性格，而出以各種適當的口吻，上下古今，信筆書寫，嬉笑怒罵都是文章。

東遊記

吳元泰著

敘述鐵拐李、鍾離權、藍采和、張果老、何仙姑、呂洞賓、韓湘子、曹國舅八仙得道之故事。

八仙故事在元明流傳已經很久，但到了東遊記才確定了八仙的名字。

此書價值不高只是一本道教宣傳品，所可貴者書中還保存了許多民間的傳說。

四遊記

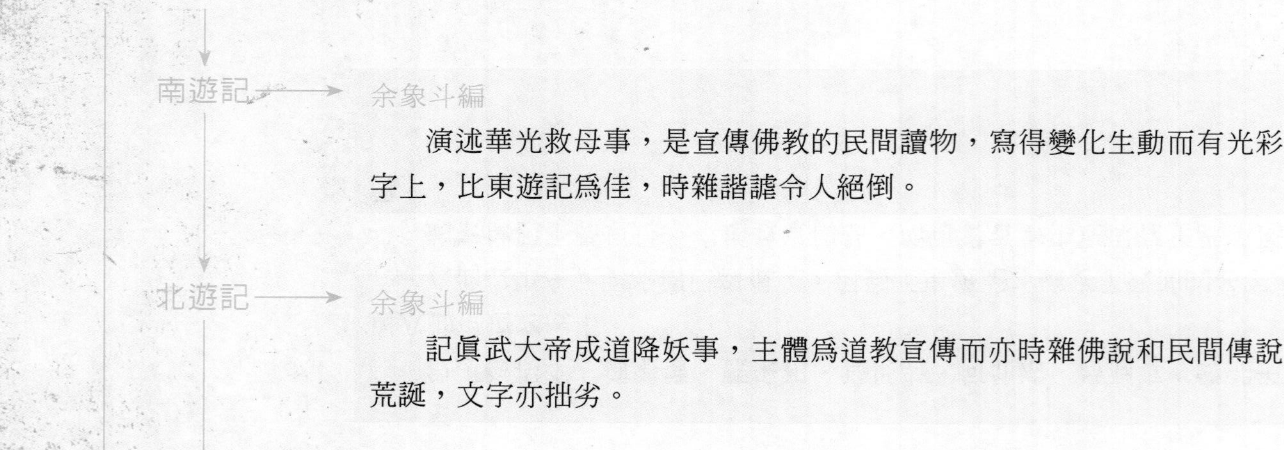

余象斗編

演述華光救母事，是宣傳佛教的民間讀物，寫得變化生動而有光彩，在文字上，比東遊記為佳，時雜諧謔令人絕倒。

余象斗編

記眞武大帝成道降妖事，主體為道教宣傳而亦時雜佛說和民間傳說，內容荒誕，文字亦拙劣。

楊志和編

書中所敘，與吳本西遊記大略相似，因內容頗繁，篇幅較少，故所敘簡略，文字亦殊笨拙，較吳本相差甚遠。

許仲琳編，李雲翔改定

演武王伐紂，姜太公封神事，作者所據是武王伐紂書的平話本，此書雖為講史，但神魔已多，許仲琳據以改編，再加以明代盛行的釋道神仙的穿插，於是成為一部虛幻奇異的神魔小說。

文字通順、流利，但思想幼稚，實不足稱，比水滸、西遊相差甚遠。

(四)《金瓶梅》

西洋記 → 羅懋登著

演述永樂年間，鄭和出使外洋，服外族三十九國入貢中華事，這本是動人之材料，但作者對外洋全無經驗，於是鋪寫誇大，神怪百出，荒誕無稽，文字不佳，結構不嚴，毫無中心思想。

金瓶梅 → 蘭陵笑笑生著

是一本富時代性的長篇小說，作者用他細密的文字，長於刻畫人物的技巧，大膽而又細膩的描寫，把明末那種荒淫放縱腐敗黑暗的社會面貌，暴露無遺，也把有錢階級與貧民生活暴露無遺。

書中從水滸取出西門慶、潘金蓮通姦，以及武松殺嫂一段故事，寫成一百回的長篇，這種創作的雄健精力，令人欽佩。作者的目的，是用全力來寫一個暴發戶的成長與滅亡。

金瓶梅的價值，在他寫出了社會的眞面目，尤其人物的性情、言語、態度，作者都能刻畫入微，形象生動，語言圓熟流利，精巧細緻，超越了前人。

缺點：

1. 凡成功作品，必須充滿理想、光明、希望，金瓶梅則只充滿黑暗、腐爛和絕望，最後指出的也只是因果報應的宿命思想。

2. 取材方面精蕪不分，失去了藝術應有的美質，與高尚的情操。
3. 由於誇張於醜惡和性慾的描寫，容易使讀者忽略其藝術性，形成此書藝術與道德不能調和的矛盾，失去了其社會意義。

玉嬌李

似爲《金瓶梅》續作，傳說亦出《金瓶梅》作者，袁宏道謂：「與前書各設報應因果，武大後世化爲淫夫、潘金蓮亦做河間婦，終以極刑，西門慶則一騃憨男子，坐視妻妾外遇，以見輪迴不爽。」此書已佚，今本爲僞。

續金瓶梅

丁耀元著

書成於清初，專以因果報應爲主，中亦穿插國家故事，又時引佛道儒義詳加解釋，動輒數百言絕無生氣。

第一回說：「要說佛說道說理學，先從因果說起，因果無憑又從金瓶梅說起」本書之中心思想可知。

(五)才子佳人的戀愛小說

《金瓶梅》以外，當時另有一種才子佳人的戀愛小說，大都敘才子佳人戀愛之事，內容結構簡單，惟因文字清麗、情致纏綿，於戀愛過程中，時點綴以文雅風流、功名遇合的種種離奇的穿插，故頗為青年男女所喜，此種小說篇幅不長，大都是二十回左右，篇中波瀾疊生，末以大團圓結局。

玉嬌梨

凡二十回，今或改題《雙美奇緣》，無撰人名氏，書中演述太常卿白玄之女白紅玉及其甥女盧夢梨與才子蘇友白戀愛的故事。

此書明顯的反映出當代宗法社會的思想形態：

1. 兒女婚姻問題，由父親一手包辦。
2. 二女同嫁一夫之不良制度，反認爲是聖人古制。
3. 男權至上，女子對婚姻問題，唯命是從。
4. 讀書人的人生觀是飛騰翰苑，娶妻娶妾。

好逑傳

演述才子鐵中玉，佳人水冰心，經千辛萬苦而告團圓之事，書中主旨表示兒女婚姻須絕對服從父母之命，並特別強調婦女之貞操觀念，作者署名「名教中人」，即此四字便可概括書中思想。

平山冷燕 → 題荻岸山人編，敘二才子平如衡、燕白頷及二佳人小黛、冷降雪的戀愛故事，故書名平山冷燕。

鐵花仙史 → 題雲封山人編次

敘王儒珍，蔡若蘭事。作者想在書名上好奇，也並不奇，鐵言古劍、花言玉芙蓉，仙言蘇子宸，合之爲鐵花仙史，但文字頗拙，夾敘神仙戰爭，更越出戀愛小說之範圍。

《紅樓夢》：「至於才子佳人等書，則又開口文君，滿篇子建，千部一腔，千人一面，且終不能不涉淫濫，在作者不過要寫出自己的兩首情詩豔賦來，故假捏出男女二人名姓，又必旁添一小人，撥亂其間，如戲中小丑一般，更可厭者，之乎者也，非理即文，大不近情，自相矛盾。」曹雪芹所指的才子佳人等書，就正是明末清初這類小說，其批評非常中肯。

(六)晚明的短篇小說

《三言》，共收宋元明人話本一百二十篇，是中國古代話本和擬話本的總匯，書中前人之作，也大都經過馮夢龍的修飾和加工，他一生整理過不少長短篇小說，他主要的工作是：改定題目，和刪

清平山堂話本

將宋元明的短篇話本，收刻最早的，是嘉靖年間之《清平山堂話本》。

此書僅存殘本三卷，原藏日本內閣文庫，共十五篇，清平山堂爲嘉靖時洪楩堂名，書中所收諸作，體例頗不一律。

雨窗集、**欹枕集**

實亦爲《清平山堂話本》，兩集共收十二篇，其中有好幾篇是殘缺不全的，集中文字俱粗糙，頗存話本原有形態，想是沒有經過修改的。

三言

短篇小說的大量刊行，貢獻最多的是稱爲墨憨齋的馮夢龍，他是一位介紹通俗文學的功臣，也是傑出的通俗文學作家。

通俗文學與群治的關係最深，給予社會感應的效果最大，欲求文學與民眾發生聯繫，非通俗不可，這些道理，馮氏最清楚，因此他將畢生的精力，獻之於通俗文學的蒐集、編輯、改作、研究和出版的種種工作，他在小說方面，貢獻特大。

一、古今小說《喻世明言》

收話本四十種，此古今小說也就是《三言》中的《喻世明言》。

馮氏初刻時先刻了四十種，後來警世、醒世，再刻八十種，大概初刻時，定名《新刻古今小說》，後來刻二三集時，改爲《警世通言》、《醒世恆言》，於是初集又改爲《喻世明言》，三言之名，因而成立。

二、《警世通言》

四十卷，收話本四十篇，書前有豫章無礙居士序，對小說的價值、社會的關係，說得極其透徹。

三、《醒世恆言》

此書流傳較廣，書前有可一居士序，總結三言之意義，將明言解作導愚，通言解作通俗，恆言解作傳久，一方面說明小說的功用，同時又說明它的性質。

三言的內容非常廣泛，涉及社會各方面，題材雖有取材於古代史事，主要是來自民間傳說，通過這些作品，反映出宋元以來商業經濟發達、城市繁華的生活面貌，反映出民眾追求理想、渴望美滿生活的精神，故特多婚姻、愛情之作。

去遊詞贅語、修飾文字，有的只保留故事情節加以改寫，這些工作，都是加強作品的藝術性，加強小說形式，予後代很大影響。

《醒世恆言》，可一居士序：「六經國史而外，凡著述皆小說也，而尚理或病於艱深，修辭或傷於藻繪，則不足以觸里耳而振恆心，此醒世恆言四十種，所以繼明言通言而刻也，明者取其可以導愚也，通者取其可以通俗也，恆則習之而不厭，傳之而可久，三刻殊名，其義一耳。」

二拍 →

凌濛初著，《拍案驚奇初刻》、《拍案驚奇二刻》之工作，主要是編輯介紹古今的短篇話本，到凌濛初，才大量以文人的筆來擬作話本。

他喜刻小說、戲曲，及其他雜書，用朱墨套印，加附插圖，極爲美觀。

他著的話本有《拍案驚奇初二刻》，共八十篇，以量言之，他是一位創作最多的作家。

初刻多述人事，二刻多言神鬼，其特色是從古今的史料和民間傳說故事裡，選取材料，再通過他的構想、組織，和文筆，寫成自己的作品。

今古奇觀 →

三言、二拍，共二百篇，民間購買不易，作品亦良莠不齊，抱甕老人鑑此，選出佳作四十篇，成爲一集，題爲《今古奇觀》，於是三言二拍湮沒，此書流行。

石點頭 →

天然癡叟著

著書動機出於勸世，文字流暢。

西湖二集 →

周清源著

書凡三十四卷，每卷平話一篇，俱與西湖有關，此書名爲二集，應有初集，未見。

書中雖有誦聖垂訓之語，但氣味佳，文筆亦流利。

清代小說
（一）《聊齋誌異》及其他

聊齋雖寫神妖，但作者有豐富的想像、美麗的文章、巧妙的組織、多樣的題材，通過浪漫主義的創作方法，表現出來的，而具有暗中諷刺的現實意義，但由於時代限制，書中還存在著一些迷信的色彩。

醉醒石 → 東魯古狂生著

筆墨簡潔，言語靈活，但傳道勸世之氣味太重，情趣也就差了。

聊齋誌異 → 蒲松齡著

聊齋共十六卷，凡四百三十一篇，大都是寫妖狐神鬼的奇形怪事，但作者文筆簡鍊，條理井然，所述雖說都是神鬼妖魔，然都懂得人情世故。

這一部現實化、人情化的神妖小說，比從前一類的志怪書，大不相同，是用唐人傳奇之筆墨，寫人世陰陽之怪異，讀者置身於鬼妖之間不覺可怕，反覺可親，加以文筆古鍊，可作散文的範本，因此大爲知識階層所好。

作者並不是信仰鬼神，表揚因果報應之說，而是借鬼神世界，反映、影射人間生活和社會現實的不平，來發洩自己的悲憤。

書中題材非常廣泛，離奇曲折，描寫生動，富有吸引讀者的力量。

蒲松齡鼓詞

1.和先生攬館、2.俊夜叉曲、3.牆頭記、4.幸雲曲、5.蓬萊宴、6.寒森曲、7.慈悲曲、8.姑婦曲、9.翻魘殃、10.富貴神仙、11.禳妒咒、12.問天詞、13.東郭外傳、14.逃學傳、15.學究自嘲、16.除日祭窮神文、17.窮神答文

新齊諧 → 作者依序爲袁枚、沈起鳳、和邦額、浩歌子、管世灝、馮起鳳

↓

諧鐸

↓

夜譚隨錄

↓

螢窗異草

↓

影談

↓

昔柳摭談

這些書性質與聊齋相近，但成就俱在聊齋之下。

↓

閱微草堂筆記 → 性質與聊齋相近，而風格稍有不同，紀昀作

此書內容雖爲志怪，但對於聊齋那種專尚辭華舖張揚厲之文筆與態度，深表不滿。

作者想排除唐人傳奇之浮華，而追晉宋之質樸，一時風行文壇，與聊齋爭席，風氣爲之一變。

三異筆談

其體式大略與《閱微草堂筆記》相近似，作者依序爲，許元仲、俞鴻漸、俞樾。

印雪軒隨筆

右臺仙館筆記

醒世姻緣

蒲松齡作

寫明朝英宗到憲宗時代一個家庭的故事，鋪敘一個兩世惡姻緣的果報，尤其著重寫幾個悍婦的眞面目，作者用盡了淋漓酣暢的筆墨，描寫那夫婦冤家，幾乎是不盡人情的種種事態。

作者一心一意要用因果報應來說明人生不可抵抗的命運哲學，唯一解救之法，便是倚仗佛法、懺罪消災，使這部書喪失了思想立場，進入宿命之迷信圈而無法自拔。

文字技巧上，相當成功，白話文寫得很好，細緻深刻，新鮮而無套語，擅寫人物個性，尤長變態心理之表現。

蒲松齡另有十幾部長長短短的鼓詞，這些鼓詞最大的特色，完全用的是白話韻文，演成通俗的曲子，給予散曲一個極大的翻新，現存十多種（見上），除穰妒咒爲戲劇體之外，其餘皆是鼓詞，這些鼓詞或敘故事，或寫感想，是一種與道情彈詞相近的東西，他一掃那裝腔作勢的典雅語氣，用自然的語言，自然的音調，繪聲繪影的把人物的個性姿態表現出來，詼諧諷刺兼而有之，給曲體文學一種新空氣、新生命。

(三)《儒林外史》

一 儒林外史 → 吳敬梓著

他與曹雪芹一樣出身於富貴的家庭，到了後期同樣遭受極其窮困的境遇，但他絕不因窮困，而改變他的思想和人生態度，他用過人的筆墨，刻畫他經歷過的人生道路，和觀察到的醜態社會，完成了他的傑作，儒林外史。

儒林外史的藝術特色，是巧妙的運用了諷刺文學的手法，向舊社會不合理的制度，作了深刻的抨擊。秀才、貢生、舉人、翰林、斗方名士八股選家，揚州鹽商，官吏鄉紳，這些醜態百出的人物，通過藝術形象的表現，成爲清代社會形形色色的圖卷。

他不僅刻畫許多反面典型，也表露出一些正面形象，如王冕、沈瓊枝、倪老爺、荊元、于老者，這些正面人物，吳敬梓給予無限的敬意與同情。

儒林外史一掃過去小說中那些神鬼的荒誕，及因果報應的迷信，他所寫的全是現實的事件，沒有過分的誇張，沒有超人的奇蹟。

在語言方面，全是普通的口語，不雜各地的野語方言，修辭造句，簡練純淨，豐富生動，富於表達能力，他有時用成語、諺語、歇後語、文言語等等，在刻畫人物的性格，都是恰到好處的。

錢玄同說，水滸是方言的文學，儒林外史卻是國語的文學。

其缺點則是結構不嚴，全書無主幹，雖云長篇，頗同短製。

明代小說與清代小說之不同

明代三國、水滸一類的古典巨著，無論故事內容和語言方面，大都是在幾百年來在民間流傳的話本和戲曲的基礎上，再由作家們予以創造性的加工，他們的思想性和藝術性是一步一步提高起來的，十八世紀儒林、紅樓的產生就完全不同，他們的內容是獨創的，表現一個作家完整的藝術風格，及偉大的獨創精神、簡單的說明代是傳承加工，清是整體獨創。

紅樓夢 → 曹雪芹著

1. 不只是十八世紀中國最偉大的文學傑作，與《詩經》、屈賦、《史記》、李杜詩歌、關王雜劇、《水滸傳》、《儒林外史》等，在中國文學史上，形成綿延不斷的文學高峰。
2. 《紅樓夢》成書以來，深入了社會的各階層，得到無數讀者的愛好，尤其對於知識分子的青年男女，更具有高度的感染效果。
3. 書中的賈家，是作者曹家由榮華而至衰敗的暗示。悲劇的歷史意義與藝術價值，主要是建築在揭露貴族家庭的驕奢淫佚上，而不只是賈寶玉、林黛玉單純的戀愛失敗。
4. 作者以深厚的學問、貴族的經驗，把中國歷代文化成就，包羅無遺的安插入書，如經學、史學、諸子哲學、散文、駢文、詩賦、詞曲、平話、戲文、繪畫、書法、八股、對聯、詩謎、酒令、佛教、道教、星相、醫卜、禮節、儀式、飲食、服飾、風俗習慣，在書中都寫得眞實、透徹，其生活體驗與語言藝術造詣，令人驚奇讚嘆。
5. 紅樓夢的現實主義藝術特色，是在精於描繪人物的典型性格，並且塑造書中多樣性的人物形象，尤其在婦女形象的創造上，有非常卓越的成就。

鏡花緣——李汝珍作

他生性豪爽，不喜時文，故於科舉功名一無成就，精通音韻，性喜雜學。

李汝珍的時代正是清朝樸學全盛時代，故此書深受此時學術影響，在其小說中大賣弄其經學考據及小學的成績，他自己覺得這樣寫，可以解人睡魔，令人噴飯，實際只令人沉悶乾枯。

作者自承是以文字爲遊戲，所以書中實感的生活少，空想的成分多，缺少眞實的血肉，一百回之中以武則天女皇爲背景，寫百花獲譴，降爲才女，百人會試赴宴的故事，並寫秀才唐敖遊海外，多遇奇人怪物，後食靈草，遂成神仙，末以文芸起兵武家崩敗作結。

值得注意的是他提出一向受輕視的婦女問題，他主張女男平等，同時他對社會制度，社會生活也深表不滿，故另創一世界，那就是唐敖、林之洋遊歷的國外，來實現他的理想，詼諧諷刺兼而有之。

他在書中盡力宣揚好的才學，伸張女權，實現男女平等的新天地，給婦女以高度的同情，他明知這種理想是空虛的，因此以水中月、鏡中花，來比他的烏托邦，而作爲這一作品的題名了。

野叟曝言 → 夏敬渠著，以小說誇學問

其內容正如凡列所言：「敘事說理，談經論史，教孝勸忠，運籌決策，藝之兵詩醫算，情之喜怒哀樂，講道學，闢邪說。」

眞是包羅萬象，無所不談，由此亦可見其思想與內容。

人物以文素臣爲主，文武雙全，才學蓋世，奉名教，宗正學，擊異端，爲本書主旨。

《中國小說史略》：「意既誇誕，文復無味，殊不足以稱藝文，但欲知當時所謂理學家之心理，則於中頗可考見。」

蟫史 → 屠紳著，以小說見辭章

爲文喜古澀，力擬古體，義旨沉晦，作者頗以此自矜，以此種體裁用之於小說，其失敗乃爲必然。

蟫史二十卷，即作者於小說中勉用硬語而成詰屈之故，欲以表其才學之美。

妖奇百出，實神魔小說之末流，又時雜淫語，故作風流，頗染明末豔體小說之習氣，全書惟以辭章耀世，成就不高。

燕山外史 → 陳球著，以小說見辭章

陳球工四六文，本書即以駢文寫成，唐張鷟《遊仙窟》以來，此爲獨見之駢文長篇小說。

小說不宜古文尤不宜駢體，其失敗自不待言，作者獨出心意以此自誇。

此書實遠祖唐傳奇，近與明末才子佳人小說無異，加以駢文之拘束，敘事狀物絕無生氣。

兒女英雄傳 → 文康著

馬從善敘云：「其書雖託於稗官家言，而國家典故，先世舊聞，往往而在，且先生一身親歷乎盛衰升降之際，故於世運之變遷，人情之反覆，三致其意焉，先生殆悔其已往之過，而抒其未遂之志歟。」可看出作者的生平與作者的意旨。

出身貴族，晚年落拓，於是執筆寫書，其經歷與曹雪芹頗相近，所不同者，曹寫衰敗，而兒女英雄傳卻是一個家庭的發達史，文康的思想恰好代表那一個快要過去的時代的名教與榮華的眷戀與憧憬。

夫榮妻貴，二女一夫，怪力亂神，科場果報，及升官長發財等腐舊思想，貫串全書，但他的語言是有特色的，漂亮的口語，通俗流利的文筆，得到讀者喜愛，後人一續再續，那文章就差遠了。

（五）俠義小說

《儒林外史》、《紅樓夢》，及那些誇才學耀辭章的長篇小說，最能流行於文士階層，但普通民眾所嗜好者是那些俠義和

三俠五義

一百二十回，石玉崑述，石為咸豐時說書人，此書想即說話底本。

書中敘述宋眞宗時，劉妃之貍貓換太子，繼述包公斷案，後以包公忠誠之行，感化豪俠，於是南俠展昭，北俠歐陽春，雙俠丁兆蘭、丁兆蕙，以及五鼠等一律投誠受職，社會大安。

書前雜許多怪力亂神之迷信，到後邊竟能一掃而光，把鬼話變成人話，怪鼠奇物，一律成為俠客義士的傳奇，寫得虎虎有生氣。

此書出版後十年為俞樾所見，以第一回貍貓換太子為不經，於是改作第一回，再以書中已有四俠，再加艾虎、智化、沈仲元，共為七俠，因改名七俠五義，序而傳之，於是三俠五義便少人注意。

《三俠五義》的故事情節善於組織也善於變化，一波未平，一波又起，連續不斷。書中各種人物的思想感情，同一般民眾密切聯繫，可見作者生活體驗之豐富，近人說此書「為市井細民寫心」確實不錯，語言生動，善於敘事寫人。

但書中一些男尊女卑的思想，因果報應的迷信，是要注意的。

公案故事，和文體通俗的平話式的民眾文學，清朝的平話小說可舉為代表的是《兒女英雄傳》和《三俠五義》，這些作品內容豐富，極合民眾口味，繪聲狀物，可供說書人講述，如《三俠五義》為石玉崑原稿，傳之其徒，可知石玉崑乃當日說書人，《兒女英雄傳》亦為作者擬說書人的口吻所寫與平話無異。

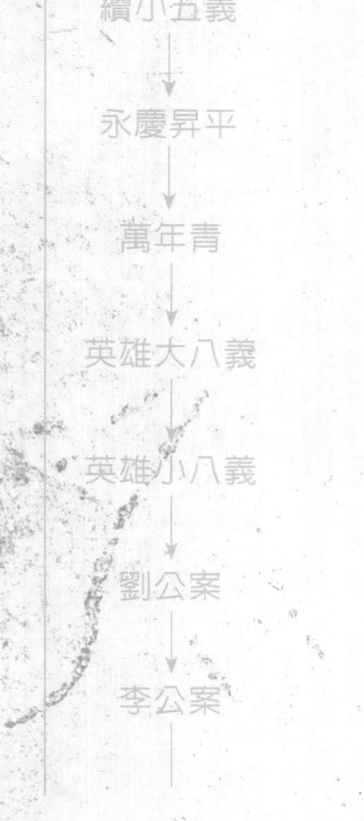

俠義小說的故事情節，曲折離奇，文字又通俗流暢，很能得民間歡迎，故此類小說，當日出世很多。

然大抵文字低劣，結構鬆懈，凡俠皆神出鬼沒，全爲超人。

所謂「善人必獲福報，惡人總有禍臨，邪者必遭凶殃，正者終逢吉庇，報應分明，昭彰不爽。」這是當日，一般俠義小說及公案小說，共同之思想。

(六)倡優小說

施公案

彭公案

品花寶鑑 → 陳森著

全六十回，陳森久寓北平，出入戲院，尤熟悉名伶故事，因以見聞寫成此書，敘述名伶名士的風流韻事，而以名旦杜琴言，與名士梅子玉爲骨幹。二男相戀，故作柔情，恩愛百端，醜態百出，惡劣不堪。

花月痕 → 魏子安著

十六卷，敘述韋癡珠、韓荷生，與妓女秋痕、采秋的悲歡離合的故事。

其佈局以升沉離合相對照，而強調各人的命運，文字務求纏綿，言語多帶哀怨，詩詞短簡，滿書皆是，大概作者自以詩詞爲其專長，藉此以誇才學，洩愁恨，此書品不甚高，然在《品花寶鑑》上。

如以平話的俠義小說爲民衆所喜好，那以妓院伶人爲題材的倡優小說，正好爲商人士子所歡迎，清末由於帝國主義國家的入侵，許多都市畸型的繁榮起來，戲院倡樓的風流故事便成爲小說作者的新材料，於是倡優豔跡頓成新篇。

青樓夢 → 俞吟香著

全書六十四回，以妓女爲主題，所寫不外才子佳人一套，而其文筆風格亦極卑弱。

海上花列傳 → 韓邦慶著

眞能將妓院生活，加以眞實深刻的暴露，一掃倡優小說的濫調的，是用蘇州語寫成的海上花列傳，作者花也憐儂，即韓邦慶。

作者經驗豐富，觀察亦密，文筆又極犀利，故成就較佳。

此書爲一合傳體，爲許多故事的結合，然其組織與穿插，頗費心機，一波未平一波又起，結構緊密。

其次作者也用力於人物個性之描寫，其寫作之態度是無雷同、無矛盾、無掛漏，自覺到創作技巧，實屬難得。

海上繁華夢

皆以吳語寫妓院生活，除海天鴻雪記寫作態度較爲嚴肅以外，餘價值不高。在這些作品中，反映出由於帝國主義之侵略，在中國幾個大都市造成空前繁華與妓院的發達，許多巨賈名流，都趨向於北里勾欄尋找歡樂，同時也反映出農村經濟破產，許多女子淪爲妓女之悲劇。

海天鴻雪記

九尾龜

官場現形記

李寶嘉著

以題材方面說，清末小說以刻畫官場醜態者爲多，寫得較好的是本書。

六十回，連綴許多官場中的笑話，趣聞，及其種種貪污醜惡的故事而成。

文明小史

李寶嘉著

也是非常廣泛的描寫著，那新舊交替時代的社會面貌。

有深刻的描寫，有大膽的攻擊，有富於趣味的穿插，有幽默的諷刺，令人啼笑皆非。

清末小說繁榮的原因及特質

1. 印刷事業發達，刻書簡單，新聞事業發達，應用上須多量生產。

2. 知識份子從社會意義上，認識了小說的重要性。

3. 政治腐敗、作家寫作小說以事抨擊，並提倡維新與愛國。

4. 翻譯小說影響當時本國小說。

二十年目睹之怪現像 → 吳沃堯著

共一百零八回，全書以九死一生爲主角，描寫此人二十年來，在社會上所聞所見之奇形怪事，範圍極爲廣泛。

作者經驗豐富，見聞廣闊，而其文筆生動暢達，故此書出世，深受歡迎。

作者一生落拓，因而厭世，他說他二十年年所見只有三種東西，一是蛇蟲鼠蟻，二是豺狼虎豹，三是魑魅魍魎，書中所寫的怪現狀就是這些東西的面目。

在結構上，正如《官場現形記》一樣，也是用的《儒林外史》的形式。作者文筆雖雅麗，但小說技巧似乎無足稱道。

九命奇冤 → 吳沃堯著

三十六回，演述雍正年間，發生於廣東的一件大命案，用很嚴密的佈局，動人的描寫，曲折的故事，寫成了一本很動人的作品。

書中用倒裝的敘述方法，把整個故事的前因後果，有機地連貫起來，與儒林外史不同，是受了西洋小說的影響，也是其特色。

老殘遊記 → 劉鶚著

雖說是一時即興之作，作者並非全無主旨，他所要寫的，是著重於國家社會的觀感，而非個人的身世。

因是遊記式的記事體，故無緊密的結構，但描寫技巧卻高，文字簡練圓熟，一掃陳語濫調，獨出心裁。

孽海花 → 曾樸著

此書以名妓傅彩雲、狀元洪鈞的風流韻事爲主幹，生動的描寫了清末三十年間的政治外交及社會的各種情態。

惜全書沒有寫完，美中不足的是後半幾幕精彩處沒有寫到。

作者忠於暴露現實，加以他那生動流利的文筆，難得的政治知識，官場習慣的熟悉，和生活的豐富體驗，使他在這書的文學價值上，得到了成功。

書中表現強烈的革命思想，在清末小說中，從沒有如此明顯進步的精神。

文章篇

綱目

春秋戰國散文—㈠歷史散文—㈡哲理散文 — 秦代文學 — 漢賦—㈠漢賦的形成期—㈡漢賦的全盛期—

㈢漢賦的模擬期—㈣漢賦的轉變期 — 魏晉賦 — 南北朝賦 — 唐宋賦 — 漢代散文—㈠歷史散文—

㈡議論散文 — 王充 — 唐代的古文運動 — 宋代的古文運動—㈠西崑體—㈡反西崑體 — 道學家的

文學觀 — 明代的文學思想—㈠明初擬古先聲—㈡臺閣體—㈢擬古主義和前後七子—㈣嘉靖三大家—㈤反

擬古主義文學運動—㈥王陽明派哲學—㈦公安派—㈧竟陵派—㈨晚明的散文 — 清代散文—㈠清初散文

—㈡桐城派—㈢陽湖派—㈣湘鄉派—㈤清代駢文

(一)歷史散文

歷史散文興起的原因

春秋戰國時代，國與國的呑併，人與人的殺戮，舊貴族的沒落，新人物的興起，這種種興亡盛衰的事蹟，在政治史上，都演著激烈的變化，所謂臣弒其君者有之，子弒其父者有之，於是有些人，以歷史的立場，對那些興亡盛衰的人類史蹟，都記載下來了，要作這繁雜的

《尚書》

是中國最古的歷史，也是中國最古的散文，其本質如《春秋》一樣是一本古史，所謂左史記言，右史記事，言爲《尙書》，事爲《春秋》，正說明了這兩部書的性質。

《尙書．周誥》，是周初的散文代表，今讀之佶屈聱牙，不容易懂，原因是〈周誥〉中的文辭，全是用當時的口語記錄的文告和演講，紀錄以後，一直沒有什麼變動，於是那種言語漸漸隨時代而僵化了。

《周頌》是周初的詩歌代表，時代和〈周誥〉相當，但那些都是可歌可唱的東西，隨時變遷，寫定較遲，所以也就比較容易懂。

〈周誥〉的語言形式和結構，同盤庚很類似，屬於中國最古的散文類型。

春秋

較《尙書》進一步，成爲有系統的編年體。

孟子：「世衰道微，邪說暴行有作，……孔子懼，作春秋，……」因《春秋》出於孔子，因此後代人都把它看作是一本含有微言大義的思想書，把它看作是定名分，判法度的工具，於是許多經師、賢哲，都在那裡研討微言大義，倒把列國的史事輕視了。

文句簡短，但文字技術，史事編排，較《尙書》進步，在造句用字上，皆從《尙書》演變進化出來，日趨簡練平淺，建立了新散文的基礎。

其簡短只能算是一個歷史的大綱，但這種大綱式的歷史，是符合當日貧弱的物質條件和歷史觀念的，是適合環境而進步的，從文字的技術上講，比起

《尚書》來，那進步也很顯然，一個是僵化了的語句，一個是平淺而有生命的新興散文。

《左傳》

《左傳》不爲解經而作，故有合經者、不合經者，這正是當日史學觀念的進步，表示不能滿意於春秋式的史書，而不得不另有所表現。

在歷史散文的地位上，是上承《尚書》、《春秋》，下開《國策》、《史記》的重要橋梁，是戰國時代最優秀的散文。《左傳》無論在記言記事方面，都表現了極高的成就，用著簡練的文句，善於寫人敘事的手法，把當日複雜的史事，多樣的人物，活躍的記載或表現出來。

後人每以《左傳》的文字，失之浮誇，有文勝於質的弊病，這都是那些死守六經爲文章的正統的迷古派的意見，然而浮誇與文勝質，正是中國散文藝術上的進步，《左傳》這種文字，正適合於戰國的時代環境。

工作，不是詩歌的形式所能擔任的，因此記事的歷史散文，蓬勃地發展起來。

春秋戰國在歷史上是一個大轉變，在這新時代中，文化思想，呈現了活躍進步的現象，在文學發展史上，有一個明顯的事實，那便是詩的衰頽與散文的勃興，記載歷史事實的和表現哲學思想的散文，代替了詩歌的地位，由那些散文，推進了中國散文的新發展。

戰國策

在縱橫的戰國時代，隨著言語、辭令的需要與進步，文章必然要發展到文質各具的階段，所謂文質各具，便是說文章除其內容之外，又非常注重語言的藝術。

敷張揚厲、變本加奇，正是戰國策散文的特色，這在散文發展史上，是文盛的現象，是進步的現象。

其立論有時令人感到不夠深厚，但其文字，無不羽毛豐滿、氣勢縱橫、引人入勝。

國語

《國語》，文辭支蔓，敘事細膩，與勁直明快之《左傳》文章判然有別。

(二)哲理散文

哲理散文興起原因流程

生產工具改變→手工業農業生產力發達→商業發達→都市繁榮→土地利潤增加→造成收買掠奪土地之狂熱→平民握經濟權而從政、舊貴族政權沒落→學術普及→對大變動產生守舊、趨新、調和折中之不同思想→產生諸子哲學時代→諸子之論已非神權主控之簡單理論，而是人本的現實的哲學→詩歌不易表達此種思想，於是宜說理之散文產生。

老子

我國古代的哲理散文，以《老子》、《論語》最早，此二書出，文化界才有所謂私人著述的作品。

此二書，不是老子、孔子手寫，只是其門徒記下來的一種語錄。

現存《老子》，就其思想之複雜來看，似完成於戰國，道、法家的增益，就其文字的體裁看來，許多韻文部分，似也受了〈騷體〉影響。其實現存《老子》，是保存了《老子》原有的思想的，其他如陰陽家法術家之言，是後來混雜進去的。從《莊子》天下篇所引《老子》之言，便可得證。

論語

書中文句都是三言兩語，各自獨立，不相連貫，與《春秋》相似，因爲當時的物質條件的貧弱無論在歷史或哲學上的表現，都只能做到大綱的形式，詳細情形則都待於口語的解說。

這固然是因爲散文尚在發展的途中，但最大的原因，還是在當日物質環境和文書工具的貧弱，關於此點，由《春秋》的歷史文，《老子》、《論語》的哲理文，都是簡約的文句，節段的形式還沒有達到單篇的式樣來看，是很可證明的，孔子對文學的見解——「詩三百，一言以蔽之曰思無邪」；「詩可以興，可以觀，可以群，可以怨」；「辭達而已矣」一面強調文字的眞實內容，不要片面的追求形式美，同時又指出文學的教育功能和政治關係。

老孔時代是中國哲學思想的發育初期，還沒有走到諸子爭鳴的辨論時代，因此其文字多是語錄形式，其言語雖俱有可論辨之處，然而在當時所謂理論的論爭還未產生，只要用那種平鋪直敘的說明文字，便夠表明他聽的思想。到了戰國時代，社會基礎變化，思想的宣傳與論爭便蓬勃的發展起來，任何派的思想家要發表文章，非要論爭不可，因爲思想的發展，散文也跟著發展，於是第二期的哲學散文，帶著長篇大論的姿態，深刻犀利的辭句而出現了，在墨子、孟子、莊子、荀子、諸文中，都帶著論事的形式，表現了時代性。

墨子

論辨的散文，由墨子開始，在散文史上，有重要地位並非其文章之美妙，其重要在中國論辨的文體，由他開始，並且他對於論辨文的方法，與邏輯的理論，有許多重要意見。他是一個條理謹嚴的議論家，文字嚴謹、明快，後世論辨文逃不出他的形式與方法，他是一個苦行的，富人道主義的思想家，所以他講兼愛非攻，主張薄葬非樂，這些思想反應到文學上，便成了尙質與實用的文學觀，他的文字雖不華美，然而無不條理嚴謹，說理明暢。

墨學最講究方法，開名學之先導，其講作論辨文之法有下：

㈠立儀——要有準則和要旨。

㈡三表法——考之者：求記於古事、原之者：求記於現實、用之者：求記於實際應用。

㈢辟、侔、援、推——辟：譬喻、侔：辭義齊等、援：援例的推論、推：歸納的論斷。

後世之莊、孟、韓、荀等都採用之。

戰國時代的散文，由以上諸子的出現，已達成熟的地步，而完成了中國上古散文的典型，不僅在散文技巧上有很大進步，而且也具有豐富的思想內容，在這些作品中已埋藏著各種文體的種子等待後人去培植創造。

孟子

當代儒家中，以孟子最有文采。

孟軻之世，天下方務於合縱連橫，以攻伐爲賢，孟子雖自命爲儒者，拒楊墨反縱橫，但亦染有縱橫家之習，故此書中頗多鋪排之長篇，假設譬喻，翻騰議論，其文采氣勢爲諸子散文之冠，有時理論稍嫌薄弱，或幾近謾罵，而讀者仍爲其滔滔雄辯所折服。

孟子文章不僅文采華贍，清暢流利，尤以氣勝，注意文章氣勢，增加文章力量，予後代很大影響。

其次注重知言，乃是一種知人之言，而知人之情的體會，用之創作非常重要。

墨子之論辨，偏於外表形式，孟子之知言、養氣，則是內在的修練，墨文乾枯晦澀，孟文波瀾壯闊，辭鋒犀利。

莊子

其文章也採取各種論辨方法，然又氣勢縱橫，辭藻華麗，一點也不板滯。

同時他又不顧一切規矩，使用豐富的辭彙，倒裝重疊的句法，奇怪的字眼，巧妙的寓言，使他的文字靈活、新奇、有力量。

墨文沉滯，孟文顯露，莊文則無此弊也，其天下篇，可知莊子的哲學與人生態度，看作是他的文學的批評，也是確切的。

荀子 → 韓非 → 秦風 → 秦誓

荀子

荀文樸質簡約，韓文深刻明切，雖各有特色然終不能創出一個特殊範疇，在散文史上，無論型體、辭藻，都只是承流而無開創的發展。

韓非

然荀子賦以散文為主，偶雜韻語，雖乏文學價值，但卻下啓兩漢賦風。

秦風

《詩經》中的秦風十篇是秦族最早的詩歌，大概是西、東周之交的作品，因秦好戰尚武的精神，在那些詩裡多敘車馬田狩之事，或美軍士，或寫軍容，無不悲壯激昂，唯有〈蒹葭〉一篇，是情韻纏綿、音調哀婉的抒情詩，藝術成就在上列諸詩之上。

秦誓

《尚書》秦誓是秦族最早的散文，穆公侵鄭時，為晉師大敗於崤，穆公悔過，兼戒群臣。作秦誓以前的誓，都是誓師之詞，這篇則是罪已過的作品，文字通達簡練。

石鼓文

共十篇，唐初出土，時代不詳，其內容大半敘述游獵，亦有祝頌燕飲之作，其文體頗近雅頌。

荀子

以孔學爲本，再適合當代政治社會變遷的趨勢，綜合各家思想，加以補充修正，建立了一種新儒學。

《漢書・藝文志》列孫卿賦十篇，今荀子的賦篇中，只有〈禮〉、〈知〉、〈雲〉、〈蠶〉、〈箴〉五賦和〈佹詩〉二章，古人以荀子、屈原爲辭賦之祖，屈文本無賦名，眞正以賦名篇者起於荀子，其賦藝術價值不高，然卻在發展史上，佔重要地位。

以其賦與〈離騷〉、〈九歌〉並讀，可體會出兩種不同的形象和情調，荀賦是一種說理的散文賦，〈離騷〉是抒情的長篇新體詩，荀賦中缺少詩歌所必有的那種情感、韻律的美，同漢化散文賦形式已很接近。

其君臣問答的形式，成爲漢代賦家普遍採用的形式，漢賦的形體原於荀子，辭藻是取於楚辭，理解了這點，便知荀子在賦史上的重要地位。

荀賦表面雖是詠物，其內容還是說理，他主要的目的是要把〈禮〉、〈知〉、〈雲〉、〈蠶〉、〈箴〉，這五種具體的或是抽象的物的形狀與功用加以暗示的說明，他這種態度，正如他寫他的論文時所取的態度一樣，是抱著不反先王之言，不背禮義的要旨的，所不同者他採取了一種詩文混合的新體

荀子雖久居楚國，楚辭並沒有給他深刻顯著的影響，蓋荀子是哲學家，不是詩人，在他的作品裡，或是論文，或是詩賦，正與戰國時代的諸子一樣，完全是站在學術思想的立場上表現出來的，換言之，他的寫文作賦，不是爲了文學的藝術，而是要宣傳其學術理想，「疾濁世之政，亡國亂君相屬」這是他著書的最大動機，因此，他作品並沒有染上楚辭風格，仍是繼承北方文學之傳統。

裁，目的是要把其思想，更普遍地宣揚出去。

屈宋之創作態度是文學的，荀子則是學術的、教育的至漢代，采其體，去其態度，從文學立場上來創作，於是成爲漢代文學界主流。

〈成相辭〉、（荀子成相），是一種宣傳道義賢良的通俗文學，其體裁非詩非賦，也非散文，大概是當日流行的一種歌謠式的自由體，其中敘述，無非是尙賢，勸學爲君治國的道理。

〈佹詩〉、（荀子賦篇）可稱爲荀子詩，但也雜散文，似是詩賦混合之體裁，內容亦表現政治思想。

李斯

嚴格的法治主義者，富於文采的縱橫家，是一個優秀的散文家。

文才和辭令鋪陳排比，氣勢奔放，上承縱橫之勢，下開漢賦之漸。

李斯之石刻文，是當日文學代表，以雄偉之氣魄，典雅之文字寫秦之政治武功，這些作品缺少情感、想像，但卻代表當日貴族文人的情感。

劉勰〈封禪〉：「秦皇銘岱，文自李斯，法家辭氣，體乏弘潤，然疎而能壯，亦彼時之絕采。」

其銘文延著詩經雅頌的紀統，沒有他散文中那種富麗的辭藻，然鋪陳直敘的作風，卻正是賦化的顯徵。

荀子、李斯時代的作品，大都有賦化的傾向，這是一個漢賦醞釀的重要時期，這時期雖是短促，在文學發展史上，都很值得注意。

漢賦

(一)漢賦的形成期

中國文學進展到了漢朝，可看出一個明顯現象，便是文學與民眾日益隔離，貴族化典麗化的宮廷文學成爲文壇正統，其代表便是漢賦，絕大部分是一種歌功頌德的僵化了的辭章，其主要缺點是形式呆板，文字堆砌，辭句艱深，缺乏感情，缺少現實社會生活的反映。

賈誼

賈誼之生活境遇及其憂鬱的心情，和屈原類似，〈弔屈原賦〉與〈惜誓〉二篇，是屈原苦悶靈魂與哀怨情感的再現，因此他的作品，還能保持他特有的個性，和眞實的情感，其作品價值，遠在後人那種純出於模擬楚辭而爲文造情的作品之上。

〈弔屈原〉與〈惜誓〉，形式情調都出於《楚辭》，但〈鵩鳥賦〉卻是一篇特異之作，他採用問答體的散文形式，流動的韻律，道家的人生思想，形成一篇完全漢賦體的哲理賦，所缺少的是漢賦中那種華麗的辭藻與誇張的形式，但賈誼才是眞正荀子賦的承繼者、楚辭的轉變者，也就是漢賦的先聲。

說理賦在漢代很不發達，鵩鳥以後少見，直到東漢張衡才又復活，但這些作品在漢賦中是較有生命、價值的。

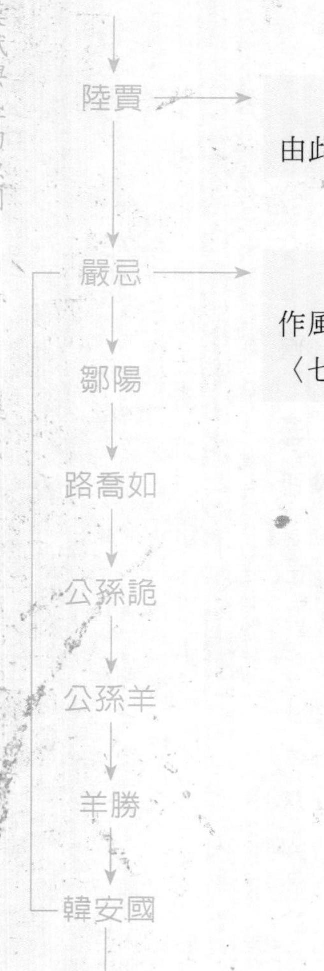

縱橫家之流，作品已佚，但同派之司馬遷的作品，形式上像荀卿的賦篇，由此推想陸賈的作品，恐怕是由楚辭轉到漢賦去的重要橋梁。

皆是吳梁二國遊士，作品流傳很少，就現存看來，大都是承繼屈宋一派的作風，沒有什麼特質，如嚴忌〈哀時命〉、〈淮南小山〉、〈招隱〉、東方朔〈七諫〉。

漢賦興盛的原因

1. 政治經濟的關係：社會繁榮，國力充實→貴族淫樂、附庸風雅、提倡藝術→漢賦題材之取資。
2. 文體本身發展：四言詩衰，五七言興，楚辭勢力盛，荀賦之作待後人發揚，辭賦交互影響，形成漢賦之盛。
3. 獻賦與考賦：君臣提倡於上，群臣鼎沸於下，祿利之路，誘起漢賦之興盛。
4. 學術思想：武帝獨尊儒術，儒家雖宗經重道，但漢賦則被認為有諷喻作用而得到支持。

枚乘 →

枚乘是上承賈誼的〈鵩鳥〉、下開司馬相如一派的作家。

現存可靠之作，只有〈七發〉〈另存柳賦、菟園賦〉〈七發〉雖未以賦名，卻純粹是漢賦體製。

全篇是散文，用反覆的問答體，演成一故事的形式，雖雜楚辭式詩句，但不多。

和〈鵩鳥賦〉比起來，有兩個和漢賦更相近的特點。

㈠文字語氣不似〈鵩鳥〉之平淡質實，已趨於辭藻的華美與形式的誇張。

㈡不是說理的，完全是敘事寫物的。

無論形式內容都離開了楚辭的羈絆。意義不深，表面似有諷喻之理，其實很膚淺，文章的藝術雖不很高，但卻予漢賦重大影響，因漢賦正是這一種作法。

〈七發〉之後，七便成了一體，後世模擬者多，可看出中國文人喜模擬之風。

賦是一種半詩半文的混合體，原非一種體裁，三百篇後，散文興，接著是楚辭一派之新體詩，由詩經到楚辭，篇幅加長了，散文形式的混合，以及辭藻的注重，都帶了賦的氣味，但因抒情成分居多，故仍是一種新體詩，後來由荀子的賦篇至枚乘、司馬相如的創作，鋪采摛文的漢賦才正式成立，代表漢賦的是子虛、上林、羽獵，一類之作品，不是九嘆九懷九思一類作品，這些只是屈宋之模擬者，無特質，可知由楚辭到漢賦是詩的成分減少，散文的成分加多，抒情的成分加多，詠物說理的成份加強。

㈡漢賦的全盛期

高祖到武帝初年是形成期，武、宣、元、成時代則是全盛期，藝文志所載漢賦九百餘篇，作者六十餘人，十九是此時產品，武帝、宣帝好大喜功，附庸風雅，一時文風大盛，元帝、成帝二世，繼其餘緒，作者不衰。

司馬相如

現存〈子虛〉、〈上林〉、〈大人〉、〈長門〉、〈美人〉、〈哀二世〉六賦，〈子虛〉、〈上林〉爲代表作，亦是漢賦典型。

從賈誼〈鵩鳥〉到枚乘〈七發〉，到司馬相如，才建立了代表性的漢賦體。但只能開美麗的字句，盡其鋪寫誇張的能事，外表是華豔奪目，內容卻很空虛，不僅不容易作，讀也不容易。

〈子虛〉、〈上林〉這種鋪敘誇張的形式，成爲漢賦的典型，唯有這種寫法，才能延長篇幅，表現自己的辭章和學問，因此缺乏思想感情，漢賦到了司馬氏揉合各家特質，建立了固定典型，使後代作家，都追隨他、模擬他，無法越其藩籬。

東方朔

與司馬相如同時，〈七諫〉，因襲《楚辭》，用典太多毫無特色，〈非有先生論〉，則詼諧滑稽，頗能代表他的個性。

枚　皋

寫文敏捷，作品特多，但皆不傳，揚雄稱「軍旅之際，戎馬之間，飛書馳檄則用枚皋。」言其文快。

㈢漢賦的模擬期

司馬相如、王褒諸人之後，漢賦的形式格調，都成了定型，後輩的作者無法跳出他們的範圍，因此模擬之風大盛，這風氣從西漢末年到東漢中葉，到

王褒 →

現有作品，或擬楚辭，或用賦體，無什特色，値得一提的是〈洞蕭賦〉。

〈洞蕭賦〉亦以楚辭調子寫成，但此篇文字，對後代文風文體，卻有很大影響：

㈠修辭造句，不是堆積誇張，而是密巧細緻別具風格，充滿駢偶句子，開魏晉六朝駢儷文學之端，亦開六朝纖弱文風。

㈡是詠物賦的完成者，眞正的詠物賦由此開始。

揚雄 →

一生著作極富，然皆出於模擬，〈甘泉〉、〈羽獵〉、〈長楊〉、〈河東〉四賦擬相如的〈子虛〉、〈上林〉，〈廣騷〉，〈畔牢愁〉，仿屈原，在辭賦方面，以此二人爲模擬對象。

其模擬，不限辭賦，他如經傳字書皆如此，如《太玄》、《法言》。

辭賦到了這種完全模擬的時代，更無生氣、無意義，只是照著一定型體，堆積辭句，鋪陳形式，外表華麗非凡，內面空洞無物，諷諫也只是藉口，實無半點效果。

揚雄到了晚年，覺悟此理，故放棄辭賦而不爲，另寫其學術著作了，在其自敘傳中，對漢賦便有確切的批評。

對提倡模擬這點，我們不能滿意揚雄，但由於其對辭賦的可貴的批評理論，可見其是漢賦作家中最有見解的人。

張衡幾篇短賦出來才稍稍有點改變，此期代表作家，首推揚雄、班固二人。

馮衍 → 此五人都是模擬主義風氣下的作者，作品無什特色。

杜篤

崔駰

傅毅

李尤

班固 → 名作是〈兩都賦〉，內容爲敘述京都，與西漢流行之遊獵宮殿不同，但其形式、組織卻完全模仿〈子虛〉、〈上林〉，毫無新氣象。

漢賦四傑 —— 西漢 —— 司馬相如、揚雄
東漢 —— 班固、張衡

(四)漢賦的轉變期

東漢中葉以後，宦官外戚爭權，國勢日衰，社會民生日益窮困，因此道家思想乘機發展，在此種政治社會下，文學家的思想意識亦受影響，即以鋪采誇大為能事之賦，也漸漸地發生變化了。

其〈同聲歌〉、〈四愁詩〉是五七言詩創始期中重要的文獻。

漢賦的轉變，由他開其端，其幾篇短賦的出現，予漢賦以活發的生機。

張衡時代模擬之風未止，其〈兩京賦〉就是這種作品，然〈思玄〉、〈歸田〉、〈髑髏〉這些短賦，才是其代表作，一掃漢賦從前鋪采摛文、堆積模擬的惡習，以平淺清潔之字句，寫自己胸懷、田園生趣、人生理想、道家哲學，使人讀了親切有味，在賦的內容與形式上起了顯明的變化。

其短賦對後影響很大，如〈歸田賦〉，由長篇變短篇，由形式主義作品，變為表現個人胸懷的言志作品，明顯的現出了曹植、陶淵明的作風，又如〈髑髏〉一篇為曹植〈髑髏說〉模仿。

張衡雖信奉儒家的禮法，保持科學的頭腦，然其人生最後理想，卻歸結於道家的清靜自由，魏晉古風實由張衡開其端緒。

兩漢散文賦轉變情形：

1. 篇幅：長篇→短篇。
2. 內容：宮殿京都→個人胸懷與理想。
3. 作法：堆砌誇飾鋪采摛文→平淺自然清麗可誦。
4. 句法：散行→對偶

魏晉之賦即大致循此絡線發展

崔瑗→雖仍沉溺於擬古範圍內，不能有所作爲，但賦的作風確實改變了，朝政日非，戰禍益多，歌功頌德的賦，不如往日得勢，因此那一個時代政治混亂的影子，也在賦中出現。

↓

馬融

↓

王逸

↓

趙壹→〈刺世疾邪賦〉，暴露政治、官吏、人情風俗的敗壞，是一個有偉大人格者的表現。

張衡表示著不願同流合汙全身隱退的消極情緒，趙氏卻表現著奮鬥進取的積極的熱情，二人之內容風格，比起以前的作品來，轉變之跡，非常分明。

↓

禰衡→才高志大，憤世嫉俗，其〈鸚鵡賦〉，似是詠物之小賦，然卻是一篇有寓意的好作品。

魏晉賦

魏晉是中國政治極爲紊亂思想轉變的時代，儒家思想衰弱，道佛思想興起，人性覺醒，清談流行，造成玄學興盛，在此種思潮中，哲學文學都脫離傳統觀念束縛，朝新方向發展，哲理、遊仙、田園文學，都蓬勃滋長。

曹魏期

曹植→

〈感節〉、〈出婦〉、〈幽思〉、〈慰子〉、〈愁思〉諸賦都是清麗而又有情趣的好作品，短短的篇幅充滿濃厚詩情，與堆積之漢賦全異其趣。〈慰子賦〉，全文十幾句，八十多字，無僻典奇字，只以平淺文字，抒寫情感，與其說是賦，不如說是詩。

王粲→

〈登樓〉、〈思友〉、〈寡婦〉是其代表作，從漢代王褒、馮衍、崔駰以來，駢詞俳句的修辭風氣，已爲賦家所喜用，到了王粲，這技巧更進步了，〈登樓賦〉中，一面運用了精鍊的語言，同時又表露出在大亂的社會裡，懷才不遇、思念鄉土的感情和社會的眞實面貌。

魏晉賦特徵

1. 篇幅短小：以短賦爲主體，此是漢賦進步的象徵。
2. 字句清麗：造句駢儷排比，修辭平淺通用，加以雕琢練達清麗細密之成就。
3. 題材擴大：各種題材皆有，以詠物賦最多，但此類作品價值不高。
4. 個性化與抒情化：除詠物賦外，濃厚呈現作者個性、情感，此是魏晉賦最值重視之處。

西晉期

陸機 → 陸賦以駢儷稱，自王粲以來，駢儷技巧到了陸機更進步了，其〈文賦〉、〈豪士〉、〈浮雲〉，已經成爲駢四儷六的雛型，這些作品，評價不高，可注意的是他在駢文史上，有重要地位。

潘岳 → 潘賦以情韻稱，能以清綺的辭句，表現細密的情感，辭雖不華麗，卻淺淨爽利，別有情趣。

《文選註》引孫興公曰：「潘文淺而淨，陸文深而蕪。」可看出二家不同。

左思 → 〈三都賦〉是魏晉賦獨有的長篇，洛陽爲之紙貴，他自己反對漢賦的浮誇，序中曾表示其斥虛誇、尊現實的創作態度。

但他在體製上，仍是仿傚著漢賦的典型一無改革，只是班張末流，漢賦餘響。

東晉期

王羲之

東晉初期，道家思想成熟，加以佛學興起，無論詩文辭賦，都添上一種平淡清新的自然風味。

孫綽

孫綽〈天臺山賦〉，刻畫山水，描寫自然爲寫景佳構，開謝靈運山水一派。

陶潛

詩文辭賦都保存著他特有的個性，和鮮明的平淡自然之風，〈歸去來辭〉、〈感士不遇賦〉、〈閒情賦〉都是新奇佳作。

運用辭賦體制抒寫自己胸懷，使作者個性活現，情感充溢，無堆積鋪陳之惡習，造成純粹本色美之風格。

南北朝賦

謝靈運

中國文學由魏晉而入南北朝，最明顯的傾向是形式主義思潮的全盛，自王粲、陸機以來，駢儷風氣日益濃厚，到了齊梁，加以沈約、謝朓一般人聲律論的鼓吹，於是文學更加束縛，他們一面注意駢詞儷句，一面注意韻律音節，使文學日趨唯美、淫靡，詩文如此，辭賦更是如此。

沈約

梁元帝

當日賦仍以短篇爲主體，長篇不多，以庾信〈哀江南賦〉最佳，在形式方面，有與詩歌溶合的明顯傾向。

庾信

謝莊

江淹

梁元帝賦中所用之詩句，是完全脫離了賦味的詩句，到了庾信，這形式更加發展，造成一種新體裁，使詩賦合流。

由楚辭而漢賦是由詩而變為散文，到此時，受新詩興起的影響，賦的風格，由散文再變而為詩，這點是南北朝賦的一個重要特徵。

因為當日形式主義的極盛，一般文人在修辭鍊句上，都下了極大的工夫雕琢刻鏤，在他們的作品裡，可以時常看見，那種巧密深刻的字句，因此當日文學，一洗東晉那種平淡自然的作風，及激昂慷慨的氣質，而流於纖巧雕鏤之途了。

在題材方面，受了當日宮體詩的影響，而偏重於描寫豔情與哀怨，這類作品，因為文字美麗，音韻調和，雖內容空洞，文采仍很動人，字句上好似情感纏綿，哀怨交集，仔細一看，卻完全是為人造情，絕非是作者自己的真實情感的表現。

唐宋賦

唐宋期之賦沿著六朝的駢體與聲律說的演進，於是古詩變成律詩，駢賦也進一步變為律賦了。

律賦的特點是押韻的限制，出好一個題目，另限八個字的韻腳，押韻時不超出這幾個字的範圍。

律賦的作者，只注意音韻的諧調，對偶的工整，情韻內容一概不管，完全成爲文字的遊戲，與明清八股，沒有分別，辭賦到了這種程度，自然是完全失去了文學的價值。

宋朝的律賦我們還可看見很多，大概都是最高考試的優等成績，經朝廷保留下來的，亦無大價值。

值得我們注意的是受了古文運動影響而形成的文賦。

唐宋的古文運動是散文與駢文的激烈爭執，韓柳倡之於唐，歐蘇繼之於宋，辭賦受其影響而以散文的方式作賦，一變其駢律之惡習，而形成一種清新的賦體，文賦雖盛於宋，然唐人早已開其端，杜甫之賦，已有此傾向，到白居易的動靜交相養賦，完全是一篇說理的散文了，又如杜牧之阿房宮賦，也是韻散相間，一點也不整齊，這些作品，都是宋代文賦先聲。

到了宋朝，這種趨勢更是明顯，最能代表這派特色的是歐陽修〈秋聲賦〉、蘇東坡〈赤壁賦〉。

辭賦源於屈、宋、荀卿

一變：爲鋪采摛文、歌誦爲主的漢賦。

二變：爲寫志抒情、描寫田園、表現玄想的魏晉賦。

三變：爲六朝的形式主義的駢賦。

四變：爲唐宋的律賦與文賦。

在這變遷的過程中，無不與當代的政治動向，學術思想，以及文學的潮流發生密切的影響，辭賦到了宋代，我們雖不能說其變遷已到了止境，但即有變化，也不過是技巧規律的微細節目，在賦的演進的歷史上，再沒有什麼波瀾了。

漢代散文

㈠歷史散文

史記

《史記》的史學價值：

㈠新創的體製——本紀、世家、列傳、書、表。

㈡進步的觀點——突破儒家正統思想束縛，自成一家之言，突出了人物在歷史進程中的重要作用，並涉及社會各階層。

㈢嚴肅的態度——收集資料、分析判斷、選擇運用，在寫作上，表現出嚴肅態度和科學精神。

史記的文學成就：

㈠豐富的思想內容。

㈡高度的語言藝術。

㈢善於描寫人物。

㈣史家之絕唱，無韻之離騷。

㈤史記的影響——散文、小說、戲劇。

漢書

漢代散文可分歷史散文與議論散文二類，歷史散文戰國時已登峯造極，降及兩漢、史漢之出現，再度造成高潮，議論散文以漢初上書始，戰國末年韓非上書秦王，是上書風氣之始，漢天下已定，陸賈首上書言治道，文景之世上書之風大盛，此類上書，率皆事理通達，而言辭駿發，頗有戰國策士之風，東漢之議論文，以王充論衡、仲長統昌言、劉邵人物志最著。

雖爲斷代史，但體例繼承《史記》，所不同者，改書爲志，取消世家併入列傳，於是《史記》五體成爲《漢書》四體。

史漢異同：

(一)觀點——《史記》是私書，成一家之言，站在人民立場；《漢書》是官書，站在儒家正統立場爲朝廷服務。

(二)語言——《史記》語言，用單筆具有通俗化，口語化的優良精神，富於簡潔明朗、淺易近人的特色。《漢書》語言喜用古字，尚藻飾，傾於排偶，入於艱深。

(三)體製——《史記》是通史，規模宏偉，會通古今，但年代久遠，有疏略、抵悟之處。《漢書》是斷代史，規模雖小，但記述史事，是較爲精詳的。

賈　誼——〈論積貯書〉、〈過秦論〉。

鼂　錯——〈言兵事疏〉、〈論貴粟疏〉。

桓　寬——〈鹽鐵論〉。

王　符——〈潛夫論〉。

崔　實——〈政論〉。

仲長統——〈昌言〉。

都是重要作品，語言樸實、內容豐厚、暴露現實、指訐時政是他們共同特色，在這些篇章中，有的批評官場腐敗，有的議論經濟的政策，有的揭發官商的淫侈，大都關懷國計民生，直抒政見，不在爲文而文章都寫得渾厚美妙。

(二)議論散文

賈誼 → 鼂錯 → 桓寬 → 王符 → 崔實 → 仲長統

在漢代的議論散文和歷史散文中，可看出文章的內容和散文的風格，但到了漢末文風漸變，大都趨向詞藻，追求形式，蔡邕、建安已尚駢風，其後文風日卑，於是漢代散文中那種內容充實語言質樸的特色和精神，難以再見，所謂文必秦漢，兩漢文章便成後代典範。

王充

王充是我國古代傑出的思想家，他的時代正是漢朝學術思想界烏煙瘴氣的黑暗時代，天人感應，讖緯符命的邪說深入人心，王充對當時各種虛妄荒誕的迷信，加以猛烈抨擊，他的思想是在古代道家以及荀卿、韓非、桓譚諸家的基礎上，得到進一步的發展，在哲學史上有進步意義和貢獻。

王充生性恬澹，不貪富貴，爲人清重，遊必擇友，是一個清貧自守，富有反抗性、獨創性的學者，其文學觀點：

㈠主實用——他提出「文人之筆，勸善懲惡」的原則，反對調墨弄筆，徒爲美觀的空頭文學，強調文學的教育意義。

㈡重內容——文學要有教育作用，首先要注重內容、注重眞實，若只追求形式美麗，那就成爲言之無物了。

㈢反模擬——文學的特色，在於各具個性、各有風格，所以反對模擬主獨創。

㈣尚通俗——王充主張文學要切合實用，堅決反對華美之文，所以強調文學要通俗，力求淺顯。

㈤不滿辭賦——上述各點所指出的缺點，正是漢賦所有，因此他不滿辭賦。

《中說》作者存疑，或曰王通。是隋末唐初之作，所表現的文學觀念是排擊六朝文學，建立教化實用文學的先聲。

〈王道篇〉：「言文而不及理，是天下無文也，正道從何而興乎，吾所以憂也。」

〈事君篇〉：「古君子，志於道，據於德，依於仁，而後藝可遊也。」

〈天地篇〉：「學者博誦云乎哉，必也貫乎道，文者苟作云乎哉，必也濟乎義。」

他在這裡一則說王道，再則說志於道，貫於道，可知文以載道的觀念，實由《中說》之作者開其端。

中國文學觀念的轉變起於建安，經陸機、葛洪、劉勰、鍾嶸諸人的發揮議論，在文學理論上得到很大成就，但這一時期的創作，無論詩文辭賦，都趨於聲律形式，與辭藻的美化，形成中國文學史上空前的柔靡浮豔的六朝文風，當日雖也有劉勰、鍾嶸、裴子野、蘇綽、李諤諸人的批評和反抗，究竟風氣已成，沒有收到多大效果，所謂眞正的文學改革是不得不待之於唐朝了。

以上諸人批評的態度語氣雖有輕重之別，但其主旨卻都是鄙薄六朝文學的華靡，要建立一種切於實用的散文，窮其源必趨於復古，論其用必合於教化，他們雖都是哲學家、歷史家，由他們這些理論看來，知道在初唐時代的學術界，要求文學改革的呼聲，已是很普遍的了。

李百藥 → 魏徵 → 姚思廉 → 令狐德棻 → 李延壽

他們都是唐初史家，在檢討前代的興衰治績時，一致承認六朝的淫靡文風，給予政治以不良的影響，於是都藉著〈文苑傳〉、〈文學傳〉的序文，來攻擊六朝文學的風氣，同時又發揮那種宗經尊聖、助教化、切實用的文學理論。

陳子昂 → 元結 → 蕭穎士 → 李華 → 獨孤及 → 梁肅

唐代的古文運動，世人只注意韓、柳，然在韓、柳之前，已有陳子昂等提倡古體，不過尚未形成一個有力的運動。

但其中柳冕的文學理論實爲韓、柳古文運動的先驅。

其文學觀念強調尊聖宗經的主旨，要以儒道來指導文學，因此對屈宋以下的詩文辭賦，一概在輕視之列。

〈與徐給事論文書〉：「文章本於教化，形於治亂繫於國風，故在君子之心爲志，形君子之言爲文，論君子之道爲教，易云，觀乎人文以化成天下此君子之文也，自屈宋以降，爲文者本於哀豔務於恢誕，亡於比興，失古義也。」

〈答衢州鄭使君論文書〉：「君於之文必有其道，言而不能文，非君子之儒，文而不知道，亦非君子之儒也。」

他初步的建立了道統文學的理論，他把文學與儒道合而爲一，其餘如藝術的技巧辭藻，都看作是枝葉，因此，堯、舜、周、孔成爲文學家的正統，屈原、曹植、陶淵明都不能同賈誼、董仲舒並列了。

基於這種理論，反對政府以詩取士，重用文人，他覺得應當尊經術，重儒教，才是正當的辦法。

他的理論不僅爲韓柳所本，也就成爲中國一千餘年來道統文學的定論，貴古賤今之說，尊聖宗經之論，深深刻入讀書人士的腦中，經史一類的文章，成爲文學的正宗，詩詞小說、戲曲等類的作品，反而得不到地位，柳冕雖有理論，散文創作的成績並不好，因此不能發生影響。

他的創作力不夠，因此唐代古文運動的完成，不得不待之於韓柳。

韓愈

韓愈是司馬遷以後最傑出的散文家，他的學術思想是尊儒排佛，他的文學觀念是反駢重散，因此他極不滿意六朝以來的學術空氣，與華豔無實的文風，他主張思想要回到古代的儒家，文體也回到那些樸質的散體。

他在〈進學解〉中，列舉五經子史之書，爲文學模範，所謂非三代、兩漢之書不敢觀，便是這種意思。

又因爲反對六朝文學之淫靡，所以他主張文學爲貫道之器，也就是要有內容，文學離開了倫理教化便沒有功用。

因文見道、因道造文二者是不分的，因此韓愈的散文運動實包含著尊儒排佛的思想內容，蘇軾說的「文起八代之衰，道濟天下之溺」正是這項運動的積極意義。

蘇軾〈答李秀才書〉：「愈之所志於古者，不惟其辭之好，好其道焉爾」知韓愈之主張是爲道而學文，爲道而作文，文不能貫佛道的內容，要貫儒道的內容，要用三代兩漢的散體。

他不僅宣傳理論，更創造許多優秀的散文，他的復古，實際是革新，在古代散文的基礎上，創造發展形成一種富邏輯性與規範性的文體。

他主張作文「言必己出」、「務去陳言」反對剽竊，強調語言的創造性，這都是很有意義的。

唐代古文運動對後代文學界的影響

壞處：

1. 因復古之說，忽視文學進化的原理，造成後代貴古賤今的頑固觀念。
2. 由明道而載道，過於重視文學的實用價值，使文學淪爲倫理道德的附庸，失去了藝術的生命與美的價值。
3. 過於重視古文，使經史哲成爲正統，詩歌、小說、戲曲，降爲末流，因而紊亂了文學與學術的觀念。

在他的散文裡，廣泛地反映出當代中下層讀書人被壓迫的悲哀和鬱鬱不平的情感，以及對於佛老思想的反抗。語言的特色，是精鍊有力、氣勢雄偉、條理通暢，表現深刻。

好處：

1. 提倡平淺質樸的散文，使空虛華美的駢文遭受打擊，的確是革命。
2. 因主張文學主義的實用主義，使文學與人生社會發生聯繫，一掃過去那種極端的個人主義、與浪漫主義的思潮，如元白之社會詩運動，必受此影響。
3. 因他們傾心於散文創作，使散文得到了好成績，創作了許多好文章。

柳宗元

柳宗元是韓愈古文運動有力的支持者、宣傳者，韓立論過於重道，柳則較為重文，然在文體的反駢文與重散體這一點上，二人都是一致，柳本好佛，雖論文也主宗經，而其思想範圍則較韓愈為廣泛、為深厚，他說：「始吾幼且少，為文章以辭為工，及長，乃知文者以明道，是固不苟為炳炳烺烺……本之書以求其質，本之詩以求其恒，本之禮以求其義，本之春秋以求其斷，本之易以求其動，此吾所以取道之原也。」〈答韋中立論師道書〉

柳氏雖一再以明道為言，然而他對於道的解釋比韓愈廣泛。他覺得一面要在古書裡求聖人之道，同時又要求其辭，辭道並重，柳宗元的道一是古人所講道德的道，一是古人作文的藝術之道，他所說參孟、荀以暢其支，參老莊以肆其端，都是說的作文之道。

他的作品首先使我們注意的是他的寓言，短小警策，意味深遠，含蓄犀利，富於諷刺文學的特色。

其次柳宗元的短篇傳記也很優秀，不是取材上層社會的人，而是描寫一些市井細民，如〈捕蛇者說〉，〈種樹郭橐駝傳〉。

山水文亦佳，有兩個特色：

由於韓、柳的理論宣傳與努力創作，朋友門生，彼此呼應，形成一個有力的散文運動，韓柳以外繼有李翺、皇甫湜、沈亞之、孫樵等提倡散文，成就雖不高，但也還值得注意。

唐代古文運動興起是一種必然趨勢

中國文學自建安到初唐這幾百年中，完全是朝著藝術的唯美的路上走的，其好處是純文學得到了獨立的生命與地位，壞處是文學脫離現實，流於外形的美麗，與空洞的內容，二種思潮走到極端，自然會生出反動。其次唐代政治勢力穩固，衰弱的儒家思想復興，於是宗經徵聖王道教化的種種觀念，適應著當代的政治環境，而造成明道的實用的文學的要求。從這兩點知，這運動的前因後果，是有著一種時代的意義的。

1. 把自己的生活寄託於山水，使山水人格化感情化，因此在他的山水文裡，仍然反映出作者在其他散文中，一貫的思想內容。
2. 描寫方面，細緻深切，精鍊的筆鋒，清麗的語言，形象生動，色澤鮮明，是山水散文傑作。

皮日休 → 性狂傲，善詩能文，詩崇白居易爲文多激憤之言，他說：「上剝遠非，下補近失，非空言也。」

陸龜蒙 → 爲人高放，他的散文文字深刻，對傳統道德和黑暗現實，投以辛辣的諷刺，表示強烈的不滿，如〈江湖散人傳〉、〈野廟碑〉。

羅隱 → 工詩，尤長於詠史，文多小品，長於譏諷，如〈荊巫〉、〈說天雞〉、〈辯害〉等篇，都是諷刺現實，有感而發，憤激之情，溢於言外。

宋代的古文運動

(一)西崑體

中唐時代韓柳領導的古文運動在反駢文建立散文的工作上，取得了很大的成就，但還不夠深入普遍，到了晚唐，由於李商隱、段成式諸人駢儷文風的興起，古文運動的發展，遭到了阻礙，李商隱的詩文，有優點也有缺點，他好用典故、追求辭藻和那種尋求華美的四六駢文，予宋初文壇以形式主義的不良影響，在宋初盛行一時的西崑體，就是在這種影響下形成的一個形式主義的文學流派。

楊億
劉筠
錢惟演

西崑體領袖，俱有文名，同入館閣，主盟文壇，所作詩文，以李商隱爲宗，取其豔麗、雕鏤、駢儷的形式技巧，而忽略其思想內容，成爲臺閣體典型，大家唱和，一時從風，風氣愈烈，現存《西崑酬唱集》二卷，楊億編。

其作品特色，是雕章麗句，作品之產生，是由於更迭唱和，前者只注意對偶工巧，音調和諧和字句的美麗而已，皆屬作品形式，不顧內容；後者只是一種應酬動機，誇奇鬥豔，沒有藝術、感情的要求和表現，一味在辭藻上用工夫，發展爲形式主義，沒什麼價值。

《四庫總目提要》：「西崑酬唱集，宗法唐李商隱，詞取妍華，效之者，漸失本眞，惟工組織，於是有伏伶撏撦之譏。」

但因其館閣文壇地位，和當日承平之時代，卻能流行文壇。

㈡反西崑體

西崑風氣當日雖是風行天下，然而一般有文學思想的作者，並不感著滿意，他們在文壇的名望，雖無楊劉輩的浩大，不容易激起很大力量，但他們是帶著嚴肅的態度，在那裡寫作和西崑體完全相反的作品。

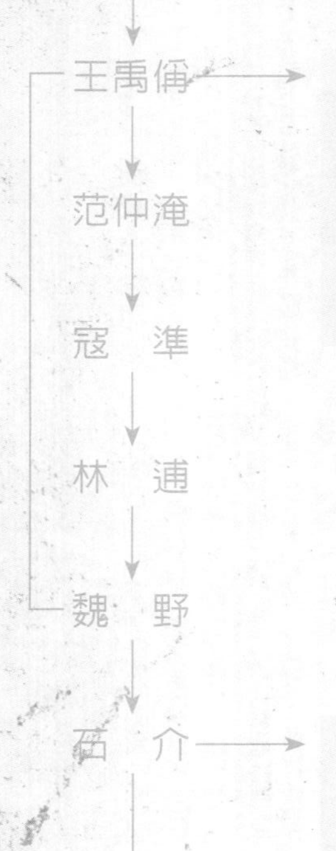

或以平淺、質樸的散體，說理記事，或以清眞平淡之音，表現眞實情感生活，一掃西崑、臺閣體的富貴氣與浮豔氣，而歸於質樸無華不事虛語的眞實境界。

他們因爲未有理論，只是在創作上，消極地取著不合作的態度，故他們一時未能在當日文壇，造成有力運動。

對西崑派正式加以嚴厲的攻擊，和討伐的，始於理學家石介的〈怪說〉。

他對於楊億的攻擊，是有力的，有積極意義的，但他的文學思想，卻不如白居易的文學理論完整，而處處將文學，與聖道聯繫起來，處處壓制純文學的發展，將《尚書》、《周易》同三百篇一同視爲文學的正統，將堯、舜、周、孔一同視爲文學作家的典範了。

宋代道統文學基礎由此初步建立，後來許多道學家的文學觀念，都是沿著這條路線發展演進的。

反西崑的五大主張

當日與石介取著同一的路線，對於文學上鼓吹著復古運動，主張文道合一思想的，還有柳開、孫復、穆修、尹洙諸人，他們雖非文學家，但對文學的見解，在文學思想上，也有一定的影響，他們的言論雖難免有繁複之處，歸納起來，不外明道，致用，尊韓，重散，反西崑五點，有進步性，也有片面性，但對西崑的反抗是有積極作用的。

柳開 → 孫復 → 穆修 → 尹洙
開 → 明道

明道——

明道此一觀念，荀子、揚雄、劉勰已有，到了韓愈，他一生學道好文，二者並重，於是傳統與文統，緊緊聯繫。

韓愈在道統上，極力排擊與儒道不相容的釋道思想，在文統上，是尊經重散。

宋代的文學思想，完全繼承韓愈，走到了道統的極端，幾乎把文學的價值否定了，因此他們第一重視的問題，便是道統問題。

柳開〈上王學士書〉：「文章爲道之筌也，筌可妄作乎，……文惡辭之華於理，不惡理之華於辭也。」

他們一致主張，道是主體，文學只是道的附庸，「文章爲道之筌也」這是他們共同的思想，因爲要達到明道目的，便過於重質輕文。

致用——

致用是合於實用，要有勸導教化的實際功用，那便是詩序上所說的「經夫婦、成孝敬、厚人倫、美教化、移風俗。」的儒家教化的社會效能。

文章能達到明道的地步，便可達到致用的目的，到這時候，明道與致用是發生著因果的聯繫作用，成爲文學的最高準則。

尊韓——

韓愈有好文章，又在作品中宣傳儒道，尊聖宗經，在石介們看來，是道統與文統的繼承人，因此一致發出尊韓的論調，被晚唐、宋初的文風壓抑了百年的韓愈思想作品，到此時又復活。

他們對韓愈之推崇，因他一生學道能文二者兼重，他持有道統與文統的雙重資格。

重散——

明道、致用既是文學的最高目的與準則，要達到這種目的與準則，他們認爲駢文詩歌是不適用的。

穆修說：「李杜專雄歌詩，於道未極其渾備。」這是他們對詩歌表示不滿的態度，而認爲只有散體古文，才能達到「辭嚴義偉，製述如經」和明道致用的功效，所以他們不重視詩人李杜元白，而只推尊古文家韓柳了。

柳開認爲古文的特點並非在其辭澀言苦，使人難讀，而在於古其理垂教於民，高尚其義，隨言短長的種種好處，並且他又宜於用質樸平淺的言語，表達出來，不致於發生辭華於理的毛病。

他們對於西崑派的攻擊固然激烈，但同時有可看出西崑聲勢的浩大，而從事古文者，確是勢單力薄，工作艱鉅，倡古文之人，大都被排詆罪毀，目爲怪異，既非富貴利祿之門，也得不到先輩師友的獎勵，加以這些人物大都是道學家，在創作上沒有成績，因此對當日文風，無多大影響，眞正能復興韓柳的功業，一掃西崑形式主義的，不得不待於歐陽修。

歐陽修

宋古文運動成功之背景原因：

1. 西崑體統治文壇日久，作風愈卑，自然為一般有思想的文學青年不滿，急思有所改革。
2. 當日哲學思想逐漸發展，需一種簡明文體來作表達工具，專事雕飾的駢體自然不受歡迎。
3. 印刷術進步，民眾教育，日漸發達，駢儷的文體，更不適宜於民眾的需要與實用。
4. 許多有力同志，支持推動，或事詩風改革，或事散文創作，推波助瀾，於是古文運動成功了。

在文學思想方面，遠與韓柳、近與石穆諸人大致相同，但是他的特色是重道又重文，是先道後文。

〈答吳充秀才書〉：「大抵道勝者，文不難而自至也。」

〈答祖擇之書〉：「學者當師經，師經必先求其意，意得則心定，心定則道純，道純則充於中者實，中充實則發爲文者輝光。」

這正是他重道又重文，先道後文的觀點。

歐陽修之古文，既不同於先秦、兩漢之作，與韓愈古文亦大有出入，歐文字句平易近人，爲一般人所樂於接受，風格敷腴溫潤，則得力於高度涵養，其古文運動，能較韓愈有成就，力求平易，不務奇崛要亦一因。

唐宋八大家：韓愈、柳宗元、歐陽修、蘇洵、蘇軾、蘇轍、王安石、曾鞏。

宋古文運動對宋代文壇的影響

1. 在賦中由律賦產生了散文賦，如秋聲、赤壁。
2. 駢四儷六的駢文，也變成散行古雅了。
3. 宋詩的散文化與議論化

曾　鞏——學術醇正，故其古文以典雅、平實著稱，然典雅有餘，精采不足，論才情氣勢究在歐蘇之下。

王安石——負才略，有膽魄，爲人剛愎執拗，故古文亦簡勁雄潔，拗折峭深，精悍之氣，溢於言表，在八大家中，最爲特出，蓋政治家之文，非儒生文士之文也。

蘇　洵——文章學術，自成一家，亦豪傑之士也，其文格，高古簡勁，大有西漢之風。

道學家的文學觀

宋六大家共同特點：

宋六大家在散文的創作上，都有很高的成就，他們的長處雖各有不同，但具有一些共同的特點：語言純潔準確、邏輯性很強、有高度的表達能力、議論的是透闢、敘事的是生動、寫景的是自然、抒情的是眞實，語言通達流暢，最爲特色，他們的散文，是在韓柳的基礎上，在適應歷史的環境下發展起來的。

蘇軾

其古文以馳騁變化著稱，其文飄忽變化處似莊子、雄峻明快處似賈誼、圓轉周到處似陸贄。

作文如行雲流水，初無定質，但常行於所當行，止於所不可不止，信手揮毫，不假雕琢，以其才華特高，下筆自成佳構。

其理論有重文的傾向，都是說的藝術的境界，而不是道的境界，所說的「文理自然，姿態橫生」和「不能不爲之爲工」的現像，都是指的藝術的最高成就。

蘇轍

《宋史》：「轍性沉靜簡潔，爲文汪洋澹泊似其爲人，不願人知之，而秀傑之氣，終不可掩，其高處殆與兄軾相迫。」

轍之文才雖稍遜父兄，然法度整齊，時露秀傑之氣。

周敦頤

韓歐論文，雖時以「志乎古道」和「道至而文亦至」爲言，還沒有正式說出「文以載道」的口號，載道之說，始於周敦頤。

《通書．文辭》：「文所以載道也，……文辭藝也，道德實也，……」

雖提出「文以載道」的口號，但他的議論，卻還不過偏，他雖以載道爲第一義，雖是反對專講裝飾或是空虛的車子，但只要載的是道，裝飾美麗的車子，也還是有用處的，可知他並不完全否認藝術的價值。

宋代的文學思想，到了道學家才建立起道統文學的權威，他們過於重視聖道和經學，走到文學無用論和載道說的極端，在道學家的眼裡，完全爲道學氣所掩蔽，把美與藝術的意義與價值，一掃無餘。

二程

周敦頤不完全否認藝術價值，但一到了二程連這點也不肯承認，他們覺得美麗的車子，根本就不能載道，因道將爲美所蒙蔽破壞，道反變爲附庸。

前人推崇韓愈，因他能「學文而及道」但在二程看來，這是錯誤的，聖人有道德，自然就有言，因此，不僅純文藝之詩詞，爲他們鄙視，連韓歐之作品思想，也不滿意。

他們重道，因此使文學與異端同類，二程遺書：「今之學者有三弊，一溺於文章，二牽於訓詁，三惑於異端，苟無此三者，必趨於道矣」文章與異端並舉，自然學文好文之事，皆害道了。

否認文學的一切意義與價值，於是使他們的議論，陷入空洞，成爲倒學。

朱子對文學之基本觀念，與二程相同，宋代道統文學，到了他，達到了最成熟，最有權威的地步。

《朱子語類》：「文皆是從道中流出，豈有文反能貫道之理，文是文，道是道，若以文貫道，是把本爲末，以末爲本，可乎？」這與周敦頤的載道說、二程的倒學說，是一脈相承的，其心中只有周、孔聖賢，因此文學藝術的生機，全被這道學氣壓死了。

道學家把文學看作邪魔外道，若一接觸似乎就會損害其道行，此種思想，持續到清末，因此過去七八百年，小說戲曲，始終不能登大雅之堂，是可理解的。

道統文學的不良影響

西崑盛行時，非華文不能干祿，如今非尚理性，非通書，語錄不行，這是道統文學對當代文化教育的影響，這種實際用處，使其思想更普遍於社會，深入民間，作詩作詞，是玩物喪志，看小說戲曲是輕薄惡劣的行爲，在一般人頭腦裡，只有周孔一類的聖賢偶像，只有四書五經一類的古典文獻，這成了道學對文學的壓迫，將文學視作邪魔外道，使純文學之小說戲曲，始終不登大雅之堂。

明代的文學思想

(一)明初擬古先聲

明代文學思想的主潮是擬古主義，是前後七子文必秦漢、詩必盛唐的擬古主義，這種思想，並非起自李夢陽、何景明明初諸家之開其端，細按內容，他們的作品，實在都無偉大的氣魄，特別的精神。

宋濂

其文章只可算作得雍容典雅，可說是臺閣體的先驅，與高啓同為明初詩文的兩大代表。

高啓

其詩歌大都擬古之作，《四庫提要》：「其於詩擬漢魏似漢魏，擬唐似唐，擬宋似宋……故備有古人之格，而反不能名啓為何格。」他處處在模擬，所以喪失了自己的精神、個性，不能自成一格。但其才情在宋濂之上，還是有些可讀的詩。

林鴻、高棅

高啓，作詩雖重模擬，還仍是廣泛摹擬，不分六朝、唐、宋，到了林、高，漸形成專重盛唐的觀念。

《明史文苑傳》：「漢魏骨氣雖雄，而菁華不足，晉祖玄虛，宋尚條暢……惟唐作者可謂大成」這是林鴻論詩之意見。

他這意見，比高啓具體，雖尊奉盛唐，並沒有錯，不過他們所學的，只是格律，技巧上的一些形式問題，並不注重盛唐詩歌的思想內容，學的只是形骸不是精神。

林鴻是明初閩派詩人的代表，高棅是林鴻之共鳴者，編輯唐詩品彙百卷，

(二)臺閣體

從永樂到成化幾十年間，明代政治比較安定，文學上出現由宰輔權臣領導之臺閣體。

楊士奇 → 楊榮 → 楊溥 → 李東陽

建立詩必盛唐的軌則。

林、高之主張既然如此，作品自然是模擬居多，不但字句效法，連題目也效法，自然沒有半點創造性，難以自立了。

知擬古風氣始於明初，不過後來變本加厲。

臺閣體之作品，沒有思想，沒有氣度，只是一些歌功頌德，雍容典麗的應酬詩文，比起宋濂、高啓們的作品來，是更不如了。當日代表是三楊，還有稱爲茶陵詩派的李東陽，是當日文壇領袖，他的作品，人們都說，以雄厚之體洗滌嘽緩冗沓之習，較三楊猶勝一籌，其實他只是臺閣體典型，毫無生氣，在這一種平庸衰弱的文學空氣下，當時作品亦無甚價值。

(三)擬古主義和前後七子

擬古主義思潮，能風行一時，有其背景，一是臺閣體的空洞無物，早爲一般人所厭棄，其次讀書人獻力八股，只抱著四書五經，不識其他著作，李何輩，想挽救當日文壇的淺陋，因此提出文必秦漢、詩必盛唐的口號一新人士的耳目。

前七子：李夢陽、何景明、徐禎卿、邊貢、王廷相、康海、王九思

以李、何二人爲領導，意見有二：

(一)文崇秦漢，詩必盛唐

他們由復古而擬古，擬古的目標是文章以秦漢爲準則，五言古詩擬漢魏，七古、近體則以盛唐爲依歸，結論是秦漢以後無文，盛唐以後無詩。

(二)摹擬爲創作文學的途徑

他們認爲，秦漢文、盛唐詩，雖各家風格不同，但他們都有一種方法，後人應該遵守此種方法，如學字臨帖一般，一句一字模擬下去，便可得古人神髓而自成名家，非如此文學便無成就之望。

前七子一過，後七子又接踵而來，於是擬古主義的氣焰，更加盛大，他們彼此唱和，互相鼓吹，聲勢極盛。

他們頗有才氣，博聞強記，發揮前七子之主張，狂傲偏激，種種醜態，明史有載。

《明史李攀龍傳》：「……其爲詩務以聲調勝所擬樂府，或更古數字爲已作，文則聱牙戟口，讀者至不能終篇，……」可見其缺點。

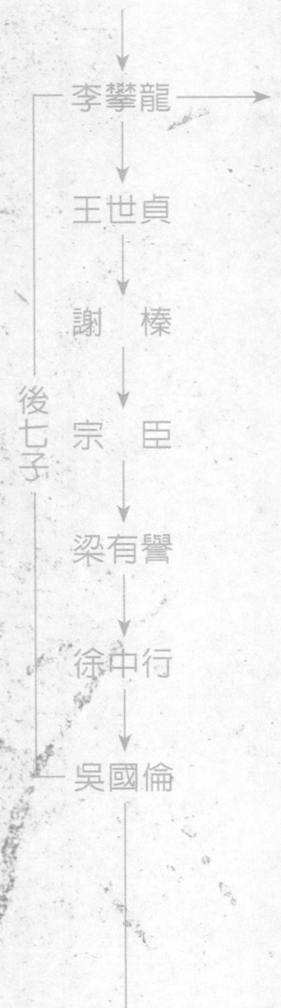

擬古主義者的道路，實際就是形式主義的道路，一步一趨如邯鄲學步，漠視文學的內容，專心模擬修辭的技巧，當然談不到什麼獨創性的成就了，他們反臺閣，講學問，確實是有功的，講秦漢、盛唐也並不錯，不過他們要學的不是其文學的思想內容，只是摹擬字句的形式技巧，結果走上捨本逐木的形式主義道路，所以其復古和韓柳、歐蘇不能相提並論。

(四)嘉靖三大家

元季古文頗有纖濃縟麗之弊，明初承元季遺風，僅宋濂文醇雅，劉基文雄奇，最爲傑出，永樂至成化，約八十年間，海內無事，文風亦趨於雍容平易，於是臺閣體行，弘治中，前七子力矯文壇頹風，高唱文必秦漢，同時有歸有光、王愼中、唐順之，提倡唐宋文與之對抗，歸、王、唐三人並稱嘉靖三大家，爲反擬古主義發出先聲。

王愼中、唐順之

他們覺得，李何一派的文章，死摹秦漢，詰屈聱牙，既不通順，又無生氣，乃倡爲宋代歐、曾通順的文體，提出變秦漢爲歐、曾的口號，以矯李何之弊，茅坤、歸有光爲其羽翼，他的見解是對擬古主義的反抗。

1. 他認清了文學的時代性與作家的個性。
2. 他主張好作品不在乎較聲律，雕句文，而在乎直抒胸臆，信手寫出，如寫家書一般有內容、有思想、有情感的文字。

王唐雖主宋文，「一意師倣」之寫作態度，則與七子無別，換言之，王、唐與前後七子同爲擬古主義者，僅模擬對象不同而已。

歸有光

〈與沈敬甫小簡〉：「世相尙以琢句爲工，自謂欲追秦漢，然不過剽竊齊梁之餘，而海內宗之，可謂悼嘆耳。」他反對貴古賤今，反對割斷文學歷史，認爲各時代有各時代特色。

散文成就極高，其〈先妣事略〉，〈寒花葬志〉，〈項脊軒志〉，皆以平淡之筆、抒眞摯之情，寫瑣細之事，歷歷如在目前，著墨不多，而有絃外之音。

但是歸氏許多文章中，時露八股文氣味，是其缺點。

(五)反擬古主義文學運動

(六)王陽明派哲學

晚明反擬古主義的風氣，能形成一個文學運動，一面是由於擬古主義詩文庸俗虛僞的直接反感，同時也受當代進步的學術思想的影響，因此這一運動的意義，比起唐順之、歸有光的內容大爲廣泛，起的影響也大得多。

王陽明

此派哲學，提倡個人良知的擴展和精神的自由，所謂「夫學貴，得之心，求之心而非也雖其言之出於孔子，不敢以爲是也」〈傳習錄〉這是非常大膽的宣言。

這種獨立自由的精神，便成爲文藝革新的思想基礎。

李卓吾

王陽明派學說，強調自我精神，反對模倣偶像的擬古主義，最有代表性的是李卓吾。

〈答耿中丞〉：「夫天生一人，自有一人之用，不待取給於孔子而後足也，若必待取足於孔子，則千古以前無孔子，終不得爲人乎。」

他反對口是心非之道學，要求眞是眞非，是思想的自由，眞理的探討。

其思想在晚明政治風氣裡，被視爲犯罪，因此書焚人死，幸而公安派三袁爲其弟子，後繼有人。

(七)公安派
- 袁宗道
- 袁宏道
- 袁中道

公安派諸人互通聲氣，彼此唱和，一時風靡，於是擬古主義受到挫折，代之而起的是公安派的詩文。袁宏道所領導的文學理論，一反傳統的拜古思想和形式主義的虛僞，強調文學的進化，個性發展，強調性靈、情感的重要，特別是把從來爲人輕視的小說、戲曲、民歌和六經、離騷、史記相提並論，給予文學上最高的評價，這種浪漫的精神和新穎的理論，在中國文學批評史上，是應該重視的。

三袁正是李卓吾的弟子，他們繼承李卓吾的思想表現於文學的理論中，造成強有力的反形式、反擬古的運動，其理論：

(一)文學是進化的——

認爲歷代文學的遷變，各有其時代的特性，有其歷史的原因，不明瞭這種時代的特性和歷史原因，就會違反文學進化的原理，拜古賤今，甘居落後，一字一句都要擬古，這是不承認文學的發展。

各代的文學有優有劣，那種優劣的對立，正是相反相成的兩種力量，作爲新思潮推動的基力。

(二)反對摹擬——

文學既是進化的，因此對擬古，自然要激烈反抗。

〈小修集序〉：「曾不知準秦漢矣，秦漢曷嘗字字學六經歟，詩準盛唐矣，盛唐人何嘗字字學漢魏歟，秦漢而學六經，豈復有秦漢之文，盛唐而學漢魏，豈復有盛唐之詩，惟夫代有升降，而法不相沿，各極其變，各窮其趣，所以可貴，原不可以優劣論也」。

(三)獨抒性靈、不拘格套——

獨抒性靈，便是文學要發抒個人的眞實情感，不是模擬的、虛僞的，也不是無病呻吟的。

不拘格套便是充分發揮文學創作的自由精神，不拘泥於古代的格調格律，而傷害作者的個性。

擬古的人，處處有一個偶像在，只有古人，沒有自己，無精神個性，故無存在價值。

㈣文學作品不能沒有內容——

他說的內容，並非幻想的空洞道理，是指有血肉、有情感、有思想、是充實的而不是空虛的。

㈤重視小說戲曲的文學價值——

我國過去對文藝、學術的界線，一向不分明，由於儒家思想影響，對經史詩文視爲正統，以詞曲爲小道，小說戲劇更加輕視，不能入於文學之林。

一直到了李卓吾、袁宏道出，才打破這種不合理觀念，給予小說戲曲文學上的價值，這種意見新奇大膽。

金聖嘆，以水滸、西廂列爲才子書，不過是發揮李、袁思想而已。

四庫提要：「三袁詩文變板重爲輕巧，變粉飾爲本色，致天下耳目於一新，又複靡然而從之，然七子猶根於學問，三袁則惟恃聰明，學七子者不膺古，學三袁者乃至矜其小慧，破律而壞度，名爲救七子之弊，而弊又甚焉。」公安派的理論，固然都具有深刻意義，但由其詩歌風格的輕佻、內容的貧弱，以及生活的狂放和脫離現實的人生態度，也引起了不良影響，因此引起後人之攻擊，這點也是必要注意的。

(八)竟陵派

鍾惺 → 二人皆選了《古詩歸》、《唐詩歸》兩書，風行一時，故世稱鍾譚，他倆都是竟陵人，故又稱竟陵體。

譚元春

《明史．文苑傳》：「自宏道矯王李之弊，倡以清眞，鍾惺復矯其弊，變而為幽深孤峭。」

如此說來，好似公安、竟陵是兩個不同派別，其實不然，關於文學理論，二者沒有什麼差別，公安所言「反擬古」「反傳統」「獨抒性靈，不苟格套」鍾譚二人，無一不贊同，只是見公安體，確實有些過於浮淺，想以幽深孤峭的風格去補救，於是用怪字、押險韻，顚倒文字位置，造成一種冷僻苦澀的詩文。

在文學運動上，公安竟陵是同一個態度，同一個反擬古的文學運動，同樣充滿著反傳統的浪漫精神，正統派對此二派批評很烈，著作全列為禁書，但在當時他們的思想，確是深入人心，派別不同的人，也無形中為其宣傳，如艾南英、錢牧齋，由此看來，公安竟陵的反擬古主義運動抗古革新的精神並沒有完全落空，一面暴露了擬古者虛偽空洞的眞面目，同時又遺留了許多熱情與思想在後起者的頭腦裡，到了清代在金聖嘆、李漁、袁枚的言論中還透露出這派的思想光芒，仍可體會那種精神。

㈨晚明的散文

晚明新興的散文是公安竟陵文學運動的直接產物，比起其詩歌，散文的成就較高，公安竟陵的詩流於浮淺，內容空虛，他們在散文上才實踐了「獨抒性靈，不拘格套」的理論，這些作品，並不是代聖人立言的大塊文章，所以不講大道理，不講形式，上至宇宙，下至茶酒，遊

袁宏道

爲人洒脫自由，不俗不滯，他的人生理想是追求莊子的逍遙，陶潛的適性，他有詩云：「書生痛哭倚蒿籬，有錢難買青山翠。」正說明他對晚明社會的不滿，和他苦悶的感情，在他的尺牘中，也充份的表現出他這種人生觀，後來辭官了，自由自在的遨遊山水，過一點性情中的生活，在這種環境下有許多好散文。

其文有二特色：

㈠文中有人——作者的個性、情感、人品，都眞實流露，活躍紙上，讀其文，如見其人。

㈡文字流麗清新，深入淺出——確實實踐了公安派「文章新奇，無定格式，一一從自己胸中流出」的理論。

劉侗

竟陵派作家，竟陵文體以幽深孤峭矯公安清眞，所以讀其作品，沒有袁宏道那麼流利，用字造句，有時組織很新奇，初看似乎不好懂，仔細玩味，亦另有情趣，其文無一難字、無一典故、無一經文，但讀去總覺不順口，如「前人日幽深孤峭」，是也。

山玩水，敘事抒情，隨筆直書，毫無滯礙，因此不是應世干祿的文章，與高文典冊不同，歷來爲正統文學家輕視，在今天看來，這些散文是明代擬古空氣中的新產物，其價值不可忽視。

王思任

以詼諧見長，生性滑稽，對人常是調笑狎侮，不加檢點，但每逢大事，又氣宇軒昂，其文字不同於公安，亦不像竟陵，施愚山評他云「入鬼入魔，惡道岔出，鍾譚之外，又一旁派也。」所不同者，他於幽冷孤峭中，又加了一點詼諧，使其文字更生動有趣。

張　岱

張岱兼有各派之長，可稱爲晚明散文的代表，品行極高，是富有愛國思想的明代遺民，以《陶庵夢憶》、《西湖夢尋》、《瑯嬛文集》著稱。

他一生最愛陶潛、蘇軾，確是陶蘇一流人物。

其詩文初學公安、竟陵，後來融合二體，自成一家，其文學理論，不與公安背，亦反擬古、抒性靈，但到了他題材範圍擴大了，於山水外，社會生活也顧到了，並且各種體裁到了他，也都開放了，如序跋、碑銘，這些文體，公安竟陵仍是板起面孔，規規矩矩的寫，到了張岱，滑稽百出，情趣躍然，是散文之一大進步。

其作品，有公安之清新，有竟陵之冷峭，也有王思任的詼諧，實晚明散文成就最高之作家。

清代散文

(一)清初散文

清代學術界先驅是顧亭林、黃宗羲、王夫之，他們都是明經致用，反對虛談的學者，對當代文壇，有相當影響，明末公安，竟陵之虛浮，他們固然看不起，就是前後七子的文必秦漢之擬古，他們也看不起，小說戲曲更視爲妖言野語，他們理想的文學是明道載道的文學，替聖賢立言的文學，於是在明代解放過來的文學觀念，又走上復古。

侯方域

魏禧

汪琬

清初散文界代表，大都學韓歐一派的古文，但細看他們的古文，都是空洞的架子，缺少生活內容。

《四庫提要》評云：「禧才縱橫，未歸於純粹方域，體兼華藻，稍涉於浮誇，惟琬學術既深，軌轍復正，其言大抵原本六經與二家迴別，其氣體浩瀚，疏通暢達，頗近南宋諸家……要之，接跡唐、歸無愧色也。」

他們的成就只是唐順之、歸有光（明嘉靖三大家）的繼承人物，這批評極公允。

㈡桐城派

侯、汪諸家雖沒有建立系統的理論，在創作上沒有高的成就，但由於他們的努力爲後來的古文復興運動，開啓了一條道路，待方、劉、姚出，才正式形成桐城派的運動，才正式樹立起桐城派的古文理論。

方苞

方苞之文學思想重心，也是桐城派最高理論：

㈠作文之目的，主要在通經明道，唐宋八大家所明之道不夠，得之於六經之根底不厚，因此他們的古文，尚未達標準，因此作文必須注意義法，求其根源。

㈡桐城文統：六經→論孟→《左傳》、《史記》→唐宋八大家→歸有光→桐城派。

㈢古文與詩詞歌賦分開，輕視小說戲曲，其意見與韓歐大略相同，須注意的是其義法，方苞說：「義即易所謂言有物也，法即易所謂言有序也。」

這幾句話，表面說的確是不錯，言有物是說文章要有內容，言有序是說文章要有條理、有方法，不過他們說的內容，是有關聖道倫常的內容，如此一來，內容仍只是一個空架子，而他們所注重的只是一個形式。

他對文章的要求，不過雅潔、雅馴而已，可見他講的義法，只是舊義法，沒有什麼新內容。

但他確也寫了一些好文章，如〈左忠毅公逸事〉，無論內容語言，確是優秀。

劉大櫆

其古文瑰奇恣睢，在作品與理論上，雖無重要建樹，但他在桐城派的系統上，卻是重要的橋梁，姚鼎便是其學生。

姚　鼎

他一方面寫作雅正謹嚴的散文，一面發揚方苞的理論。

在《古文辭類纂》一書中發表他論文的意見說：「所以爲文者八，神理氣味，格律聲色，神理氣味者，文之精也，格律聲色者，文之粗也，然苟捨其粗，則精者亦胡以寓焉。」其言似抽象，其實很簡單，一是文章的內容與精神，一論文章的修辭與形式。

至於在〈復魯絜非書〉中之陰陽剛柔說，那只是因作家性格、修養，題材之不同，而作品上表現出不同之風格。

這本是很普通之意見，經他一說到「文者天地之精英」「惟聖人之言，統二氣之會」於是又變爲神奧之論了。

(三)陽湖派

張惠言　惲敬

二人俱以文名，因同是陽湖人，故有陽湖派之稱。

張惠言

師事王悔生、錢魯斯，王、錢二人是劉大櫆門徒，如此看來張惠言應是桐城嫡派，爲何另立一名目，這原因是他們一面作古文，同時又喜作駢體，其次除取法六經八家外，同時兼取子史、雜家。

因此他們的文章，筆勢較爲放縱，詞意較爲深厚，但不及方姚之嚴謹，可以說是桐城派旁流。

(四)湘鄉派

曾國藩

是清代正統文學的中興功臣，其學術思想是調和漢宋兩派，文章是繼承方、姚，詩喜黃山谷，用功勤、學力深，發之於文，內容充實，淵雅閎闊。

姚鼎雖以義理、考據、辭章三者並重之說號召徒眾，但其義理既淺、考據所得亦不多，僅一點義法，難免流於浮淺，曾氏出，超絕流俗，桐城派爲之一振。

其論文範圍，大爲擴展，不名一家，《古文辭類纂》一書不敢看作是文章的，他大膽的選進他編的《經史百家雜鈔》一書中。

門人頗多，但無建樹，曾氏一死，中興起的古文局面，又告衰退，但其影響很遠，如嚴復、林琴南、梁啓超、譚嗣同諸人，初期亦無不受其感染。

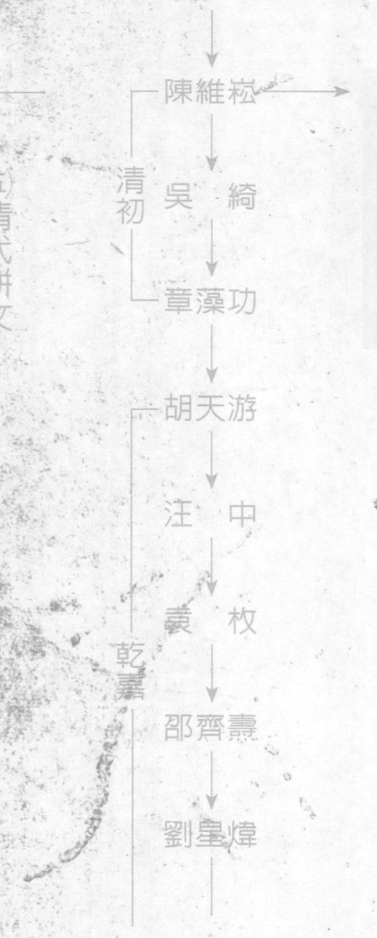

除桐城派的古文運動之外，清代的駢體文學也很流行。

這些人對文章的見解，大都與桐城派之議論相反，主張駢散並重，並無上下輕重之分，阮元父子則主張文筆分立，只有駢文才是美文，重駢而輕散，清末王闓運也贊成這種意見，說：「復者文之正宗，單者文之別調。」這明明是宣佈，只有駢文才是文章正統，無論以形式內容來講，比起桐城所提倡的散文來，駢文是更無前途、更無意義。

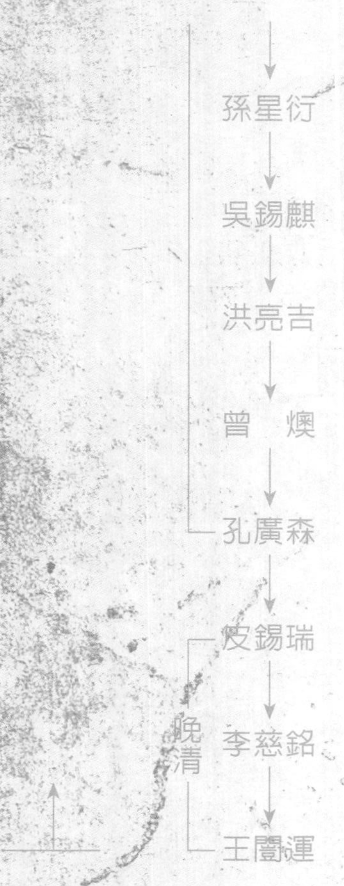
孫星衍
吳錫麒
洪亮吉
曾燠
孔廣森
皮錫瑞
李慈銘
王闓運
晚清

詩歌篇

綱目

建安——正始——晉·太康——永嘉——義熙——南朝詩人—㈠宋元嘉體—㈡齊永明體—㈢梁—㈣陳

北朝詩人——隋代詩人——初唐詩人—㈠齊梁餘風—㈡王績及其他詩人—㈢初唐四傑—㈣沈、宋與律

體—㈤詩風轉變—㈥吳中四士——盛唐詩人—㈠王孟詩派—㈡岑高詩派—㈢李白—㈣杜甫——中唐詩—

㈠大歷十才子—㈡大歷詩人與張籍—㈢新樂府運動—㈣險怪派—㈤李賀——晚唐詩人——宋詩—㈠西崑

體—㈡詩歌革新運動—㈢王安石—㈣蘇軾—㈤黃庭堅—㈥江西詩派—㈦南宋四大家—㈧永嘉四靈—

㈨江湖詩派—㈩遺民詩—⑪元好問——清代的詩—㈠清初詩壇—㈡尊唐詩派—㈢宗宋詩派—㈣性靈詩

派—㈤晚清詩人

建安

特色

詩歌的體裁

1. 樂府歌辭的製作

2. 七言詩體的正式成立

內容與精神

1. 保存樂府詩中的寫實主義精神

2. 開兩晉玄言之端

曹操

曹操詩共二十三首，全屬樂府，四言居多，五言次之，其四言詩，沈德潛譽爲「於三百篇外，自開奇響。」

操詩風格：

鍾嶸——曹公古直，甚有悲涼之句。

沈德潛——沈雄俊爽，時露霸氣。

操詩正如其人，直言暢論，不假雕飾，而沈雄蒼涼之氣，貫通全篇，雖無意爲文辭，而文辭自錯落有致，雖無意造境，境自屬高壯，在陽剛一派詩中，實爲上選。

曹丕

曹丕之詩，樂府與古詩，各約一半，其氣勢弱於操而情韻過之，無論抒情寫景，均較細緻婉約，無操沈雄蒼茫之氣，就詩論人，有詩人多愁善感之天賦。

鍾嶸：「所計百許篇，率皆，鄙直如偶語，唯西北有浮雲十餘首，殊美贍可觀，始見其工。」

在文學史上之地位，除詩歌本身成就及七言古詩之成立外，在文學批評方面亦有開創之功。

曹　植

建安文壇領袖，詩歌分二期，前期志在政治，不熱中文學，故詩歌取材不外「憐風月，狎池苑，述恩榮，敘酣晏」，外形精工華麗，詞采奕奕，此類麗辭駢句，在建安詩歌中屢見不鮮，上變古詩十九首，下開太康詩風。植前期作品，才華雖露，感嘆未深，不如後期，由生活環境造成作品特色，所詠皆身世之痛，而出之以纏綿忠愛，沈鬱悲婉。

五言詩在建安時代雖已成熟，但到植，擴大範圍，無所不寫，在五言詩之發展史上開拓之功不可沒。

三祖陳王——魏武帝曹操
　　　　　　魏文帝曹丕
　　　　　　魏明帝曹叡
　　　　　　陳思王曹植

王粲 → 《詩品》：「魏侍中王粲，其源出李陵，發愀愴之辭，文秀而質羸，在曹劉間別構一體，方陳思不足，比魏文有餘。」

愀愴之辭以〈七哀詩〉、〈雜詩〉爲代表，亂離人生感慨，逼眞深切。文秀質羸，指其燕樂歌頌之作，辭藻富贍，興寮厥如。

王氏頗重鍛字鍊句，開兩晉南朝風氣。

劉楨 → 《詩品》：「其源出古詩，仗氣愛奇，動多振絕，眞骨凌霜，高風誇骨，但氣過其文，雕潤恨少，然自陳思以下，楨稱獨步。」

在建安七子中，劉楨的詩名最盛，曹丕稱他：「五言詩之善者，妙絕時人。」

建安七子——孔融、陳琳、王粲、徐幹、阮瑀、應瑒、劉楨，以王、劉二人爲首。

阮籍 → 《詩品》：「詠懷之作，可以陶性靈、發幽思，言在耳目之內，情奇八荒之表，洋洋乎會於風雅，使人忘其鄙近，自致遠大，頗多感慨之辭，厥旨淵放，歸趣難求。」

正始

憂思傷心爲詠懷詩之中心意境，集中無樂府，是漢魏以來，第一位全力作詩之人。

竹林七賢——稽康、阮籍、山濤、向秀、阮成、王戎、劉伶

魏末政亂，文人相率避世，老莊大盛，清談，談玄之風始，文人思想轉變，即當時文學精神之轉變，詩文辭賦，滲透了虛無的玄言文學，表現方法由寫實變爲象徵、隱蔽，建安之社會寫實詩，幾不復見，開兩晉玄言之端。

嵇康

嵇康詩歌以四言爲佳，爲曹操之後四言健者。

《文心雕龍》——「嵇志清俊」、清指清遠、峻即峻切。

《詩品》——「頗似魏文，過爲峻切，訐直露才，傷淵雅之致，然托喻清遠，良有鑑哉，亦未失高流矣」。

清則指清遠，其詩意境遠純潔。與阮籍二人同爲正始詩壇代表。

晉・太康

晉武帝司馬炎滅吳，改元太康，三國紛爭結束，文學亦頗有一番新氣象，文學史謂太康中興即此，一般文士，又開始在文字的形式上用工夫，太康詩人有一共同特色，便是偏重修鍊辭藻，形成華美風氣，兩漢詩歌文字質樸，內容充實，建安正始，辭華漸富，猶

張華

張氏爲太康文壇盟主，太康文學之盛，張實有鼓舞推動之功。

《詩品》：「源出王粲，其體華豔，興托不寄，巧用文字務爲妍冶，雖名高曩代，而疏亮之士猶恨其兒女情夙，風雲氣少。」

太康八詩人——

三張——張載、張協、張亢

二陸——陸機、陸雲

兩潘——潘岳、潘尼

一左——左思

《詩品》：「太康中，三張、二陸、兩潘、一左，勃爾復興，踵武前王，風流未沫，亦文章之中興也。」

有兩漢遺風，至於太康則無論詩歌辭賦都用心雕琢，注意辭華，於興寄意境往往不能兼顧，因此容易走上形式主義路線，從此，正始詩歌所含之深奧哲理，及玄遠清峻之風格，遂告中斷。而南朝唯美文學由此發端，太康作品最大缺點是缺少作家個性，只有時代共性。

潘岳

詩之佳處，雖多用對偶句法，但節奏並不呆板，雖間有美麗辭藻，但語意並不晦澀，尤可貴者，言情眞切，在太康時代競務藻豔之詩歌潮流中，亦屬難得之作。

史稱「尤善哀誄之文」，其集中除詩外，十九爲誄，哀詞及碑文。

陸機

陸機詩歌，無論樂府與古詩，什九以排偶句法爲之，全非漢詩面目，排偶本爲太康詩歌一般現像，但以陸機作品尤甚。

大致而論，潘詩較淺近，以情韻雋永勝，陸詩較堆垛，以結構整鍊勝。

左思

左思詩歌，獨未染太康時代一味雕琢，虛有其表之習，猶存漢魏敦厚寄托之致。

其詩或借史事以抒懷，或託山水以寓意，或因時序以寄慨，字裡行間，作者之胸襟懷抱，流露無遺。

《詩品》：「其源出於公幹，文典以怨，頗為精切得諷諭之志，雖野於陸機，而深於潘岳。」

〈詠史八首〉，為左思最著名詩篇，一般詠史詩，有以敘事為主，而少感嘆，議論如史傳者，有敘事少而議論多，如史論者，左思則借詠史以詠懷，又另創一格。

劉琨

永嘉亂後，琨志存晉室，而力不從心，發為篇什，故多山河破碎，英雄末路之悲，造成他哀感而又俊拔之作風，此種雄峻詩風在當代少見。

《詩品》：「善為悽戾之辭，自有清拔之氣，既體良才，又罹厄運，故善敘喪亂，多感恨之詞。」

郭璞

永嘉時五胡亂華，晉室南遷，曾於太康時一度消沈之正始玄風又盛，詩風回復至正始時代，永嘉亂世詩人感傷亂離，自無閒情事藻繪，又詩人多懷逃世之情，故詠黃老、神仙，詩歌淡乎寡味。時述黃老，賦遊仙而不流於淡平寡味者郭璞，復有不甘隱世，爲國憔悴，其詩多抒家園之痛，其辭悲憤，劉琨爲代表，一玄虛有仙意，一慷慨而含血淚。

魏晉的游仙文學，作者雖多，但以郭璞爲代表，有〈游仙詩〉十四首，雖托體遊仙，實際也抒寫自己不滿的情緒。

《詩品》：「始變永嘉平淡之體，故爲中興第一。」

在當時理過其辭，平淡寡味的詩風裡，他還夠保存詩的美質和感情。

義熙

降及義熙，哲理詩、遊仙詩流行既久，不免生厭，於是陶淵明以其數十年田園經驗，發爲吟詠，是爲田園詩，是魏晉時代代表作家。

陶淵明

作品個性分明，情感眞實，理想高遠，語言純樸，富於藝術之鮮明形象，他的特徵，是能將他的人生思想的全部和他的作品溶成一片。

他的思想，有儒佛道三家的精華，有律己嚴正，肯負責任的儒家精神，而不爲那種虛僞的禮法與破碎的經文所陷，他愛慕老莊之清靜消遙的世界，而不與荒唐的清談名士同流，他有佛家的空觀與慈愛，而無沾染騙人的宗教色彩。

作風上，承受著晉代一派的思潮影響，但在表現上，卻以創新態度出現。

他的文學語言，是眞實質樸，清簡而又平淡，無疑受了民歌影響，但又提昇一層，造成了那種富有情韻，形象鮮明的獨特風格。

南朝詩人
宋元嘉體

元嘉體

顏延之

其作品貴族氣很重，應詔詩連篇，因過於雕琢藻飾，字句晦澀，詩之情趣，因而消滅。

延之詩歌排偶雕飾，堆砌典故，在形式、技巧上堪稱元嘉典型，惜不能創造詩歌之生氣與韻味，換言之，顏謝均以厚密工綺見長，不過謝詩時有極挺拔或清新之句出其間，顏詩則少此一股奇氣。

謝靈運

其作品開山水寫實一派，缺點是用駢偶的句子去粉飾自然，用雕鏤過剩的文筆去刻畫山水，得到的是山水險怪眞實的形貌，而缺少自然界的高遠意境。

同時，喜在詩中誇耀博學，常把經子中的文句生吞活剝的引用，造成當日詩人用典抄書的惡習。

但詩風樸實無淫靡之氣，他的山水詩篇，消滅了兩晉以來，盛極一時的遊仙文學，初步打破了玄言詩風。

巧似、繁蕪、雕琢、用典、少內容，則是元嘉體的共同傾向。

南朝詩歌

宋元嘉體：體盡排偶，語盡雕刻，繁用典故，上承太康而加厲，詩歌麗靡有餘，深厚不足，代表詩人：顏、謝、鮑、湯惠休。

齊永明體：注重聲韻之變化錯綜，元嘉已盡文學形式之美，永明體兼盡聲韻節奏之美，南朝唯美文學極盛，竟陵八友為代表。

鮑照

在此生氣衰弱的詩壇，能以自由放縱筆調對人生各方面加以描寫，而形成雄俊的作風的是鮑照。

他的辭賦和五言詩也呈現著雕琢華靡的習氣，但他的代表作卻是那些雜體的樂府歌辭，他運用在五言之長短句，民歌的語調，把自己對人生的觀念傾吐出來，有眞實情感，打破當代那種死氣沈沈的詩風，曹丕以後之七言詩，至他始運用自如，展開發展，在七言詩之發展史上，他占著重要地位。

他的代表作是〈行路難〉十八首，詩調高昂，情感充沛。他的詩風影響後代高適、岑參、李白。

他學習民歌的創作精神，運用民歌的語調，同元嘉正統詩風完全相反，這是他特出的藝術風格。

(二)齊永明體

竟陵八友：蕭衍、沈約、謝朓、王融、蕭琛、范雲、任昉、陸倕

沈約

作《四聲譜》，由四聲而分八病，使詩歌產生人爲聲律，肇始於沈約，由此開始律詩之醞釀試作，雖二百年後沈、宋之律詩格律，未必全遵入病，然沈約首創之功不可沒。

謝朓

其作品一面繼承謝靈運的山水詩風，所以有許多好的寫景詩，同時又運用著新起的聲律，所以他的詩清新和諧，在山水描寫上，他沒有謝靈運那種苦心刻畫的痕跡，在聲律與辭藻的運用上，善於熔裁，而不流於淫靡，因此他的水山詩與新體詩都能保持著他那種清綺清俊的風格，成爲這時期的詩人代表。

他的特色善於精鍊字句，善寫自然景像，五言小詩格調更高，具有唐絕風味，這種五絕形式，在南方民歌中流行了一個長時期，至謝朓正式成爲一種新詩體。

他的詩情雖好，才力卻不甚高，佳句多，佳篇少。《詩品》：「一章之中自有玉石，然奇章秀句，往往警道，善自發詩端而末篇少躓，此意銳才弱也。」

㈢梁

宮體文學大盛。

蕭氏父子：蕭衍、蕭綱、蕭繹

蕭衍 → 梁代詩歌之形式技巧雖上承永明體，但蕭氏父子無不豔曲連篇，促成宮體文學之大盛，由於宮體題材之勃興，詩歌亦頗有新面貌，他們的作品是以模擬江南民歌的小詩見長，再加以香膩的表情，細密的描寫，塗上富貴綺麗的色彩，當日詩壇領袖，自非蕭氏父子莫屬。

江淹 → 江淹以詩賦顯名齊梁，《詩品》稱其詩「詩體總雜，善於模擬」摹擬正是江淹詩歌特色，晉世陸機亦多擬古之作，但名爲擬古，實乃聞新，江氏則亦步亦趨，略得古人面貌。

吳均 → 吳均文體清拔有古氣，好事則學之，謂吳均體。均生逢唯美文學極盛之世而均作能清拔有古氣，頗令人耳目一新。

(四) 陳

陰鏗 → 此三人詩初步具有唐律風格，自永明時代的聲律論盛行，以及江南民歌在詩壇上發生影響以來，到這時候，無論律體絕詩，在平仄上雖尚未盡善，但在形式方面已達到相當完整的模規。

何遜

徐陵

北朝詩人

北地三才

邢邵 → 三人之詩受南方宮體文學影響，毫無北方氣概，邢邵之詩尚清新，魏收，則其人卑鄙淫蕩，反映詩中亦俗而鄙。

魏收

溫子昇

北方詩人的作品，無論形式內容，都受了南方詩歌的感化，南方流行的那種形成主義文學思潮，已侵入了北方文壇的領域到了北國，因此有些人起來反抗提倡復古運動，如蘇亮、蘇綽，但仍抵不住南方的文學思潮，直到王褒、庾信北來，受了政治環境的影響，他們的作品確實帶了北方清貞剛健的情調，而放出異樣光彩。

裴讓之 → 詩中常有佳句，然亦受南方宮體影響。

蕭　愨

王　褒 → 王褒是王融的本家，梁元帝降西魏，褒隨入長安，歸順北方。他的樂府詩，格調頗高，有一種壯建之氣，五言詩也淒切雄渾。

庾　信 → 爲庾肩吾之子，南人降北，位雖通顯，亡國之痛，懷鄉之情時時侵襲他，又不能眞切暴露，只能含蓄表現，因此他的作品有一種沈深的憂鬱、哀愁的愁情，再加上北方地方色彩，於是顯出蒼茫剛健之情調。

庾信詩文與徐陵齊名，時稱「徐庾體」。

隋代詩人

從軍出塞是隋代詩歌的重要內容，詩的風格已超越南朝，成爲唐代邊塞詩的先聲，隋代詩歌形式是七言歌行的發展、薛道衡之豫章行，盧思道之從軍行，成爲初唐四傑之先驅，惜隋煬帝荒淫，身亡國滅，詩歌之盛，不得不待之於唐朝。

楊素 → 雖是武將，文采卻高，《隋書》本傳曰：「詞氣宏拔風韻秀上」他的詩雖也講對偶，辭藻，但絕無南方之脂粉輕薄氣味，顯出一種質樸之風格。

盧世基、**薛道衡** → 二人與楊素唱和，亦有清遠俊拔之句。

隋煬帝 → 其生活荒淫，因此文帝提倡之復古運動，消聲匿跡，梁陳的色情文學又繁盛起來。

其作品以樂府歌辭爲主，他善於運用七言體翻作樂府的新聲，淫歌狂舞，引來了殺身亡國之禍。

初唐是唐詩的準備時代，經過四傑、沈宋、及陳子昂的革新，一面是在詩歌各種形式上奠定了成熟的基礎，同時革除了六朝靡弱之文風，突破了齊梁宮體的束縛，明確了詩歌的創作方向，造成了盛唐的盛況。

初唐詩人

(一)齊梁餘風

齊梁宮體餘風：陳叔達 → 袁朗 → 楊師道 → 虞世南 → 孔紹安 → 李百藥 → 魏徵

陳叔達 → 諸子俱爲陳、隋舊人，文風不可能因政治上換了皇帝，便能立刻有所改變，在他們的作品裡仍然表現陳隋宮體的餘風，無論詩的格調與內容，還是齊梁一派的影子。

魏徵 → 當日之宮廷詩人，唯魏徵情調，稍有兩樣，有清正之音，格調高遠，然其作品絕少，無力改變當日風氣。

王績及其他詩人

上官儀

儀工詩，其詞綺錯婉媚，太宗每屬文，遣儀視稿，私宴未嘗不預，顯貴之人多效之，謂爲上官體，其地位與詩風，是宮廷詩人之典型，現存詩中，十之八九爲應制之作，價値低。

但他在律體詩之運動上卻起了一些推動作用，這便是六對八對的當對律的創立，上官儀爲從事詩句對偶方法分類之第一人，詩句對偶由來已久，然一經上官儀歸納命名，學者遂更易遵循，此舉對律詩、格律之完成，無疑有催生作用。

王績

與正統宮廷詩人風格不同

其詩完全洗盡了宮體詩的脂粉氣息，充分的表現他個人的生活與情感，思想和生活打成了一片，沒有一點虛僞，反對一切束縛身心的制度與名教，是一個有學問、有品格、愛自由的詩人。

王梵志

在齊梁詩風中，獨標異格

其詩大半屬於說理的格言，如佛經中之偈語，內容都表現人生無常，以及貧窮的快樂的生活，詩歌之生活基礎與王績不同，然在其以平淺的語言作詩，追求自由生活這些觀點上卻相類似。

㈢初唐四傑

四傑一面蒙齊梁餘風影響，同時又力求創造，解放，其詩雖未能脫盡宮體氣息，但代表作樂府小詩和七言歌行，突破了舊宮體之狹小內容，洗去淫靡，庸俗，附子詩歌新生命，

寒山子 → 其詩全採通俗的語體，但偏於說理，詩偈不分，是其特徵，但他寫的範圍較廣，又時加自然意境之表現，因此不如王梵志之枯淡。

王勃 → 王勃爲人，恃才傲物，故仕途失意，詩歌以王律五絕爲多，代表作，是那三十幾首五言小詩和七言〈滕王閣〉。

楊炯 → 其詩以五律五古爲多，集中文多詩少，創作之詩不如另三人廣泛，也沒有他們那種豁達的精神。

新風格。律詩在四傑集中，頗多，知其下過工夫，但在格律與技巧上看來，較陰、何、徐、庾諸家，進步不多，知由王績至四傑，律詩仍在發展階段，但四傑大量創作促成律詩發展，沈宋能完成律詩格律，四傑之試驗推進，功不可沒。

盧照鄰 →

四傑中身世最苦，故詩文多悲苦之音，他的代表作是七言歌行，如〈行路難〉、〈長安古意〉，七言歌行，雖有曹丕、鮑照提倡在前，大量製作則有待盛唐，照鄰諸作，正是唐此體之前奏，七言歌行賴照鄰而發展。

駱賓王 →

駱是一個獻身政治運動的實際行動者，因此他的作品較有豪邁英俊之氣，其佳作是那些五言小詩，如〈易水送別〉，音調雄渾，氣魄悲壯，與王勃寫自然景色和悠閑心情之作品比較，大異其趣。

其七言歌行，則有濃厚民歌色彩。

(四)沈、宋與律體

律體的最後完成，便是齊梁以來新體詩運動的最後完成，初唐百年詩歌內容較貧乏，但在詩歌的形式上，律體的完成，五七言絕句的提高，七言歌行的發展，都是很重要的工作。

沈佺期

宋之問

沈、宋是典型之宮廷詩人，許多應制詩，毫無價值，然在詩史上能佔一席，乃由於律體詩的完成，沈宋承前人基礎，再加以琢磨，五律首先完成七律絕句繼之，達到完全成熟階段。

初唐四傑之律體，拗澀者多，而沈、宋律體，則平仄合諧十之八九，拗者少，以沈宋為律詩格完成之代表人物，其故在此。沈長於七言，宋長於五言。

沈約
謝朓

陰鏗
何遜

徐陵
庾信

上官儀

初唐四傑

沈佺期
宋之問

四友與沈宋同時，同爲宮廷詩人，政治上亦皆諂附張易之，文學上則一面繼承梁、陳詩風，一面成爲沈宋律體之主要推動者。

文章四友

崔融 → 融爲文典麗，詩平庸無可述。

李嶠 → 作律詩一百六十餘首，偏於詠物，無所不詠，成爲唐代第一個詠物詩人，此類作品純爲賣弄，無文學價値，僅以其全採五律形式，對五律倡導大有貢獻。

蘇味道 → 詩亦平庸無可述。

杜審言 → 杜詩在初唐華美詩風中則具高逸沈摯，其律體圓暢細密，較沈、宋有進步，但其代表作，卻推那幾首七言小詩。

在詩體形成上，五言排律到了杜審言，得到了進步的發展，這種詩，上官儀、四傑、宋、沈，諸人皆作過，但皆六韻、八韻之短篇，至杜有長至四十韻者，此種排律不易見長，後人爲誇才學，則喜用之，如杜甫、白居易，然此體受韻律及對偶限制，不易討好。

(五)詩風轉變

在唐詩的發展上，陳子昂結束初唐百年間的齊梁詩風，下開盛唐的浪漫詩派，地位非常重要。

陳子昂

陳子昂爲初唐發論反對六朝華靡詩風之第一人，他反對重形式與聲律之南朝唯美詩風，主張詩歌應追復漢魏，有風骨，有寄興，對於詩歌的發展，指出了正確的方向。

他反對六朝以來的豔體，要回到漢魏的路上去，他贊美骨氣端翔，音情頓挫的作品，他推重建安風骨和正始之音，這是唐代詩歌新理論的開始。

他復古之主張，於其作品中得到實踐，其詩能一掃宮體豔情，重視建安、正始風格，〈感遇詩〉三十八首，尤能力追阮籍詠懷。

他兩度出塞，加強了作品的現實意義，他的詩只是用自然的聲調，雄渾有力的語言、自由的格律，去表現慷慨悲涼的情感，然詩中卻蘊藏著高遠的意境與豪放的氣魄，正具備他所說的「骨氣端翔，音情頓挫」的特色。

張九齡

身居相位，臺閣氣頗濃，惟〈感遇〉十二首，明屬子昂一派，故後人論初唐詩之轉變，每以陳張並稱。

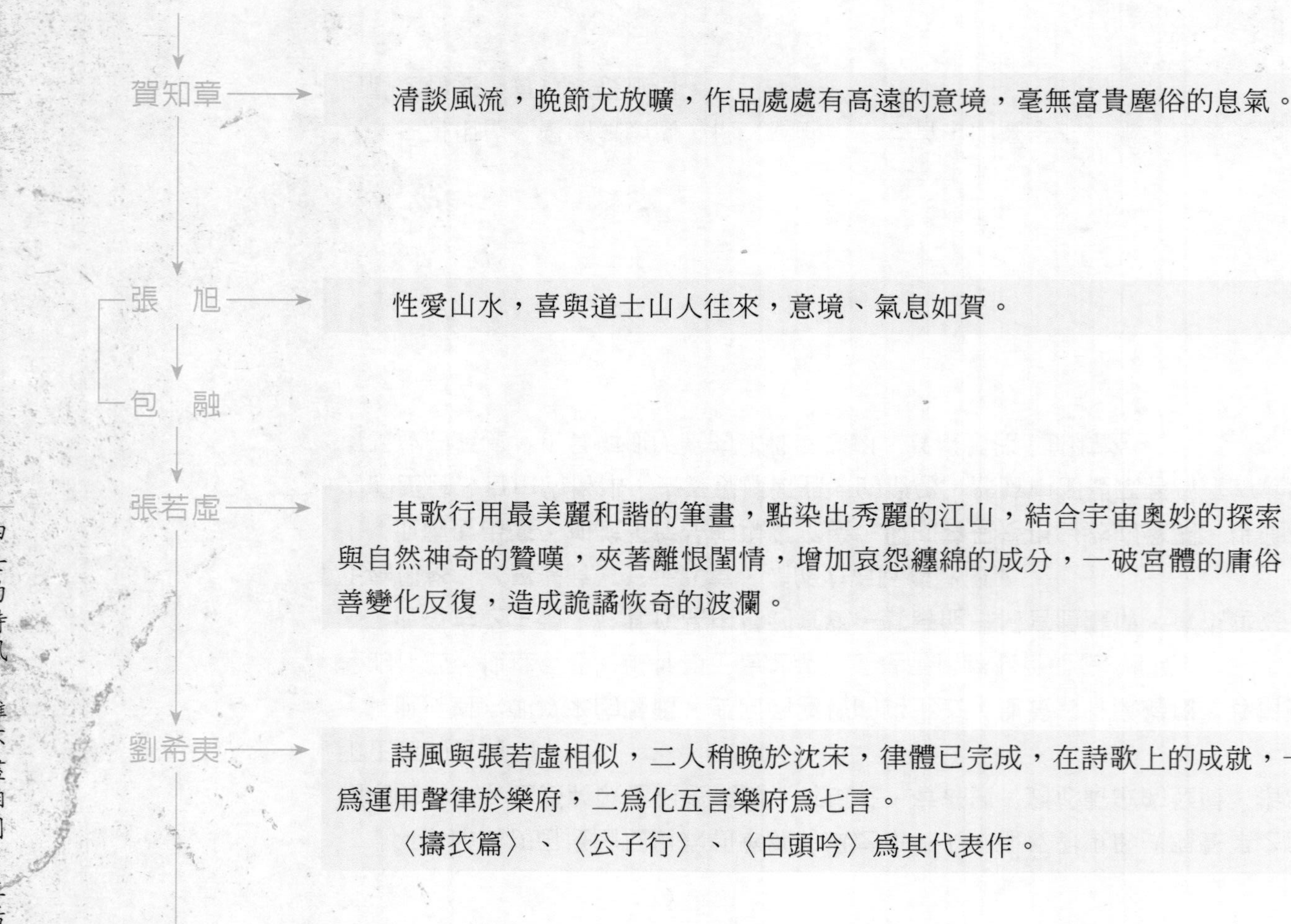

(六)吳中四士
四士的詩風，雖不盡相同，生活的情調，卻有一個共同的傾向，那便是禮俗規律的厭惡，與自由閑適的追求，其詩完全跳出了初唐的範圍，自成一種格調。
賀知章
清談風流，晚節尤放曠，作品處處有高遠的意境，毫無富貴塵俗的息氣。
張　旭
性愛山水，喜與道士山人往來，意境、氣息如賀。
包　融
張若虛
其歌行用最美麗和諧的筆畫，點染出秀麗的江山，結合宇宙奧妙的探索，與自然神奇的贊嘆，夾著離恨閨情，增加哀怨纏綿的成分，一破宮體的庸俗，善變化反復，造成詭譎恢奇的波瀾。
劉希夷
詩風與張若虛相似，二人稍晚於沈宋，律體已完成，在詩歌上的成就，一爲運用聲律於樂府，二爲化五言樂府爲七言。
〈擣衣篇〉、〈公子行〉、〈白頭吟〉爲其代表作。

盛唐詩人 (一)王孟詩派

1. 詩體以五言爲主。
2. 風格是恬靜淡雅。
3. 題材偏重於山水風景的描寫，與田園生活的表現。
4. 作者之人生觀大都接近佛道和退隱思想，追求清靜閑適的精神生活，創作態度缺少現實社會的反映，帶有個人的消極傾向，但藝術技巧都很高。

王維

內佛外儒，官成身退，保養天年，以山水養育靈魂，代表作品是後期之自然詩，五絕最佳，五律次之，重意境的象徵，不是刻畫的寫實，表現淡遠閒靜。

孟浩然

有儒家的入世思想，一生的生活思想，表現在退隱和進取之衝突上，和王維不同。

他的詩中，有時平淡，有時激昂，晚期心境，則仍隱藏著一種懷才不遇，人生失意的隱痛。孟詩特色，是風格明朗、語言清澈、情景交融，是五言的專長者，兼有陶謝兩家風格。

儲光羲

其特色，是努力於田園生活的描寫，農夫、樵子、漁父、牧童，都成了他作品的重要題裁，但他所寫的，只是和平和快樂的一面，農民的窮苦，則完全放過。

五言雙璧：劉長卿、韋應物

劉長卿

專長五言，有五言長城之稱，他在詩的表現方面，範圍雖極廣闊，但其代表作品大都是屬於田園山水的描寫。

他的五言絕句意境高遠，表現細微，與王維比肩，王維的心境是愛靜，他在詩裡，表現的是靜的境界，劉長卿愛的是閑，對一切態度是淡，所表現的是閑與淡的境界，閑是閑適，淡是淡薄，皆是佛道之人生觀。

韋應物

長於五言，與劉長卿並稱五言之雙璧，他的詩以描寫山水田園爲主體，其風格以澹遠清雅著稱，人比之陶潛，無論在人生觀上，在作風上，他都有意學陶。

他沒有道士氣，也沒有佛家之厭世觀，更沒有狂客之放縱，潔身自愛，養性全眞，他的人生觀基礎，藏著儒道兩家的素質。

(二)岑高詩派

1. 長於七言。
2. 詩風奔放雄偉，以氣象見長。
3. 擅寫邊塞風光與戰爭生活，善表現征人離婦之思想感情。
4. 人生觀是現世的，樂觀的，浪漫的，詩歌中具有愛國感情和積極的精神力量。

岑參

其詩運用樂府民歌的精神，描寫塞外的風光與戰場的生活，形成險怪雄奇的風格，酷熱嚴寒，火山黃雲，大雪狂風，飛沙走石，風光情境與王孟絕異。

岑參是這一方面的天才，更重要的是他那種特有的自然環境與戰事生活的親身體驗。

高適

作品氣象之雄渾奔放，略遜岑參，然人情味過之，適雖寫邊塞景色，戰爭場面，仍不忘征夫疾苦，思婦情懷，故能於高壯之風格中，時露哀怨之情，岑、高之別即在此。

胡震：「岑詞勝意，句格壯麗，而神韻未揚，高意勝詞，情致纏綿，而筋骨不逮。」

李頎

樂府歌行之重要作家，他的詩題材廣泛，同上人，禪師來往密切，然其代表作，是那幾篇以樂府體歌詠戰爭，與岑高風格相近之七言歌行。

崔顥

年少爲詩，名陷輕薄，晚節忽變常體，風骨凜然，一窺塞垣，說盡戎族，氣象雄渾。

(三) 李白

王昌齡 → 岑高長於七言歌行，作品精神是樂府性的，然不一定是音樂性的。

王之渙

王　翰

此三人之作則以絕句擅長，絕句即當日可歌的樂府，他們的作品，是當日流行的歌詞，雄衛的氣魄，生動的形象，令人體會深切。王昌齡，除邊塞戰爭外，亦寫宮闈離別之情，手法細密，情感哀怨，情意悠遠深長，情味無窮，達於絕句上等境界。

李　白 →

體裁——

古詩、絕句最佳，律詩，則非其所長。古詩之佳，與志在復古有關，古風五十九首即復古思想之實踐，所作樂府雖用漢魏六朝舊題，而實爲五、七言古詩，此種句法，鮑照已能運用，至李白，則更圓熟，但與杜甫變化律詩聲律寫成之歌行，則又有不同。

李白絕句，五七言俱有佳構，足與王維、王昌齡比。律詩爲李白最弱一環，七律爲唐代最新詩體，杜甫最優，人號七言律聖，而李白則棄而不顧，全集合乎格律者不過數首，此固其人「壯浪縱恣，擺去拘束」不願對偶聲律之拘牽，而志在復古，不重此新體，要亦一因。

內容——詠懷、詠史、遊仙、哲理、田園、山水、飲酒、宮體，無所不包，乃集漢魏六朝之大成者。

風格——雄放豪邁、清新俊逸、淡遠恬靜，無不具備，尤可見其多方面天才。

經過初唐的準備基礎，許多青年詩人，在盛唐時成長起來，他們都以豐富的生活內容，飽滿熱烈的感情，成熟完整的形式，精鍊無比的技巧、明朗的風格、美麗的語言，歌唱這個新的時代，吐露各種心聲，造成了詩的黃金時代。

杜甫

杜甫爲純儒家思想之詩人，反對陶潛閉世隱居之作風，以「致君堯舜上，再使風俗淳」爲其職志，其作品時時流露人溺己溺之儒家博愛精神。

杜甫一生，輾轉於窮困，從他個人的生活實踐，得到對於百姓窮苦生活的體會，觀察與同情，認識了人生的實在情況，此種體驗成了他的現實主義詩歌的重要基礎。

杜甫的詩歌具有強烈的政治性，發揚了愛國主義精神，和人道主義思想。

杜甫具有非常敏銳的觀察力，善於吸收古典藝術之優點，從民歌中吸取營養，精鍊語言，他具有高度的表現力，繼承詩經之現實主義傳統。

杜甫的詩歌形式與詩歌語言是多種多樣的，他集古典詩歌的大成，在詩歌藝術方面，加以全面總結和發展。

中唐詩　大歷十才子

盧綸
吉中孚
韓翃
錢起
司空曙
苗發
崔峒
耿湋
夏侯審
李端

安史之亂使文學發展起了重大的轉變，中唐晚唐文學之主要特徵是浪漫主義衰退了，現實主義得到進一步發展與成熟，杜甫介中唐，盛唐之間，成就最大，這一時代是杜甫的時代。

這批人在作品風格上，大致相同，沒有分明的強烈的個性表現，因此不能成爲第一流大詩人。

這群人之作品，雖說沒有直接繼承杜甫文學的精神，在詩歌方面再開拓，再創造，追求更大的收穫，但他們作詩的態度，都嚴肅認眞。

十才子中，雖多點綴昇平之作，雖多華美典雅之篇，但我們仍可感到，杜甫給予他們的影響，在耿湋、盧綸集中，也有一些反應民間生活的好作品。

(二)大歷詩人與張籍

李益、錢起、郎士元、戴叔倫

李益

和十才子同時，有很多好作品。李益之七絕，形象鮮明，表情含蓄，語言清麗，音律和諧，有一唱二嘆之妙，堪與王昌齡、李太白比美。

戴叔倫集中，有很好的描寫社會民生的作品，可知杜甫的詩，在當日詩壇，發生了很大影響。

張籍

在大歷時期，深受杜甫影響，而成為杜白間重要作家。他許多樂府詩之創作，和杜甫所用的手法相同，並且取的社會題材也很廣泛。

他認為文學應描寫民生疾苦，應有嚴肅態度，不可無痛呻吟，言之無物，更不可出於遊戲。

王建

雖以宮詞著稱，然亦長於樂府，與張籍齊名稱為張王樂府，許多作品都反映社會。

㈢新樂府運動

由八世紀中葉至九世紀，是中國文學一個重要時代，此時期特徵是現實主義進一步發展，不僅作品如此，文學理論也提高了，在理論上獲得重大成就的是白居易，杜甫詩雖多社會寫實，然並未建立理論，元白則理論作品並重，使此一代詩歌寫實運動發展至極。

白居易→文學理論：

㈠文學使命是要補察時政，洩導人情，文學應該以情為根，以義為實，以言為苗，以聲為華，如此才可文質並重，既不輕視文學思想內容，也可顧到文學的藝術價值。

㈡批評六朝之形式主義，華靡文風，強調杜甫價值，指出文學的明確方向。

㈢強調學習詩經的優良傳統，文學要有興寄諷諭的方法和內容，文學的第一義，是要具有社會意義，所以不求文學，宮律的奇美。

其文學理論是在孔子、王充、劉勰、鍾嶸、陳子昂、李白、杜甫的思想基礎上發展起來的，總結前人理論，進一步發展現實主義的理論內容，有意識的造成一個有力的新樂府運動，此一運動，成為中晚唐詩歌的主流。

其詩分四類，諷諭、閒適、感傷、雜律，詩風平易近人，他認為除一二類值得保存之外，其餘都應刪棄，正表現他的文學觀點。

元稹 → 新樂府運動有力的支持者，與白居易風格近似，世稱元白。

有樂府古題十九首，新題樂府十二首，皆寫民生疾苦和社會生活，可看出他作詩精神，詩亦平易，與白居易詩，號爲元和體。

李紳 → 與元白同時，盡力於新樂府運動，詩皆不傳。

劉猛

李餘

唐衢

劉禹錫 → 與白居易唱和很多，以五律七絕著名，因遠貶南荒，詩歌感染當地民歌色彩與情調，具特殊風格。

唐代詩歌，一變於陳子昂，再變於李白，三變於杜甫，四變於韓愈。

四 險怪派

在杜甫到元白這一新樂府運動主要潮流中，此派獨樹一格，偏重藝術技巧，蓋詩至李杜光芒萬丈，若徒知模擬將流於平庸，若大歷十才子般，勢必另闢一徑始有可為，韓愈看出杜詩奇險處尚可推擴，而奇險正爲韓愈散文之風格，自優爲之，於是創奇險一派詩風，正爲不甘平庸之表現。

孟郊 → 世稱苦吟詩人，其詩傾心於技巧，用字造句費盡苦心，他要務去陳言，立奇驚俗，這種詩的好處，是能救平滑淺露之失，而其幣病卻又冷僻艱澀，杜甫苦心作詩，主求詩律之工細，此派詩人，則在於用字、句法、章法之奇。

韓愈 → 作詩方法——㈠用作散文的方法作詩㈡用奇字、造怪句。

最大特色，是氣象雄渾，筆力剛勁，務去陳言，富於獨創，一掃庸俗浮淺之風。

杜詩奇險多在律體，韓詩奇險多在古詩。

賈島 → 詩如孟郊，寒酸枯槁，二人皆少韓愈之氣魄，清奇僻苦，是苦吟派詩人，以五律著名。

盧仝 → 韓愈一派奇險詩歌發展至走火入魔階段之人，詩之長處唯有大膽。

（五）李賀

孟韓後又有李賀，其詩奇詭穠麗，奇詭雖可入孟韓一派，穠麗則別成一家，雖與孟貫同等藝術至上主義者，而由於生活背景之不同，作品之內容及風格亦遂有別，不僅對李商隱，對晚唐詩風很有影響。

李　賀

李賀詩歌樂府最工，且擅長比喻象徵之表現手法，其講求藝術技巧，如孟郊輩苦吟詩人。

其風格纖細深巧，險僻幽奇，具有一種冷豔色彩，造語修辭尤爲清麗，創造出穠麗而又奇詭陰暗之風格，對晚唐詩風大有影響。

晚唐詩人

杜牧

杜牧：「某苦心爲詩，本求高絕，不務奇麗，不涉習俗，不今不古，處於中間。」可見其爲詩既不因襲古人，亦不囿於時尚，而欲自成一家。

杜牧作唯美詩，並不藉堆砌麗辭佳句，但由於高度藝術技巧，自有高華綺麗之致，擅長七言律絕，七律尤與杜甫晚年清風相似，故世稱小杜，七律至杜甫造極，中唐詩人鮮有佳構，逮杜牧、李商隱七律始重現光輝。

李商隱

作詩喜用冷僻典故，華麗語言，對後人產生形式主義，唯美主義的不良影響。

詩亦多寄托深微，多寓忠憤，不同於溫庭筠段成式香豔之詞。

其抒情詩嚴肅而不輕薄，清麗而不浮淺有眞實的情感，也有眞實的體驗。

纖巧柔美，遲暮感傷的情調，正是義山詩藝術之特色，以及晚唐文學之氣象。

杜甫至元白，百餘年之社會寫實詩至晚唐衰，晚唐一面流行中唐賈島之僻苦詩風，一面又有唯美詩興起，後來居上成爲晚唐主流。

在晚唐美麗而又纖弱的句子裡，說明唐詩至此，已失去李杜時代那種壯年的強大的熱力和氣魄，已臨到秋末冬初的晚景了，唯美詩雖呈現清幽冷豔美景，但無論如何，已是遲暮之途了，這種詩句景物，都是晚唐文學情調的最好象徵。

晚唐之唯美詩人，與中唐孟、賈同爲藝術至上主義者，但是輩不走奇險僻苦路線，而採初唐華靡詩風，換言之，晚唐唯美詩乃鎔初唐詩風，與杜甫「語不驚人死不休」之寫作精神於一爐之作品，此種熔合，中唐李賀已啓其端緒，至晚唐則蔚然成風。

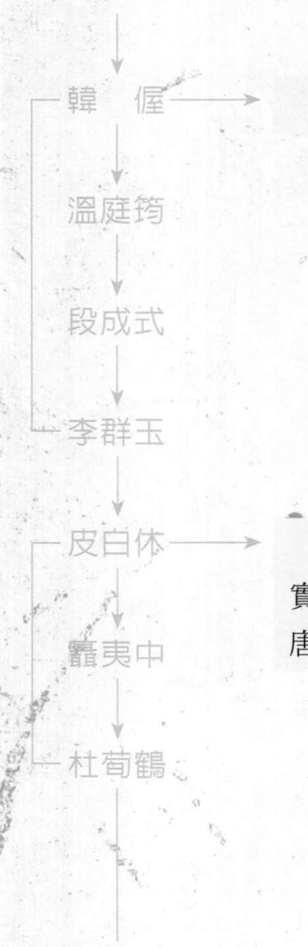

作風大致同於晚唐之唯美風氣，韓偓有香奩體著稱。

唐宋有黃巢之亂，民生凋弊，此些人作有些富有現實意義的作品，描寫眞實，情感沈痛，繼承了杜甫人道主義精神，和白居易新樂府運動的傳統，結束唐詩。

(一)宋詩 西崑體

楊億 → 劉筠 → 錢惟演

西崑詩由於宋代重文輕武，宋興四十年文風特盛，西崑詩之產生即由於更迭唱和，特色則在雕章麗句，對偶工整、用事精巧此皆晚唐李商隱所優為者，故西崑詩實宗主李商隱，商隱好近體，故酬唱集全篇，無一古體。

西崑詩派一味追蹤李商隱，重對偶用典故，尙纖巧，主妍華，造成僅有形式絕無思想內容的虛浮作風。

三人皆學問贍博，功名顯達，發而爲詩，無不雍容華貴，處處顯示其爲盛世之音，西崑體講究對仗用事，故學力不逮者，恆流於雕琢晦澀，爲世詬病。

(二)詩歌革新運動

公然爲文反對西崑體，始於仁宗朝石介，所撰怪說攻擊西崑不遺餘力，與石介同時之歐陽、蘇、梅開始推動詩歌革新運動，爲純宋詩帶來曙光，韓愈以文爲詩之作法，確爲矯西崑之良方，經歐陽修倡導，宋詩從此步入新境，主氣格、賤麗藻一也，重鍊意、輕修辭二也，以詩議論三也，以詩紀事四也，故歐陽修等對宋詩之貢獻，在於除舊佈新之功也。

歐陽修

宋代文學改革運動的領導者，詩風之轉變，在他手中開展起來，他在散文與詩的創作上，都是繼承著韓愈的精神，所不同者，歐陽修並不立意好奇，不作盤空梗語，他處處以散文方法來作詩，因此無論字句意義都如說話般明淺通達，絲毫沒有西崑體那種脂粉氣與富貴氣，這正是他的藝術特色。

韓愈以文爲詩之法，確爲矯正西崑靡習之良方，故一經歐陽修鼓吹倡導，西崑靡習肅清，宋詩從此步入新境界。

石曼卿

修之詩友，文學運動之羽翼，詩風遒勁，卓然自立，詩風亦是韓愈、孟郊一路，惜早卒存詩極少。

蘇舜欽

《六一詩話》：「子美筆力豪俊，以超邁橫絕爲奇。」奇壯、逸峭、奇放、縱橫，是其特徵，這些特徵都與韓愈相近。

集中多詩，喜用奇僻字句，形成陰鬱之感，更近韓愈之盤空梗語。

梅堯臣

《六一詩話》：「聖俞覃思精微以沈遠閑淡爲意。」他善用形象化的語言，描繪難寫的景物，具體生動，有聲有色，他的語言，確有平淡、流利之特徵。

和蘇舜欽是歐陽修詩歌運動中重要的支持者。

王安石

詩之優點如其人，有魄力、有骨氣，不同流俗，於唐尊杜甫、韓愈，於宋尊歐陽修，早年遊於歐陽修門下，故詩之形成風格受其影響，一些詩奇險怪僻，散文句法大量使用，發議論，搬典故，乃韓愈之源。

晚年豪風一變，產生許多小詩，心境日衰，日與山水爲友，詩風清空，雅麗精絕，有一唱三嘆之妙。

王安石

經前人努力，奠定了改革之基礎，安石博觀約取，融會貫通，掃清了西崑餘風，完成了詩歌改革之最後功業。

(四) 蘇軾

西崑流行之際，宋詩不出李商隱範圍，及歐陽修主盟，宋詩亦爲韓愈所籠罩，而蘇軾則不專主一家，其詩學淵源之廣，殆已無所不包，故得爲宋詩之一變，爲宋詩開闢新境界。

蘇　軾 →

歐陽修之後，詩壇之盟主。

特色(一)氣象宏闊，意趣超妙(二)取材選辭，不分雅俗。

其最高成就是七言長篇，因長短自由，可發揮他雄放的性格，其七言詩波瀾壯闊，變化多端，如行雲流水一般，舒卷自如，詩歌精神與李白相近。

七律七絕，亦有佳作，寫境抒情不用奇字怪句，無苦心雕琢刻畫之跡，如脫口而出，然其中卻有無限的工巧，與自然的神韻。

蘇門四學士——黃庭堅、秦觀、晁補之、張耒。

(五)黃庭堅

(六)江西詩派

在宋詩中眞正能形成一個派別，形成一個集團勢力的，前有西崑，後有江西，黃庭堅確有一套理論，不過他的理論，都是講求形式與技巧，很少接觸到文學的內容與實質，如此發展，必然走向形式主義道路，但他所說的開拓詩境，反庸俗，語言獨創這些論點仍具意義，只不過他在實踐上走得過偏，形成不良的傾向與影響。

黃庭堅——

江西詩派的創始者，他有他的體裁、方法和作詩的態度，因此能形成一個宗派。

他作詩的認眞和嚴肅很似孟、賈之苦吟，江西詩派之人，大都有這種態度，山谷詩：「閉門覓句陳無己，對客揮毫秦少游」正是蘇、黃二派作風，蘇派信筆直書，流爽暢達，黃則艱苦作詩，古硬艱澀。

作詩特點：(一)脫胎換骨、(二)字字有來處、(三)拗的格律、(四)去陳反俗，好奇尙硬。

陳師道——

《後山詩話》：「寧拙勿巧，寧樸勿華，寧粗勿弱，寧僻勿俗，詩文皆然」其論調如黃庭堅，庭堅好爲拗體，得杜詩偏格，師道雖亦主奇僻，然仍能循杜詩正格努力，其五律蒼堅瘦勁，直迫杜詩，七律亦嵚崎磊落，矯矯獨行。

陳與義

亦江西詩派而小異，所謂小異，指其之革新之處，他作詩並不株守黃派成規，能融會貫通，所以他的風格較圓活，不專以奇峭拗硬見長，既無鄙俗之弊，亦無抄書之病，他是江西詩中的改革派。

晚年目睹北宋之亡，其詩多感憤沈鬱之音，有寄托、有感慨、有諷寓，對現實表示強烈不滿，並不注意什麼脫胎換骨、拗體、正體了。

瘦硬渾老爲江西詩派刻意追求的骨象，然稍一不慎，易流於槎枒、粗獷、流傳既久，遂爲世詬病，故南宋初年，陳與義、呂本中等，雖仍祖杜宗黃，但詩風漸趨圓熟雅正，此二人可謂上變黃陳、下啓南宋四大家，此四大家，各有風格，但不離江西影響，後四靈崇晚唐，反江西，然江西仍有趙汝讜，汝談兄弟堅守，宋末又有劉辰翁、方回繼之成爲江西最後健者，因此江西詩派影響宋詩深遠。

(七)南宋四大家

方回尤袤詩跋曰：「中興以來，言詩者必稱尤、楊、范、陸，誠齋時出奇峭，放翁善爲悲壯，公與石湖，冠冕佩玉，端莊婉雅」此即南宋四大家，雖各有風格，仍不離江西詩派之影響。（誠齋楊萬里之書室名、放翁陸游自號、石湖范成大自號、跋中之公即尤袤。）

陸游

早年作詩，承江西詩派師訓，務求奇巧，中年入蜀從戎，由於生活之磨鍊，時事之刺激，於是滿腔熱情，萬千悲慨，均發之於詩，不再苦鍊字句，形成豪宕奔放之風格，及至晚年心情漸趨平淡，吟嘯湖山，流連景物，於是詩風亦歸閑淡圓潤，雖仍有憂國憂民之作，但辭氣已非中年時之慷慨激越。

陸游一生精力，盡於七律，宋人詩歌以陸游最近杜甫。

黃庭堅學杜偏於拗體，陸游學杜則求正格，故能清新刻露，而出以圓潤，圓潤爲陳與義、呂本中，改革派所努力之目標，至陸游則以是名家。

他的詩，具深厚的現實意義與教育意義，是屈原、杜甫愛國傳統的繼承者。

楊萬里

有幽默詼諧的風趣，以俚語白話入詩，形成通俗明暢的詩體。能流轉圓美，飛動馳擲。

范成大

四大家中，以成大仕宦最顯，南宋偏安之局既定，力主恢復之有志之士，已多心有餘而力不足，於是慷慨之音漸隱，而高蹈之風日熾。

士大夫功成名就之後，率多歌舞湖山，寄情詩酒，范成大即此類人物之典型，故其詩歌取材，以田園山水爲大宗。

早年取法中唐以下，中年兼採蘇黃遺法，至晚年詩風又變，田園大作，清新婉麗，不假雕飾，體裁雖爲七絕，情趣頗近陶韋，故世人目之爲田園詩人。

尤袤

就其殘存作品看，其詩仍守江西舊格，不若四大家之出於江西，而擺脫江西。

南宋中，江西詩風宗圓熟流轉，而尤袤依然瘦硬。

江西與四靈比較，前者重意象，好用典，故豐腴，後者重寫景，貴白描，故清麗，前者以鈎掘求詩境之深、詩格之奇，後者以苦吟求遺語之精、偶對之巧，價值不高。

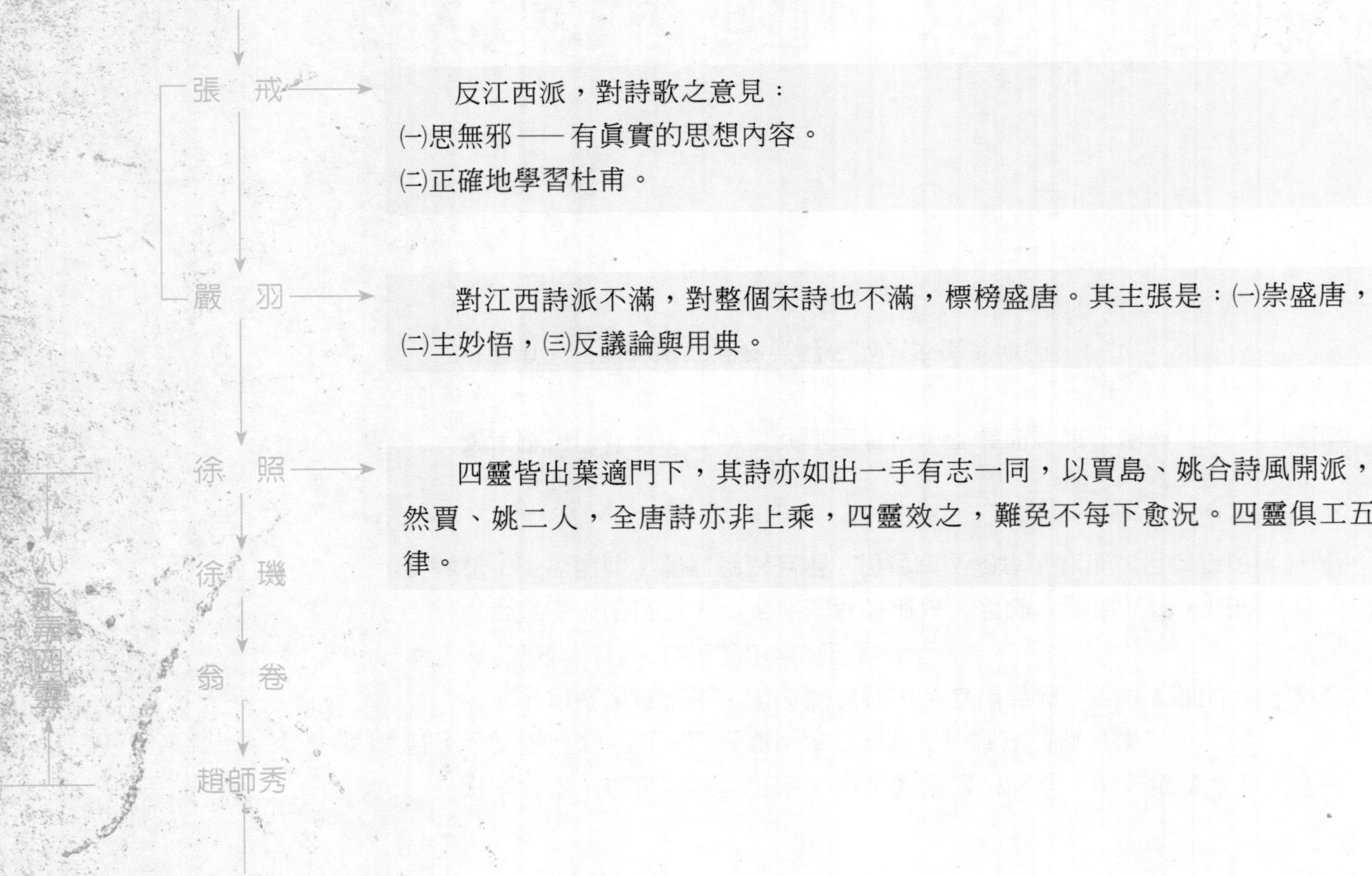

反江西派，對詩歌之意見：

(一)思無邪——有眞實的思想內容。

(二)正確地學習杜甫。

對江西詩派不滿，對整個宋詩也不滿，標榜盛唐。其主張是：(一)崇盛唐，(二)主妙悟，(三)反議論與用典。

四靈皆出葉適門下，其詩亦如出一手有志一同，以賈島、姚合詩風開派，然賈、姚二人，全唐詩亦非上乘，四靈效之，難免不每下愈況。四靈俱工五律。

(九)江湖詩派

宋理宗朝國勢阽危，人心惶恐，斯時失意文人或潦倒末官，均苦進退失據，於是招朋結友，遊謁江湖，高焉者吟詠酬唱，等而下之則挾中朝尺書，奔走卅縣以餬口，流風所及，隱然成宗，自錢塘人陳起收集衆作刊印江湖集，江湖詩派之名始著，此派詩人人品既極龐雜，詩風亦不一致，或源於江西，或根於四靈，合併爲江湖詩派。

姜　夔 → 姜親炙四翁（尤楊范陸），受其影響，故能迷途知反，跳出江西詩風。其立論無不針對江西弊病：(一)貴獨創(二)貴高妙(三)貴風格

戴復古 → 爲詩不計遲速，每得一句，或經年始成篇，蓋苦吟求之，不免四靈餘習。

劉克莊 → 克莊少年時，四靈鼓吹正盛，故其詩亦無法擺脫時尚，晚年學力增高，詩風亦變，務爲放翁體，方回《瀛奎律髓》曰：「後村初學晚唐，晚節欲學放翁，才終不逮，對偶巧而氣格卑。」

克莊爲江湖領袖，領袖如此末流可知。

(十)遺民詩

文天祥→謝翺→汪元量→林景熙→鄭思肖→元好問

文天祥→劉克莊歿後，不到十年，南宋亡，此輩眞實地嘗到了亡國的恥辱和痛苦，他們的情感都是憤恨悲痛，品格都是忠貞高潔，由他們那種思想感情，造成了宋末文學強烈的正義感，一掃宋詩模擬惡習，形成一種新精神、新力量，四靈，江湖頹風，至此一掃而空。

(十一)元好問

遺山作金朝之官，因爲他是漢人，所以他的文化源流同宋代的讀書人完全是一個系統，他的

元好問→好問才雄學贍，所作詩興象深邃，風格遒上，無宋末江湖詩人靡習，亦無江西詩派生拗粗獷之失。

生長北方，天稟多豪俠之氣，又懷亡國之痛，故詩歌多慷慨悲涼，其詩以七古七律擅長。

他主張最好的詩要有風骨，要能高古，要掃除兒女之情，要富有風雲悲壯之氣，作詩宜以自然爲主，講音律聲調、排比鋪陳，都是細節末流，終難成爲

人生觀是儒家的人生觀，他的古文是繼承韓歐的遺緒，詩學杜甫，詞學周邦彥，他在這幾方面，都有卓然的成就，是金代學術界的權威，文壇的代表。

大家。

有論詩絕句三十首，從漢魏古詩到宋代詩人，都發表意見，以建安風力為論詩的準則，以清剛勁建之氣為詩格的上品。

錢謙益

其文學思想頗近公安一派，他反對明前後七子所標榜的詩必盛唐說，對他們那些模擬形似的作品，加以激烈的攻擊，他提倡宋元的詩，推崇蘇東坡和元好問，清代尚宋風氣，實由錢氏的鼓吹。

至於他的作品，集中頗多應酬之作，自難免菁蕪雜處，但在各體中，也確有些好詩。

清初詩壇

錢謙益—虞山派，尊宋——反流俗、排淫濫、發議論、以文入詩

吳偉業—婁東派，尊唐——言神韻、言宗法、言格調、言肌理

吳偉業

其詩才華豔發，辭藻美麗，尤長於七言歌行及乎國變，身經喪亂，詩多激楚蒼涼語，所記多明末史事，尤為難得。

《四庫提要》：「格律本乎四傑，而情韻為深，敘述類乎香山，而風華為盛。」

少時，竟陵派風靡，偉業標榜唐音，卓然自立。我國詩史，杜甫、白居易之後，偉業實為巨匠。

(二)尊唐詩派

錢吳之後，領導康熙詩壇者，便爲崇盛唐、主神韻之王士禎。

王士禎

曾學錢謙益，卻不喜歡宋元，僅採嚴羽詩重妙悟之論，創爲神韻一派，以詩的神情韻爲詩的最高境界，反對修飾、掉書袋、發議論、無生氣的詩，他最愛古澹、自然、清新蘊藉的情調。

他欣賞司空圖詩品中所標舉的「不著一字盡得風流」的意境，成爲一代詩壇盟主。

能表現他神韻特色的，是他的七言絕詩，規模小氣勢弱是神韻派弱象。

施閏章

施之五古，善寫自然，有王孟風致，近體宗杜甫以規矩工力見長，漁洋詩宗神韻，佳者自然高妙，至其末流，多成虛響，施思救之，一主虛悟，一主實修，兩家得失，於此可見。

宋琬

詩與施閏章齊名，時稱南施北宋，尊杜韓七律七古，時有佳作，音節蒼涼，恰好表現北方人那種雄健的氣質。

趙執信與沈德潛兩家對詩歌之主張，頗多近似之處，蓋均為王士禎專主神韻之修正者。

朱彝尊 → 詩宗初唐，亦喜北宋，少作諸詩頗富王孟自然之趣，學問淵博，工力深厚，作詩喜誇才學，爭奇鬥勝，以此自喜，有傷詩情。

趙執信 → 論詩首重聲調，其聲調譜言古詩近體之平仄格律極詳，其次，雖不反對神韻，然亦不主以神韻為詩歌極則，其三，推崇晚唐思路劖削之作，以矯神韻說末流膚廓空虛之弊。

沈德潛 → 其詩雍容雅正，實為臺閣詩人之典型，論作詩格律至嚴，從之遊者，類皆摩取聲調，講求格律，眞意漸漓，可見沈德潛亦不以專主神韻為然，王士禎選詩以王、孟自然之作為主，沈則兼魄力雄大之作。

翁方綱 → 倡肌理說以補神韻之弊，以學問作根底，故其詩實質充厚，缺少性情，然亦成一派代表。

(三)宗宋詩派

宋犖→愛好蘇東坡，論詩意見，具見《漫堂說詩》，所作縱橫奔放，刻意生新，一時與漁洋爭名。

查慎行→所著《敬業堂集》，詩崇蘇陸。《四庫提要》：「觀慎行近體，實出劍南，核其淵源，大抵得諸蘇軾爲多。」

厲鶚→著宋詩紀事，研究宋詩有名之學者，才學極高，但他喜用冷字僻典，容易流於餖飣撏撦的弊病。

趙翼→著有《甌北詩集》，對王漁洋的神韻深表不滿，論詩雖沒有正式標榜宋詩，但他的文學精神卻是從宋詩中得來，詩中喜發小議論，表現一點諷刺與詼諧，不裝腔作勢，不講格調宗法，隨意抒寫，又不浮淺，有言外之音，五古最具特色，平鋪直敘，作詩如說話，似嘲似謔，確是其本色。

(四)性靈詩派

袁枚對詩歌之主張，與晚明公安派相同，公安竟陵之文學思潮，清初猶有金聖嘆、李漁持續鼓吹，至乾隆間，袁枚遂成爲此派思潮之結束者，袁枚之後，桐城派古文運動興起，復古思潮遂大行其道，袁枚論詩反對模擬，與王士禎之主張相同，但性靈說既有別於神韻說，對王世禎所創古詩別有聲調之論，袁枚尤其反對，觀其理論實勝過王士禎一籌。

袁枚

性靈詩說倡於袁枚，乾嘉時期詩人盛言派別宗法格調之說，袁枚以性靈號召，耳目一新，詩歌生命，得見本眞。

好處是清新流麗，壞處是浮淺油滑，故詩品不高。

鄭燮

鄭燮詩之特色可就形式內容兩方面言之，形式方面，造語平淺自然，甚至以語體爲之，不拘格套。內容方面，頗多社會寫實之作，詩歌精神出自詩經豳風、曹操、杜甫。

有清一代復古風氣瀰漫，如鄭之擺落潮流大膽創造者，自亦爲潮流所棄，故清人論詩少提鄭氏。

黃景仁

落魄江湖，懷才不遇，身世淒涼，養成多愁善感之氣質，作詩尊崇李白，但在那些雄放的句子裡，缺少李白曠達飄逸的豪邁氣魄，不講格律，只求眞性情，但有時過於消極，七古七絕，最能代表。

(五)晚清詩人

道咸以降，作者又喜言宋詩，晚清詩人可分鄭珍、金和、黃遵憲，與沈子培、陳三立兩派，前三人淺近字句描寫社會離亂，

張問陶 → 反對學詩標榜唐宋，反對講格調宗法，反對掉書袋用奇典冷字，他主張詩中要有我，要有眞性情，是性靈說的宣揚者，其作品七律較勝，比起鄭黃二家，才華聰明有餘，個性表現不足，其缺點正與袁枚相同。

鄭　珍 → 他因科舉不利，困處窮鄉，生活潦倒心境惡劣，發之於詩，故能自成一種悽愴、沈鬱的風格，晚遭太平天國之亂，故其詩歌採白居易之寫實路線。

金 和→

有許多極有價值的敘事體社會詩，他的詩歌最大的特色，是打破前人一切的束縛，用說話體、散文體、日記體來寫作，面目一新，在詩中說明其態度：「所作雖不純乎純，要之語語皆天眞，時人不能爲，乃謂非古人。」

可稱爲晚清詩史，有白居易遺風，後二人則爲同光體代表作家，完全學步宋詩，於是宋詩運動又風靡一時。還有王闓運提倡漢魏，但其成就在於擬古，至於清末詩風漸變，作者守舊無術，競言新體，遂有黃遵憲、康有爲、梁啓超，新詩派的產生，眞能反映當代政治社會面貌，而可作爲新詩派代表的是黃遵憲。

黃遵憲

清代末年重要詩人，代表甲午前後。論詩最反對拜古，擬古，好的詩要有個性，要有自我的面目。

〈雜感〉：「我手寫吾口，古豈能拘牽，即今流俗語，我若登簡編，五千年後人，驚爲古爛斑。」在詩的創作上，極富於開放的精神，無論內容形式，都充滿新的生命，其詩特色：

㈠取材方面，能正視現實，反映時代。

㈡重視民歌藝術，學習民歌精神，使作品有新風格。

㈢表現方面，能在舊體詩中注輸新語言，新思想，生出一種新意境來。

王闓運

他論詩曰：「古人詩以正得失，今之詩以養性情，古以教諫爲本，專爲人作，今以托興爲本，乃爲已作。」

然他作詩卻一意擬古，那一個激變的社會，並沒有在他的作品裡，留下眞實的影子。

詞曲篇

綱目

唐代詩人的詞—敦煌曲詞—晚唐詞人與溫庭筠—五代詞—北宋詞—(一)宋初的詞—(二)詞風的轉

變—(三)蘇軾及同時詞人—(四)格律詞派周邦彥—(五)女詞人李清照—南宋詞—(一)辛棄疾與愛國詞人—(二)格

律派詞人—清代詞—(一)納蘭性德及其同派作家—(二)陽羨派與陳維崧—(三)浙西派與朱彝尊—(四)常州詞派

—(五)晚清詞人—元代前期散曲作家（統一前）—元代後期散曲作家（統一後）—明代北方散曲

作家—北方作家—明代南方散曲作家—南方作家—附錄一：中國文學作家簡要年表—附錄二：

詩品評詩選

唐代詩人的詞

李白的作品雖不可信，但到了八世紀下半，詩人填詞的風氣開始了，依著胡夷里巷的曲譜而作長短句的人，也漸漸出現了，如張志和、張松齡、戴叔倫、韋應物、王建諸人，都有了依曲拍爲長短句的詞，西吳記——「志和有漁父詞，刺史顏眞卿……遞相唱和」可見填詞風行。

李白

唐代詩人中填詞最早的，前人都說是李白，李白的時代不能說沒有產生長短句的可能，但流傳下來的幾首李白的作品確實令人懷疑，尊前集收他詞十二首，全唐詩收十四首，但除清平調三七言外，在他本人的集中和樂府詩集內，都沒有這些作品，這些作品皆非出自李白之手，但其藝術價値卻很高。

〈菩薩蠻〉——平林漠漠煙如織——婉約

〈憶秦娥〉——簫聲咽，秦娥夢斷秦樓月——豪放

此二首是百代詞宗，代表中國詞的兩種風格。

張志和

雖也做過小官，但厭惡那種煩瑣，便放浪江湖，自號煙波釣叟，日與山水漁樵爲伍。

〈漁父詞〉——「西塞山前白鷺飛，桃花流水鱖魚肥，青箬笠，綠蓑衣，斜風細雨不須歸。」充分表現他愛自由、愛自然的人生觀。

張松齡

張志和的哥哥，也有漁父一首，詞旨風格，和志和近似。

劉、白爲中唐作詞最多之詞人，劉禹錫憶江南自注曰：「和樂天春詞依憶江南曲拍爲句」是詩人依曲填詞的第一次自白，故詞當成立於中唐，劉、白即爲成立期之兩大功臣。

戴叔倫 → 韋應物 → 王建

俱存有調笑令詞，寫江湖、寫邊塞、寫宮詞，俱用調笑令，可見文人塡詞之初所用詞調不多。

戴：邊草……

韋：河漢……

王：團扇……

劉禹錫 → 白居易

詞到此時經許多先驅者努力，已漸變爲一種新詩體，作者日眾，調子加多，作品日優。

劉禹錫有〈憶江南〉二首、〈紇那曲〉二首、〈瀟湘神〉二首、〈拋球樂〉二首。白居易有〈憶江南〉三首、〈花非花〉一首、〈如夢令〉二首、〈長相思〉二首。

敦煌曲詞

敦煌曲詞，絕大多數是無名氏的民間作品，無論從詞調、語言和內容看來，大部分作品都保存了民間文學的素樸的眞實形態。

敦煌曲詞代表一個很長的時期，大約產生在八世紀中期到十世紀中期這一個時代。

這些作品來自民間，反映的社會面很廣，特別是商業城市的生活面貌，反映得極鮮明，如妓女、商人、旅客，同時也寫戰爭，征人離婦，極富現實意義。

這些作品同漢魏六朝的樂府歌辭有同等的價值。

晚唐詞人與溫庭筠

晚唐填詞風氣更盛，藝術也提高了、詞調也增加了，詞體文學蓬勃發展，杜牧、段成式都填過詞，但平庸，到了皇甫松、司空圖、韓偓、唐昭宗則明顯進步了。

皇甫松：《花間集》載十二首，《全唐詩》十八首，以〈摘得新〉、〈夢江南〉爲代表。

司空圖：《詩品》一書的作者，人品高逸，有〈酒泉子詞〉一首，寫他晚年退休心境，詞品很高。

韓偓：晚唐香豔詩好手，詞風亦是。雖是豔情之作，但寫得非常生動，心理描繪得非常細緻。

唐昭宗：李曄，唐末最可憐的皇帝，身死朱全忠之手，多才多藝，好文學，存詞四首。

溫庭筠

晚唐詞家代表，沒落貴族，出入歌樓，生活放蕩，給予其產生詞之生活環境。

詞之內容較狹隘，主要寫妓女之苦痛生活，和追求眞誠的愛情，特別善寫女子們之心理變化，文字色彩華豔，有富貴氣與脂粉氣，但背後卻隱藏著弱者的靈魂的苦痛，和深厚的哀愁。

他的藝術特色，是表情細膩，造語清新，善於描繪具體的形象。

他寫詞的手法，是將許多可以調和的顏色景緻，物品放在一起，使他們自己組織配合，形成一個意境一個畫面，讓讀者自己去領略其中的情意，其手法是成功了，但多讀了，令人有一種虛浮庸俗的感覺。

溫庭筠在詞史上之重要性

1. 溫以前詩人塡詞只是嘗試，溫則專力塡詞，詞到了他形成了一種正式的文學體裁，在韻文史上離開了詩，得到了獨立的生命。

2. 溫以前之詞形成風格近詩，至溫，在修辭和意境上，才形成詩詞不同的風格，詞調也更增多、格律更趨嚴整。

3. 他是詩詞過渡期的重要橋樑，尤於其創作之成就，成爲晚唐詞人的代表，開展五代、宋詞發展的道路。

五代詞（西蜀詞〈花間集〉、南唐詞與李煜）

塡詞的風氣，到了五代是非常普遍，作爲當時詞壇的代表，區域不在中原，而在西蜀與南唐，因中原戰亂頻仍經濟文化遭到慘重破壞，四川、江南成爲苟安之局，人民大量南移，經濟繁榮，君主提倡，而造成當代兩個濟經文化重心，在一個荒淫的生活基礎上，這一時期詞的發展建立恰好供給那些權貴、豪門音樂的藝術的需要，後蜀趙崇祚所編的花間集，正是西蜀詞的代表，除了少數例外，他們的作品都有一個共同的內容與格調，大都用著豔麗的辭句，光彩的顏色，集全力去描寫女人、美態、相思、肉感，一面反映宮廷生活，一面也受溫詞之影響。

韋莊→

內容仍是言情說愛，但作風上卻能初步轉變溫庭筠的濃豔氣息，帶著疏淡秀雅的筆調，成爲當代詞壇重鎭。

在修辭與表現的技巧上，脫離溫庭筠的濃豔和張泌、牛希濟式的輕薄，用清疏淡雅的字句，白描的筆法，再加纏綿婉轉的深情，與溫庭筠形成兩種不同的風格，世稱白描聖手。

溫、韋之不同：

溫庭筠
- 婉約—表現情感不直截了當痛快吐露，而係委婉含蓄，借題取喻，使讀者自行領會。
- 陰柔—詞藻濃麗，堆砌雕琢，寄託深遠。

韋莊
- 豪放—直抒胸臆，一目了然。
- 陽剛—詞藻疏淡，痛快傾吐，不假雕琢。

就文學理論言，韋詞境界似不及溫詞深美，但在引人入勝之效果上，韋則勝溫，溫詞雖有美感，但總有不可捉摸之苦，韋詞則出現眼前，偶或珠光寶氣，仍令人有眞實感，韋之情感直接告知讀者，而溫則融情感於景物中，讀者須於景物中體會得之。

李　璟——→ 風格委婉哀怨，文筆一掃華豔，表露出他的特殊境遇，和沒落遲暮之情。

馮延巳——→ 其詞雖亦多言閨情離思，然其造字用句，俱清新秀美，表情深細感人力量深。

他的作風與溫庭筠不同，與韋莊相似，不過他在寫情方面比韋莊更曲折、更深入、更含蓄，詞中情感一點也沒有怨恨和追悔，只是把痛苦深刻描繪出，顯出無比的眞實和感染，因此顯得格外纏綿動人，他的詞給予北宋諸家的詞風影響，實較花間爲大。

花間集作風上承繼溫詞，成就實不如溫，溫固華豔，卻有眞感情，花間則只有華豔，無內容，結果流於淫靡蕩俗，詞格非常卑弱。花間集在詞史發展上，象徵詞已完全成熟，中唐詩人雖已倚聲填詞，但其作品究以詩爲主，以花間與中唐作品比較：

1. 詞調與作品數量增加。
2. 詞之形式已脫離詩，不復如中唐非詩非詞，亦詩亦詞之格式。
3. 詞家已建立其特有風格〈如溫韋〉。

現存南唐詞僅中主李璟、後主李煜、馮延巳、成彥雄、徐鉉五家，數量雖遠遜花間而其詞境之高，刻畫之深及韻味之足，則非花間詞所能及，其予宋詞之影響，亦遠過花間詞人，李煜他是晚唐五代詩人的代表。

李煜的詞，因他前後生活環境的劇變，內容和風格都刻畫出明顯分野，代表作皆在後期，前期生活在富麗宮廷中表現於作品都是享樂生活的反應，此時詞的技巧雖很優美，但由於內容的限制，仍呈現花間氣息，這是他前期作品的共同缺點。

後期的生活環境，較之前期的宮廷生活判若雲泥，從豪華環境墮於一個求生不得的境界，他現在才深一層體會到政治、人生的眞正意義。

李煜詞在藝術上的特色，是創造了抒情詞的典範，他善於構造和鍛鍊詞的語言，形象鮮明生動流暢，有高度的表現力，最突出的是沒有書袋氣，也沒有脂粉氣，純用白描手法，創造出那些人人懂的通俗語言，而同時又是千錘百鍊的藝術語言，眞實而又深刻地表現出那最普遍最抽象的離別愁恨的情感，把那些難以捉摸的東西，寫得很具體，很形象，他的抒情是善於概括，富於暗示，感染力強，形象而又生動，構成一種特有的風格。

王國維說：「詞至後主，眼界始大，感慨遂深。」

北宋詞

(一)宋初的詞

宋初詞的形體與風格，還是繼承著花間、南唐的遺風，內容是單調的，形式是短小的，個性極不分明，因此他們的作品時時彼此相混或與南唐詩人混雜起來，這時期的詞，我們可以說是南唐詞風的追隨時代。

寇　準
韓　琦
宋　祁
范仲淹

最初出現於詞壇的都是幾位達官貴人，他們的作品大都有一種華貴雍容的風度，不卑俗也不纖巧，言情雖纏綿而不輕薄，措辭雖華美而不淫豔，由這些作品明顯地反映出上層社會的生活面貌。

所爲小詞雖說作品不多，然無不婉麗精美，范仲淹的成績最好，他的詞兼著婉約與豪放的兩種風格，對後代詞風發展有相當影響。

晏　殊

作品很多，眞能爲宋初詞壇領袖的，是晏殊與歐陽修，《宋史》說晏殊文章贍麗，詩閑雅有情思。

他那個時代正是西崑詩文風靡一時，他位居臺閣，於應制唱和之間，自然難免要沾染一些西崑的風氣，因此詩文以典雅華麗見長，他的詞雖有富貴氣，但卻能眞實地表現他個人另一面的生活與心境深思婉出，風韻甚佳，一掃臺閣重臣的面孔，呈現詞人的眞情本色，風格形式都是南唐的，他的詞雍容有餘，內容不足，不能達到深刻沉鬱的境地。

詞在宋代興盛之原因

1. 詞體本身之發展。
2. 君主之提倡。
3. 社會環境助長詞風。

宋初四五十年間之詞壇，有名作家多來自南唐、西蜀等國，純粹之北宋詞人尚無能卓然成家者，至晏殊、歐陽修、張先、柳永輩出，北宋詞壇始呈活躍，此四人爲北宋前期之領袖作家，其中晏歐詞多屬小令，爲南唐詞風之承繼者，至於張柳二家，則擺脫南唐影響，爲宋詞開創全新局面，張柳詞在形式上大量創作慢詞，在表現上採用鋪敘刻畫手法。

歐陽修

古文運動領導者，西崑詩改革者，文表現明道思想，詩表現清切自然，詞卻一反詩文態度，用幽香冷豔的情調，繼承著五代詞風。

歐詞是攝取花間、南唐詞風而溶化之，然尤接近馮延巳，因此他二人之詞相混者極多。

其詞雖無革新之處，而眞情流露，尤富文學價值。

晏幾道

與蘇軾、黃庭堅先後同時，因其詞的風格與形式，屬於南唐的範圍，故敘述上，放在此階段。有《小山詞》幾全爲小令，其藝術成就全表現在小令，其詞一洗他父親晏殊那種雍容的氣息，形成極度淒楚哀怨的感傷作風，父子的詞同樣接近南唐，父親接近陽春（馮延巳），兒子則近後主。

其詞有一個共同的特徵，那便是對於往事的回憶和落魄窮愁的抒寫，因此他的全部詞句裡，飄動著春夢秋雲一般的恍彿的情調，和過去歡樂失去的哀怨，以及舊影餘香的回味嘆息，其詞在描寫方面，有歐陽修的深細，而沒有他的明朗，在措詞上有晏殊的婉妙，而沒有他的溫和愉快的色彩，然而他那種哀怨淒楚的情調，又非晏歐所有，他的抒情詞的藝術特色，是比較接近李煜的。

小晏之後小令雖代有作者，但南唐詞風則漸成遺響。

(三)詞風的轉變

張先柳永的出現，宋代詞風爲之一變，在形體上用長調的慢詞，在作風上，脫去花間南唐的情婉，而

張先

工詩，尤善詞，生活疏放，浪漫風流，在東坡題跋中，贊賞他善戲謔，有風味，這雖是說他的性情風味，但在他的詞中，也富於這種色彩。

北宋前期詞家，晏歐專攻小令，柳永作品已以慢詞爲主，而張先則正處於由小令至慢詞之過渡時期。

清陳廷焯《白雨齋詞話》曰：「張子野詞古今一大轉移也，前此則爲晏歐，爲溫韋，體段雖具，聲色未開，後此則爲秦柳，爲蘇辛，發揚蹈厲，氣局一新，而古意漸失，子野適得其中，有含蓄處，亦有發越處，但含蓄不似溫韋，發越亦不似豪蘇膩柳，規模雖隘，氣格卻近古，自子野一千年來，溫韋之風不作矣。」

柳永

以長調的形成與鋪敘的手法爲主，將當日都會的繁榮與歡樂，加以深刻的表現。

他是一個都會生活的迷戀者，歌妓生活的體驗者，他的懷才不遇的環境，同他的頹廢生活融成一片，娼樓妓院酒香舞影成爲他文學作品的源泉，詞集名《樂章集》。

喜用鋪敘的手法，盡心盡意的描寫，在內容上則趨於社會繁華生活的表現，因此其作品時用市井俗語，大膽寫都會生活，晏歐的詞表現上層社會的生活與感情，但其範圍是狹猛的，形式是短小的，張柳所要表現的，無論生活情感，都較前複雜得多，新內容要求新形式，所以他們需要採取長調，於是慢詞在他們的手下很快發展起來，作法上由婉約含蓄的而變爲鋪敘的、寫實的了，張柳二家眞實握著宋代詞風初變的樞紐。

特色：

㈠形式方面，多採慢詞。

㈡內容方面，或抒懷才不遇之悲，或敘羈旅飄零之苦，或寫沉溺歌酒之風流生活，其詞無一非其自身生活與心情之寫照。

㈢表現方面，工於鋪敘手法。

㈣字句方面，多以俚俗句語爲之。

陳振孫云：「柳詞格固不高，而音律諧婉，詞意妥貼，承平氣象，形容曲盡，尤工於羈旅行役。」

㈢蘇軾及同時詞人

柳永的詞，音律諧婉，語言通俗，確有佳作，但內容庸淺，格調不高，其表現豔情之語句及手法過於淺俗暴露，有失雅正之致，面對柳詞之風靡，士大夫勢必另創一派雅詞與之對抗，蘇軾即爲此次詞風革新運動之代表，在這時期使詞風更爲轉變，詞的內容境界都爲之開拓與提高。

蘇　軾

他的思想是複雜的，儒家的底子，再融和各家思想的因素，莊子的哲學、陶淵明的詩理、佛家的解脫，給他很大的影響。他胸懷開闊，氣量洪廣，以順處逆，以理化情，形成他那種豪爽明朗的性格，達觀快樂的人生觀，和在文學上那種豪放不拘的風格，他的詩文如此，詞更是如此，詞集名《東坡樂府》。

特色：

㈠詞與音樂的初步分離——爲文學而作詞，不完全爲歌唱而作詞，這一轉變，是詞的文學生命，重於音樂的生命。

㈡詞的詩化——在句法風格上，詩莊詞媚，東坡詞則一掃舊習，以清新雅正的句子，縱橫奇逸的氣象，形成了他詩化的詞風。

㈢詞境擴大——題材範圍擴大，提高意境以豪放代婉約，打破了詞的狹窄傳統，爲南宋愛國詞人，開了一條道路。

㈣個性分明——蘇軾以前詞，常有混淆，蘇詞則有自己風格，明顯地呈現出作者和作品的個性。

北宋後期之重要作家首推蘇軾與周邦彥，各爲一派宗主，四庫總目：「詞至晚唐五代以來以清切婉麗爲宗，至柳永而一變，至蘇軾而又一變，遂開南宋辛棄疾一派。」蓋柳永諸作雖協律能歌，然格調卑弱詞少雅正，

四 格律詞派

周邦彥

蘇軾便代表柳詞所引起之反對勢力，以豪放韶秀開宗，詞境始大，詞格始高，然時人又病其矯枉過正不合音律，於是周邦彥格律派繼起，此派重音律精鍊字句，表情婉約措辭雅正，可謂兼有南唐、柳永、蘇軾諸家之長，而集北宋詞之大成。

王安石 → 他們的詞或似蘇的豪放，或得蘇的飄逸，王安石有《臨川先生歌曲》一卷，黃庭堅有《山谷詞》一卷，晁補之有《琴趣外篇》六卷，毛滂有《東堂詞》一卷。

黃庭堅

晁補之

毛滂

蘇門四學士——黃庭堅、秦觀、晁補之、張耒。
蘇門六君子——黃庭堅、秦觀、晁補之、張耒、陳師道、李廌。

秦觀 → 有《淮海詞》，雖出自蘇門，但風格並不相似，其作品有自己的成就和情調。

其詞，有近柳永的、近南唐的、近蘇詞的、近周邦彥的，但總有自己風格，可見其詞是博觀約取自成一家。

賀鑄 → 詞集名《東山集》，較秦觀尤近周邦彥，不但工麗協律，且善以唐人詩句入詞。

周邦彥爲集北宋詞大成之作家，宋初晏歐諸作因襲南唐，範圍過狹個性未顯，柳永則人多病其卑弱俚俗，不登大雅，蘇軾繼起一洗前弊，以豪放清麗開宗，然人又病其矯枉過正，不協音律，於是周邦彥開始注重格律，傾心精鍊，語工而入律是他們的基本原則，周邦彥調和諸家，是集北宋詞之大成。

周邦彥 ──→ 詞集名《清眞詞集》，又名《片玉集》。

特色：

(一)形式 —— 音律嚴整，張先、柳永慢詞未達嚴整統一階段，邦彥出則字句、音律均有定格，足爲後人典範。

(二)表現 —— 詞句工麗，鋪敘委婉，近柳永，但用字造語極工麗，不同於柳之俚俗淺易，此種工麗作風，或來自雕琢或運用典故，融化前人詩句，形成精巧工麗的典雅作風，成爲宮廷詞人的典型，宋詞由是走上古典之途。

(三)內容 —— 多詠豔情景物，說明宮廷詞人生活之空虛，只能把藝術技巧，寄託到詠物方面去，開詠物一派，這些作品大都卻少內容，然律度嚴整，字句工麗，有形式主義傾向。

万俟詠 ──→ 諸人皆是宋代宮廷內大晟府的製撰官，精通音律，注重格調，因此作品大略與周相似，是一個宮廷詞人的集團，而以周邦彥爲代表。

晁端禮

田為

晁沖之

(五)女詞人李清照

李清照

有《漱玉詞》，她是遵守著詞的一切規律而創作的，她一面重視音律，精鍊字句，同時她的詞富於眞實的性情與生活的表現，這一點她接近李後主與晏幾道早年的歡樂。中年的黯淡，晚年的哀苦，是她生活史上的幕景，同時也就是她創作的道路，作品與生活緊緊的結合在一起，詞集名漱玉詞。

她的生活可分為美滿的前期和國破家亡後悲苦的後期，前期的作品是熱情、明快，而又活潑天眞，後期是纏綿悽苦而入於深沉的傷感，造成她在抒情藝術上的極高成就。

其藝術技巧是以白描的手法，深入淺出的字句，和美動人的音律，表現幽怨或是淒苦的情感，達到抒情詞的極高境界。

辛棄疾與愛國詞人

岳飛、趙鼎、胡銓、張元幹、張孝祥

國破家亡，權奸誤國，欲加反抗，而在詞中發出激昂慷慨的呼聲，是這群愛國詞人，其磊落不平之氣，溢於言表，充分表現出愛國文學的特色，和積極的現實意義。

南宋經靖康之亂，使士大夫由酣歌醉舞之迷夢中醒覺，發爲歌辭乃多慷慨悲歌之音，此時作品多抒家國之痛，且多直抒胸臆，不假雕琢，北宋之亡上距周邦彥之死僅四年，北宋亡邦彥集前人大成所建立之古典詞風亦隨之衰歇，而蘇軾一派詞風又告盛行，蓋當國破家亡之際，詞人雖藉文詞一抒悲痛之懷，而於格律字句自不暇顧及，故南宋前期約五十年間之詞人風格多少與蘇軾相近，朱敦儒、陸游、辛棄疾、劉過四人爲代表作家，又有劉克莊雖處南宋後期古典詞風盛行之際，而仍祖述辛棄疾，其中辛棄疾爲南宋代表作家。

辛棄疾

有《稼軒詞》四卷，六百餘首，無論內容形式，風格幾乎無所不包，雅潔高遠，絕少鄙俗淫靡之態。

蘇軾作詞的精神，到了他更加提高了，進一步加以開拓與解放。

特色：

㈠形式的解放——多詩詞散文合流的現象，用韻不限制，不雕琢對仗，運用民間口語，形成一種散文的歌詞。

㈡內容的廣泛——無意不可入，無事不可言，形式擴大了，語句放寬了，因此無論什麼題材都可以寫，而不論用何種題材，處處有作者之人格表現。

㈢風格多樣化——以雄放豪奇爲主，但不限於雄放豪奇，其作品絕無花間之富貴氣，也無張先、柳永之都會氣，因此其風格，既能雄奇又能高潔，只有蘇軾能比美。

他是蘇軾詞的繼承者、發展者，南宋詞人的代表，他能做豪放語，能作激憤語，能作情感語，能作幽默語，有豪放，有細密，有閑澹，有熱情，長詞小令都有特殊成就。

到了晚年受了挫折，心灰意懶，漸漸走上陶淵明的路，因此他的作風又趨於清疏平淡。

韓元吉 →	諸家大都有憤世的熱情與壯烈的懷抱，在詞的成就上，雖不如稼軒，但其作風都可歸之於辛派。
陳　亮	
劉　過	
袁去華	
楊炎正	
陸　游 →	在辛派愛國詞人中，陸游的成就最高，他本就是南宋最偉大的詩人。於文詩詞皆工，有《渭南文集》、《劍南詩稿》、《渭南詞》。他的詞同詩一樣，常多悲懷家園之作，他晚年的生活較爲閒適，故其集中亦多詠自然情趣的詞。 明楊愼《詞品》云：「放翁詞纖麗處似淮海，雄慨處似東坡。」
朱敦儒 →	性愛自由，不喜拘束，頗有西晉名士風度。 生命很長，經歷過北宋繁榮時代的最後階段，又目擊和身受南渡時代的國

破家亡的痛苦，而最後又生活於南渡以後的偏安社會，因此他的作品，也現出這三個時期的色彩與情調。

㈠南渡以前——以少壯之年，處於繁華的盛世，縱情詩酒，自樂閑曠，無論內容詞藻都染上北宋時代的濃豔。

㈡南渡後二三十年——中年身當國變，離家南遷，使他的作品變為沉咽淒楚之音，表現出沉痛深厚的愛國感情。

㈢晚年閑居時期——飽經世故，熱情沒有了，狀志也銷磨了，漸成一個逍遙自適的樂天安命者，詞境皈依自然、沖淡、清遠，此期詞，以淺近通俗的語言，自由生動的句法，抒寫眞實純潔的情感，技巧是白描。

詞集名《樵歌》以中年婉麗傷感之作為佳。

葉夢得

有《石林詞》，雖生於北宋，但在國變之後，還生活了二十幾年，因此他的作品早年的充滿了北宋的情調，晚年的便由傷感而入於閑淡。

他對國事是很開心的，對東晉抵抗強敵的謝安也很仰慕，而他最後的歸結，仍是一邱一壑的水雲鄉土。

由辛棄疾領導的這派詞人的作品，反應了典型的歷史背景與時代意義，打破了過去奉爲正統的婉約華靡的詞風，開放了規律嚴整的詞體，繼承發展和提高了蘇軾作詞的傳統，思想內容更加充實，語言更加豐富多彩。

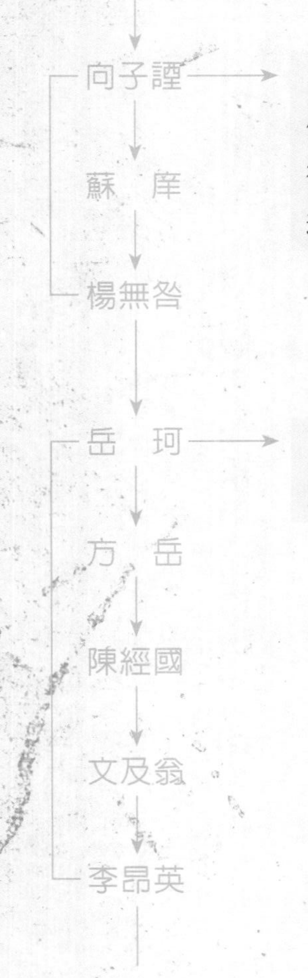

一有《酒邊詞》，一有《後湖集》，一有《逃禪詞》，以閑澹諸作爲佳，他們有的做過高官，有的是山人隱士，大都以陶潛、賀知章爲人生思想的歸宿，他們的作風未必全同，但人生態度卻是一致的，風格與朱敦儒晚年詞相近。

時代上稍晚於辛棄疾、朱敦儒，在作品中表現著愛國感情的，是以上這些人，再加上劉克莊，以劉克莊成就最大。

(三)格律派詞人

高宗紹興十一年，南宋開始偏安之局，主北進者率多壯志不遂，甚且身家難保，於是士氣日趨消沉，加以杭州風光醉人，士大夫乃漸開始酣歌醉舞之生活，南宋後期約一百年，君臣已習於苟安

劉克莊

為人豪爽，很想做一番事業，但無成就，晚年復興無望，故其詞中特多家國傷憤之情，所做小詞亦復清新可喜。

在詞的創作上，採取以詩作詞的精神，他的態度是自由的，作品精神與辛相近，惟氣勢稍弱，骨力略遜。

南宋後期百年中，詞人受姜夔格律影響，因之古典詞風大盛，獨劉克莊卓然獨立宗主辛棄疾，是宋末詞壇辛派的最後代表者。

姜夔

一生沒有做過官，是一位純粹的文學家，有瀟灑自由的性格，與清高雅潔的人品，近於隱逸，又不是眞正的隱士，有白石道人歌曲集。

其詞在藝術技巧上雖與周邦彥有些不同，但在傾向和表現方法上，他是繼承和發展了周邦彥的路線的，在《清眞詞》中所表現的特色與弊病如協律創調，琢句鍊字，用典詠物種種方面，到了姜夔，都進一步的表現著，形成偏重形式的傾向，特色是：

(一)審音創調——柳永、周邦彥精通音樂，善自製曲，在他們的詞調上，僅註明宮調，姜則進一步載明樂譜。

(二)琢鍊字句——用字精微深細，造字圓美醇雅，作詞態度認眞求美。

(三)用典詠物——其作詞過於講典雅工巧，生怕有浮淺輕俗之病，於是又愛用典故，因用典過多，詞旨反晦澀含糊，情趣減少，內容空虛。

耽於逸樂，此種社會風氣見之於詞者，即慷慨之音漸隱，而古典之風復熾，此時詞人又有閑情逸緻講究格律，鍛鍊字句，北宋周邦彥一派詞風，經朱敦儒、辛棄疾轉變之後，再度盛行，至元初始絕，姜夔、史達祖、吳文英、王沂孫、張炎爲此詞派之代表作家，其中姜夔尤爲大家，與辛棄疾各爲一派宗主。

史達祖——→

人品遠不如姜夔，但詞典雅工巧，卻與姜詞相近，汪森云：姜夔出句琢字鍊，歸於醇雅，史達祖等羽翼之。

他的詠物詞很多，缺少內容，但傾注全力在修辭造句的技巧上用工夫，有梅溪詞。

吳文英——→

雲遊各地，寄倚權貴的食客，生活不得意，是一個窮困、落魄的詞人，有《夢窗甲乙丙丁稿》四卷。

才力不及周邦彥、姜夔，段鍛鍊之工，幾又過之，到了他把格律派的詞，發展到了極端。

重音律，故其詞，和諧悅耳，因爲醇雅，故字面特別美麗，因爲表意含蓄，故詞旨晦澀，故其詞氣勢卑弱，只重形式忽略內容。

用詞工麗，姜詞清空，吳文英則於二家之外，別開奇麗一境，造語奇麗爲其一大特色，又其詞常以時空錯綜之手法組織成篇，殆得自李商隱，詞家之有吳文英，亦如詩家之有李商隱。

蔣　捷

有《竹山詞》一卷，詞九十餘首，由他許多作品看來雖脫不了姜吳一派的影響，但他卻感染著蘇辛的色彩，他有些詞破壞規律的限制和傳統的習慣，時時呈現著一種新精神。

他的作品在姜吳那一個範圍裡，是最爽朗、最有生氣的了，尤其是他的小詞，清麗秀逸在晚宋詞壇是少見的。

周　密

他的詞集名《蘋洲漁笛譜》，又名《草窗詞》，他的詞工麗精巧，善於詠物，頗近夢窗（吳文英），因此他與吳文英世稱二窗，但因其身經亡國，故其晚年之作，頗多沉咽淒楚之音，又與張炎相近。

格律詞派的優點是技巧高、語言美，缺點是反映的生活面窄狹，過於注重形式與格律，姜夔的作風，在南宋的詞壇，發生很大的影響，許多人跟著他走，都變本加厲的只在字面形式用工夫，極力講求技巧，因音律而犧牲內容，因用典而意義晦澀，因過於雕琢字句而損傷情趣，因詠物而變成無病呻吟的遊戲，到了史達祖、吳文英諸人達到了極端，周姜二家因學問廣博，才力尤高，所以還有不少詞格高遠的作品，其他諸家那缺點就更爲嚴重。

南宋前期陸游、辛棄疾一派詞至後期劉克莊已成絕響，而後期之姜夔、吳文英一派詞，至宋末張炎亦進入凝固狀態，蓋無論詞之音律形式、風格，及表現手法，至此變化已窮，雖有天才作家亦難自出新意，故張炎爲兩宋詞之結束。

王沂孫——→

王詞清代詩人最爲推崇，其詞有家國哀傷之情，因爲他表現得非常隱約，故其情調亦顯出一種哀蟬淒楚之音，不如岳飛、辛稼軒那些激昂之詞可以振奮人心，鼓舞民眾，只能引起一種淒涼嘆息和沒落的感傷，常人之感慨而已。

張　炎——→

張炎是晚唐到宋末詞的結束者，一生推崇姜夔，是格律派的重要作家，他的《詞源》表現他對詞學的理論。

㈠協音合律——形式主義的第一信條。

㈡雅正——典雅高貴，而無通俗粗淺的氣味。

㈢清空——就是空靈神韻，與嚴羽論詩之意見相同。

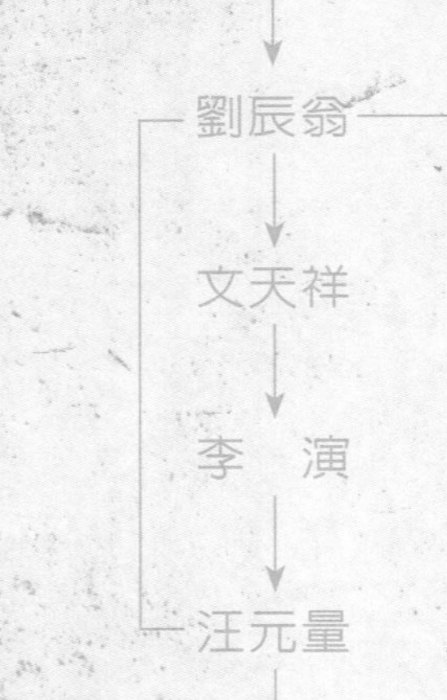

或以豪放激昂之筆抒寫家國之痛，或以沉咽之語表現悽苦之音，在藝術技巧上雖無姜夔、張炎的工麗典雅，但一種正義的氣概憤恨的哀情，卻躍然紙上。

在詞藻上，雖受有格律派的影響，但在氣勢上，是偏於蘇辛一派的了。

清詞：納蘭性德
陽羨派陳維崧
浙西派朱彝尊
常州詞派張惠言—晚清詞人蔣春霖。

納蘭性德

詞以小令見長，有人稱他爲清朝的李後主，在詞的藝術風格上，他兩人有相似之處，他們都是貴族，缺少實際生活的體驗，但在他們作品裡，同樣充滿著哀愁和感傷，同樣充滿著生死無常，人生如夢，花月之感，悼亡之情的虛幻因素，這一些因素，正是這兩位貴族詞人的心境與靈魂，他們都是入世不深的主觀的殉情的作家，缺少社會生活的感受，他們只盡情的把心中所藏的情感歌唱出來，既沒有派別，也無意於聲律、典故、修辭，及其他各種形式的講求，只是信口信手，抒寫自己的性情，所以形式是短小的，詞句是白描的，但包含著天眞纏綿的感情，沒有做作、虛僞，詞主情致，專宗後主。

於是花間、南唐一派詞風，自晏幾道以降，衰歇已久至性德而重振。

清代詞壇，嘉慶以前呈陽羨派與浙西派對峙局面，陽羨派以陳維崧爲領袖，奉蘇辛爲宗主，任才使氣偏於豪放；浙西派以朱彝尊爲領袖，此派主格律重清空事琢鍊，奉南宋姜夔、張炎爲圭臬。至嘉慶間二派流行既久漸爲人所詬病，蓋浙西派末流爲委靡堆砌，陽羨末流爲粗獷叫囂，於是二派俱趨衰歇，此時張惠言所領導之常州詞派興起，此派重比興寄託反虛詞濫調，三大派之外復有不隨流派卓然自立之重要作家，二人即清初之納蘭性德、晚清之蔣春霖，前者爲多愁善感之天才詞人，其詞有花間、南唐遺風，後者生於道咸衰世多雜亂之音，蒼涼淒楚自成一家。

王士禛 → 清代大詩人，所填小令，似其七絕，神韻甚佳，有衍坡詞，唐允中評：「極哀豔之深情，窮倩盼之逸趣。」

毛奇齡 → 舉鴻博，官檢討，本經學家，詞頗有名雅近齊梁以後樂府，風格在晚唐之上。長小令，有《當樓詞》。

彭孫遹 → 有《延露詞》，其小詞啼香怨粉，怯月悽花，不減南唐風格。

佟世南 → 與納蘭性德風格最似，有《東白堂詞》，他常於小令，意境之深厚，修辭的婉麗，情感的蘊藉，態度的天真，眞可與性德比，二人稱小令的雙星。

(二)陽羨派與陳維崧

顧貞觀

有《彈指詞》，重白描，不喜雕琢典故，與性德似，最著名作品是寄吳漢槎的兩首金縷曲，但其風格直率奔放，與性德之淒婉沉著有別。

陳維崧

效法蘇辛，成就卓越，才氣縱橫，詩文俱佳，詞尤爲一代之勝，長調小令，任筆驅使，有迦陵詞一千六百餘首，細讀他的集子，他那種驚人的創造力，超人的雄渾的氣魄，確實令人佩服。

陳氏在詞的製作上，壯柔並妙，長短俱佳，譽爲清朝的蘇辛實不爲過。

前人作壯語多用長調，而陳能在數十字之小令中高歌豪語寄其雄渾蒼涼之情，不覺牽強，這是他過人之處，同時他又能寫出最出色的清眞雅正南宋詞，一掃豪放之氣，無不婉麗閑雅，幾疑出自另一人手筆，表示作者的高才抒寫自如，絕不爲形式所現。

曹貞吉

有《珂雪詞》，集中有一種是壯語高歌，蒼涼雄渾，如懷古之作，另一種是刻畫細密，如詠物諸篇，因此讀他的詞，愛蘇辛者取其前，愛姜張者取其後。

而眞正能代表他風格的是懷古一類之作。

三 浙西派與朱彝尊

孫枝蔚 → 有《溉堂詞》，尤展成評他：「以能揚跋扈之氣，寫嶔崎歷落之思，其品格在東坡稼軒之間。」但孫詞見於諸家選本者，仍以婉約之小令見勝，長調亦不甚佳。

朱彝尊 → 與陳維崧齊名，爲當日詞壇雙杜，因標榜南宋自成派別，後人尊爲浙派詞人之祖，詞集有江《湖載酒集》、《靜志居琴趣》、《茶煙閣體物集》與《蕃錦集》四種。

朱氏工力深厚，學識淵博，不僅從事理論的鼓吹，其詞格律精巧，辭句工麗，實爲元明以來所未有者，故能領袖騷壇，成爲一派宗匠。

厲　鶚 → 有《樊榭山房集》，朱彝尊之後卓然領袖詞壇，其詞審音守律詞藻絕勝，字句的清俊，聲調的和美是其特長，擬古也很用工夫，不過他的作品只具有形式上的音律美與詞藻美，缺少內在的生命與寄託，高者可稱雅正，低者則流爲委靡堆砌，而給青年詩人摹擬的影響。

項鴻祚→

嘉道間，常州詞派盛行，浙西派日益衰弱，得項鴻祚出浙西派始得稍振，有憶雲詞，情感獨厚，故出語無不古豔哀怨，沁人心脾且守律極嚴，故其詞都是律度諧和，音調極美。

周之琦→

有《心日齋詞》，集中時有佳作，皆雄渾深厚最見工力，惟應酬社課特多，殊覺無味。

張惠言→

深於經學，工駢體文，有茗柯詞，他的理論是詞必以比興寄託爲主，而又要有溫柔含蓄的感情，要提高詞格以防淫濫之失，存詞只四十六首，可知其創作態度極爲嚴肅，今讀其詞、格調確高人一等。

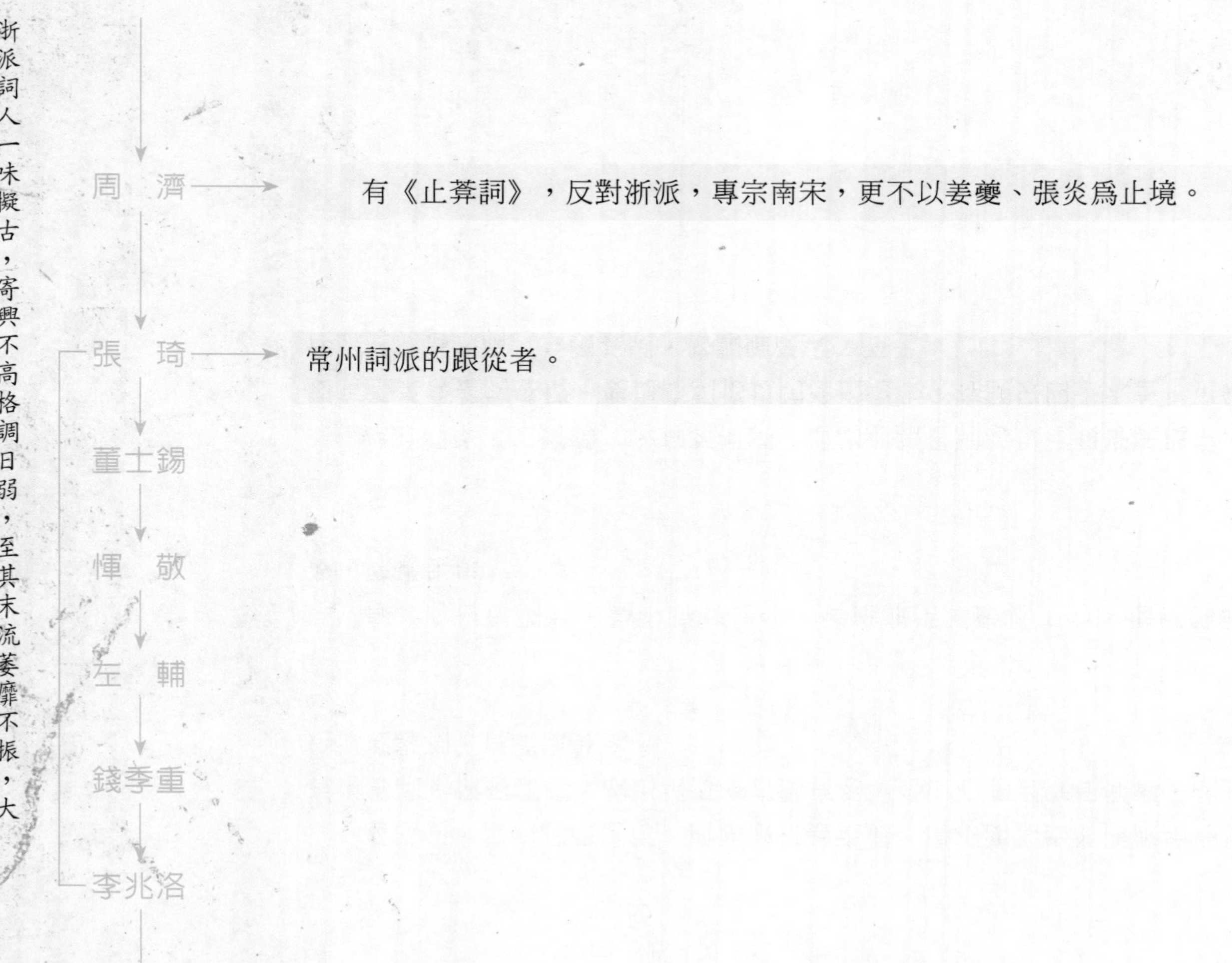
浙派詞人一味擬古，寄興不高格調日弱，至其末流萎靡不振，大爲時人詬病，嘉慶年間張惠言、周濟乘浙派衰頹之季，以風騷之旨相號召，反庸濫淫靡之聲，攻無病呻吟之作，一時從風，遂有常州詞派興起，範圍方面較浙派是稍稍擴展了，但內容實在沒有解脫格律派的範圍，其作品同樣陷於擬古之病，所高唱的比興與寄託，結果是詞旨隱晦，莫知所云，幾成爲詩謎了。
周濟
有《止葊詞》，反對浙派，專宗南宋，更不以姜夔、張炎爲止境。
張琦
常州詞派的跟從者。
董士錫
惲敬
左輔
錢季重
李兆洛

(五)晚清詞人

詞在清代二百餘年中，產生了一些比較好的作家與作品，故前人稱爲詞的中興，我們現在細讀清人作品，主要是缺少生活內容，但他們對於詞的創作，對詞的復興運動，實在盡了很大心力，無論修辭用字，審音守律，都非常認

蔣春霖

道咸年間，外患疊起，國勢危及，民生窮困，在這時的詞壇，能不爲浙常二派所囿卓然成立的，是蔣春霖，有《水雲樓詞》，他的作品是放棄花鳥的吟詠寫其身世之悲苦，多傷離悼亂之作。

一生落拓，情感敏銳，凡所見所聞，一一發之於詞，蒼涼激楚，備極酸辛，他創作的態度極爲嚴肅，從不把他的作品浪費於無病呻吟與無味的應酬，所存作品極少，他不標榜比興寄託，而自有比興寄託，能擴大詞境反映此一動亂時代。

莊棫、譚獻

清末尊常州派者

真，態度的嚴肅遠非明人可比，詞學的研討，詞集的校刊和整理，俱留下好成績，不過無論如何，詞的生命是到了最後階段，詞到了清朝，經過多少作家的最後努力，作了一個光榮的好結局。

王鵬運 → 文廷式 → 鄭文焯 → 朱孝臧

清末近於常州詞派者，他們都全力作詞，確實留下一點成績，但比起創作來，他們較大的功業，是對於詞集的校刊，他們都是篤學之士，在罷官退隱的歲月中，集合同好，以校刊經史的方法與努力，從事於詞籍之處理，造成晚清數十年間學風之大盛。

在整個詞的發展史上，這時是到了總結的時期，但這結局是光榮的，是有成績的。

元代前期散曲作家（統一前）

關漢卿

關漢卿的散曲、柳永的詞，生活態度和作品精神，都有同樣意義。他在煙花叢中混的太久，對於那圈子的生活性格、言語情態，都體會眞切，這方面作品表現最爲成功，在部分精彩作品裡，最能表現的本色與精神。

言語尖新、音調和美、純粹口語、對話語調、白描手法是其作品特色。

白樸

由金入元的雜劇家，生活嚴正，品格很高，作品表現故宮禾黍之悲。

他的作品沒有關漢卿的明淺活潑生氣，但白描寫法不淫俗、不卑弱，達到高度抒情、成爲小令上乘。

元代文人書生地位卑微，中國學術思想的黑暗期。但以文學史觀而言，元代卻是一個重要時期，在新政治的局面下、城市經濟繁榮的社會環境下、舊精神舊信仰崩潰下，文學得到新的發展機運和自由，可以從守舊的束縛中解脫，前人所視爲卑不足道的民眾文學大大發展，代替了正統文學的地位，放出異樣的光彩，這種新文學，不是古文詩詞，而是給大眾欣賞的曲子與歌劇，它們具有新生命、新面貌、創造性形成了新興的藝術力量。因此可說，元曲是元代文學的靈魂。

盧摯

官位顯達舊學深厚的文人，因此作品內容頗多懷古唱和之作，形式上偏向典雅，少口語俚俗之作。

作品偏重辭藻，貫雲《石陽春白雪》序評其曲：「嫵媚如仙女尋春」指的便是辭藻。

姚燧

姚氏是正統古文大家，具有很高地位，但也染指散曲，可知散曲在這時已爲高官學士、古文大家所好，而正式成爲韻文之新體裁。

其小曲雖也有情致，卻像詩詞中語言，缺少曲的本色，在姚氏與盧摯此類文人學士手中，曲的語言色彩會慢慢產生變化。

元曲範圍

1. 所謂元曲，包含散曲、雜劇。
2. 散曲是元代的新體詩、雜劇是元代的歌劇。
3. 散曲可以獨立，而又是歌劇的主要構成部分。
4. 二者文字性質同源、文學性質卻是異體。
5. 前人研究雜劇時，以曲辭代表雜劇的全部生命，於是元曲便成了散曲與雜劇的總稱。

馬致遠

在整個元代領袖群英的散曲大家，青年時迷戀功名，後對黑暗時代感到失望，遂隱居山水成為名士。

〈夜行船套曲〉，周德清《作詞十法》曰：「此詞不重韻，無襯字，韻險語俊。諺曰百中無一，余曰萬中無。」評價極高。

其小令有許多優美作品，語言凝煉尖新、通俗生動，具有音樂和美，尤其天淨沙更為絕唱，顯示高度天才，王國維說：「天淨沙小令，純是天籟，彷彿唐人絕句」。

成就是擴大曲的內容、提高曲的意境。長處是能適應各種題材、表現不同風格，或豪放、或恬靜。散曲地位，如李白之於唐詩、蘇軾之於宋詞。

曲的產生
1. 詞的衰弱
2. 外樂影響

曲的體裁
1. 小令
2. 雙調
3. 套數

詞曲之異
1. 形式上：曲更加長短句化，並有襯字。
2. 音律上：曲較嚴密，分平仄陰陽清濁，絕無換韻，平上去通叶

張養浩 → 爲御史時，遭陷罷官，仁宗時應召再出，官禮部《尚書》，後退居田園，於是作品風格也有二類，前期黑暗痛苦、後期婉麗飄逸。其玉樹臨風之處，近馬致遠。

貫雲石 → 外族而精通漢文，才情極高。愛慕江南風物生活，後辭官隱居江南，改名易服，賣藥爲生，自號蘆花道人。

文字細密、音調柔和、華美生動是其特色，與其生命相似。

睢景臣

睢與劉致，擴大了散曲的範圍，內容、形式、風格都起了很大轉變，不只侷限情愛、離別、風暴、退隱。二人在散曲上很有成就。

睢景臣《漢高祖還鄉》一套散典是他的代表作，富有歷史意義和現實性的文學價值。而其敘事生動、形象眞實、語言通俗、口吻眞切，此種境界是過去詩詞的所難達到的。

劉致

其套曲長至三十四調，在元人套曲中，算是最長的了。他的作品一掃當代曲子描寫歲月、離情、山水、詠物的舊習，擴展到描寫人情風俗、政教治績、尋常生活、暴露黑暗，是曲中少見的社會文學，可謂曲中的白居易。

元代後期散曲作家（統一後）

散曲產生與分期

1. 萌芽期：北宋諸宮調。
2. 成長期：胡樂番曲與詞譜混融。
3. 成熟期：學士文人投入，如董解元西廂、元好問的小令。
4. [illegible]：大曲家出現，如關漢卿、王實甫、馬致遠。

張可久

張氏是元代散曲的專家，畢生精力全獻之於散曲，曲壇中享有盛大聲譽，共有小令七百五十一首、套數七套，元人散曲之富莫過於他。

他是江湖落魄懷才不遇的江南才人，作品中充滿不得志的困頓感情，而困於仁途，遂又以山水之樂、聲色之歡消磨一生。

他與馬致遠，是元代散曲的兩派。特色是：

1. 分韻分題、誇才耀藻。
2. 曲境擴大，但少現實的反映。
3. 重形式格律，雕琢字句爲能事、騷雅蘊藉爲境界。
4. 詩詞曲混合，藉以離開淺俗、入於典雅。

喬吉

作客異鄉終生落魄的文人，一生窮困潦倒，在作品中時時流露。存小令近二百首，套曲十套，僅次於張可久。

其特色是：

1. 雅正婉麗
2. 善引用或融化前人詩詞舊句。
3. 喜用疊字
4. 琢鍊字句、音調和美。

張可久、喬吉外的作家，過於是琢鍊工整，過於含蓄文雅，因此情韻與宋詞小令相近，曲的俚俗本色、白描語調喪失，追求形式美，內容則貧弱。此處正可看出元曲風格轉變的趨勢，唐詩如北、宋詞如此，散曲自然不會例外。

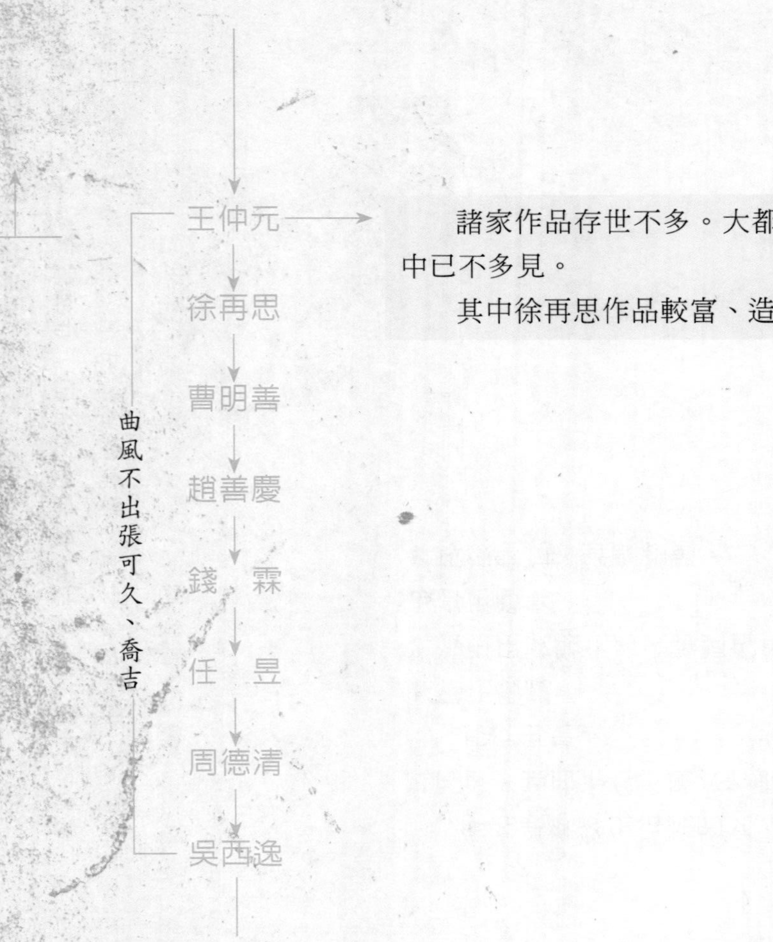

諸家作品存世不多。大都清麗見長，關、馬爽朗活潑的生機，在他們作品中已不多見。

其中徐再思作品較富、造就亦較高，是此些人中翹楚，曾與貫雲石並稱。

明代北方散曲作家

康海、王九思

二人與李夢陽、何景明並稱七才子，詩文擬古不足觀，但散曲雜劇俱有成就。

二人同鄉、同朝爲官，因政爭被廢，回鄉後寄情山水、徵歌度曲，生活情感大略相同。胸中牢騷對現實不滿，發之於曲，在粗豪風格中，表現憤懣之情。

豪放、本色、北曲爽朗情調，是他們二人共同的特色。

常倫

正德進士，因政爭罷歸。他多力善射，穿大紅衣、掛雙刀馳騁平林，爲北方健兒氣慨。

如此豪放疏狂名士，曲風自然奔放豪邁。又好治百家言，尤善黃老，故曲中多神仙家言，但空洞而佳作不多。

李開先

與王愼中、唐順之諸人號稱八才子，詩文反擬古，有名於時。

散曲中有〈李中麓樂府〉、〈中麓小令〉、與王久思合作的〈南曲次韻〉，具餘少有流傳，以所見爲論，雖有好句，難得全篇。

北方作家

明曲南北派

北派—氣勢粗豪、內容豐富，馮惟敏爲首。

南派—清麗取勝、風格婉約，王磐、施紹莘爲首。

劉效祖

嘉靖進士，然亦官場失意人。其特色，是能用民間活語言和俗曲調子，作成通俗小曲，有濃厚民歌色彩，此點明代散曲家都比不上他，他是明代北派一個重要作家。

趙南星

萬曆進士，忤魏忠賢去職，與顧憲成爲東林黨重要人物。

他有多首當日最流行的小調，可以看出他用力民歌的精神，也可說明民間歌曲的優美藝術，對文人的影響。

馮惟敏

在北派作家中，能兼有眾長獨成大家的，便是馮惟敏，他的散曲在北派諸家之上，不僅是明代大家，實可與元代大家並列而無愧。其明曲中之地位，確是宋詞中的蘇、辛，元曲中的關、馬。

他的特色有三：

1. 題材廣闊、內容豐富。
2. 語言生動、活潑自然。
3. 北方豪邁、發揮無遺。

明代南方散曲作家

陳鐸

字句清華，風格柔媚。王世貞評他：「金陵家子弟，所爲散套，既多蹈襲，亦淺才情，然字句流麗，可入絃索。」

作品南方情調濃、北方本色少，才情不高，但字句清新可取。

王磐

明代南派曲家前期的代表，在明代散曲上有很高地位。

他沒有作官，只寄情山水、文學，悠閒自在一生。作品範圍廣泛，詠山水、譏時事、紀事抒情均佳。

他的筆致，有南方的華美清俊，又帶點北方爽朗古直，特色是工鍊精琢之中，還能保持豪逸本色。

明代詩詞，寥落不振，惟散曲繼承元代的遺緒，猶能振作精神，頗有成就。據任訥散曲概論所載，明人著有散曲者三百三十人，數目可算不少，可惜流傳下來的不多，幸而幾家集子還可以見，得以考察明代散曲發展的趨勢。

金鑾——→ 南方清華之致濃厚，兼善詼諧，很像王磐。雖為北人僑寓南京，但北方氣息極淡。

沈仕——→ 棄科舉以山水終身之人，號青門山人，畫極有名，馮惟敏推崇備至。

專寫閨情、性愛，開曲中香奩體一派，跟隨著皆曰「效青門體」。其題材雖冶豔，但語言尖新，善於刻畫，受有民間俗曲影響。

南方作家

梁辰魚
沈璟

崑腔興起，北曲衰亡。形成所謂南詞一派。崑腔始於魏良輔，梁氏首先採用，其曲文辭最美，描摹精細，極爲嫵媚，造句用字多參詞法，故曲味少而詞味多，時人評爲「南詞出而曲亡矣」。

沈璟稍遲於梁，以韻律勝，與梁齊名，爲崑腔興盛時期明曲二巨頭。梁重辭藻、沈重聲律，都是注重形式。

明代散曲至此，逐步走上格律辭藻之路，消失了豪情野趣、本色語言、通俗口語，作品流於平庸與形式，沈璟作品尤多如此。

施紹莘

晚明散曲，能擺脫梁、沈束縛而自成一家的，是施紹莘，他進士不第，於是建園林、置絲竹，與名人美士遊於西湖、太湖，飲酒作曲，極盛一時。

他有小令七十二首、套曲八十六首，套曲數量明人第一。才情極高，生性放浪，因此散曲可以擺脫梁、沈格律，不爲時習所囿。

南詞北曲，俱其所長，故其風格清麗、蒼莽兼而有之，實爲晚明散曲一大家。

附錄一

中國文學作家簡要年表

漢

陸賈（前240年～前170年）
賈誼（前200年～前168年）
晁錯（前200年～前154年）
公孫詭（？～前148年）
羊勝（？～前148年）
枚乘（？～前140年）
韓安國（？～前127年）
鄒陽（？～前120年）
嚴忌（約前188年～前105年）
司馬相如（約前179年～前117年）
東方朔（前154年～前93年）
枚皋（前153年～？）
司馬遷（前145年～約前86年）
揚雄（前53年～18年）
桓寬（不詳）
王充（27年～約97年）
班固（32年～92年）
張衡（78年～139年）
王褒（不詳）
馬融（79年～166年）
王逸（不詳）
曹操（155年～220年）
趙壹（約168至189年）
禰衡（173年～198年）
王粲（177年～217年）
仲長統（180年～220年）
曹丕（187年～226年）
劉楨（180年　217年）
曹植（192年～232年）
阮籍（210年～263年）
嵇康（223年～263年）

晉

張華（232年～300年）
潘岳（247年～300年）
左思（約250年～305年）
陸機（261年～303年）
劉琨（270年～318年）
郭璞（276年～324年）
王羲之（303年～361年）
孫綽（314年～371年）
陶淵明（約365年～427年）

南朝

顏延之（384年～456年）
謝靈運（385年～433年）
鮑照（414年～466年）
謝莊（421年～466年）
沈約（441年～513年）
江淹（444年～505年）

謝朓（464年～499年）
蕭衍（464年～549年）
吳均（469年～520年）
蕭綱（503年～551年）
何遜（？～518年）
徐陵（507年～583年）
蕭繹（508年～555年）
陰鏗（511年～563年）

北朝

邢邵（496年～569年）
魏收（507年～572年）
溫子昇（？～547年）
裴讓之（？～555年）
王褒（約513年～576年）
庾信（513年～581年）
蕭愨（不詳）

隋

薛道衡（540年～609年）
楊素（544年～606年）
虞世基（？～618年）
隋煬帝楊廣（569年～618年）

唐

陳叔達（？～635年）
袁朗（不詳）
虞世南（558年～638年）
李百藥（564年～648年）
楊師道（約568年～647年）
孔紹安（577年～622年）
魏徵（580年～643年）
王績（約589年～644年）
上官儀（608年～665年）
王梵志（？～約670年）
寒山子（？～約唐玄宗至唐代宗間）
駱賓王（約619年～約687年）
盧照鄰（約634年～689年）
李嶠（645年～714年）
張若虛（約647年～約730年）
蘇味道（648年～705年）
杜審言（約648～708年）
王勃（650年～676年）
楊炯（650年～692年）
劉希夷（約651年～約680年）
崔融（653年～706年）
沈佺期（約656年～約715年）
宋之問（約656年～約712年）
賀知章（659年～744年）
陳子昂（661年～702年）
張旭（約675年～約750年）
張九齡（678年～740年）
王翰（687年～726年）
王之渙（688年～742年）
孟浩然（689年～740年）
李頎（690年～751年）
包融（695年～764年）
王昌齡（698年～756年）
王維（701年～761年）
李白（701年～762年）
崔顥（約704年～754年）
儲光羲（約706～763年）
高適（706年～765年）

錢起（710年～782年）
杜甫（712年～770年）
岑參（715年～770年）
劉長卿（？～約790年）
司空曙（720年～790年）
元結（723年～772年）
郎士元（約727年～約780年）
柳冕（約730年～804年）
戴叔倫（約732年)～約789年）
韋應物（737年～791年）
盧綸（739年～799年）
吉中孚（不詳）
韓翃（不詳）
苗發（不詳）
崔峒（不詳）
耿湋（不詳）
夏侯審（不詳）
李端（743年～782年）
李益（746年～829年）
孟郊（751年～814年）
張籍（約766年～約830年）
王建（768年-835年）
韓愈（768年～824年）
白居易（772年～846年）
劉禹錫（772年～842年）
李紳（772年～846年）
柳宗元（773年～819年）
元稹（779年～831年）
劉猛（不詳）
李餘（不詳）
唐衢（不詳）
賈島（779年～843年）
李賀（790年～816年）
盧仝（795年～835年）
杜牧（803年～852年）
段成式（803年～863年）
李商隱（？～約858年）
溫庭筠（812年～866年）
李群玉（約813年～約860年）
陸龜蒙（？～881年）
羅隱（833年～910年）
皮日休（約838年～883年）
韋莊（836年～910年）
聶夷中（837年～884年）
司空圖（837年～908年）
皮日休（約838年～883年）
韓偓（約842年～約923年）
杜荀鶴（約846年～約906年）
皇甫松（不詳）
唐昭宗李曄（867年～904年）
馮延巳（903年～960年）
李璟（916年～961年）
李煜（937年～978年）

宋

柳開（948年～1001年）
寇準（961年～1023年）
劉筠（971年～1031年）
楊億（974年～1020年）
錢惟演（977年～1034年）
穆修（979年～1032年）
柳永（987年～1053年）
范仲淹（989年～1052年）
張先（990年～1078年）

晏殊（991年～1055）
孫復（992年～1057年）
晏幾道（不詳）
石曼卿（994年～1041年）
宋祁（998年～1061年）
尹洙（1001年～1047年）
梅堯臣（1002年～1060年）
石介（1005年～1045年）
歐陽修（1007年～1072年）
蘇舜欽（1008年～1048年）
韓琦（1008年～1075年）
蘇洵（1009年～1066年）
周敦頤（1017年～1073）
曾鞏（1019年～1083年）
王安石（1021年～1086年）
蘇軾（1037年～1101年）
蘇轍（1039年～1112年）
万俟詠（不詳）
黃庭堅（1045年～1105年）
晁端禮（1046年～1113年）
陳師道（1053年～1101年）
蘇庠（1065年～1147年）
葉夢得（1077年～1148年）
朱敦儒（1081年～1159年）
李清照（1084年～1155年）
向子諲（1085年～1152年）
趙鼎（1085年～1147年）
陳與義（1090年-1138年）
張元幹（1091年～1170年）
楊無咎（1097年～1171年）
胡銓（1102年～1180年）
岳飛（1103年～1142年）
韓元吉（1118年～？）
陸游（1125年～1210年）
范成大（1126年～1193年）
楊萬里（1127年～1206年）
尤袤（1127年～1194年）
朱熹（1130年～1200年）
張戒（不詳）
嚴羽（不詳）
徐照（？～1211年）
張孝祥（1132年～1169年）
田爲（不詳）
晁沖之（不詳）
辛棄疾（1140年～1207年）
陳亮（1143年～1194年）
楊炎正（1145年～？）
劉過（1154年～1206年）
袁去華（不詳）
姜夔（1155年～1209年）
徐璣（1162年～1214年）
史達祖（1163年～約1220年）
翁卷（不詳）
戴復古（1167年～1248年）
趙師秀（1170年～1219年）
岳珂（1183年～1243年）
劉克莊（1187年一1269年）
方岳（1199年一1262年）
吳文英（1200年～1260年）
李昂英（1201年～1257年）
周密（1232年～1298年）
劉辰翁（1232年～1297年）
文天祥（1236年～1283年）
汪元量（1241年～1317年）

鄭思肖（1241年～1318年）
林景熙（1242年～1310年）
蔣捷（1245年～1301年）
王沂孫（不詳）
張炎（1248年～約1320年）
謝翱（1249年～1295年）
李演（約1258年前後在世）
陳經國（約1270年前後在世）

金

元好問（1190年～1257年）

元

關漢卿（約1210年至1300年間）
白樸（1226年～1306年）
盧摯（1242年～1314年）
姚燧（1239年～1314年）
馬致遠（1250年～1321年）
王實甫（1260年～1336年）
楊顯之（不詳，約與關漢卿同時）
張養浩（1270年～1329年）
張可久（約1270—約1348）
周德清（1277年～1365年）
徐再思（約1280年～1330年）
喬吉（1280年～1345年）
貫雲石（1286年～1324年）

明

宋濂（1310年～1381年）
高啓（1336年～1373年）
楊士奇（1364年～1444年）
李東陽（1447年～1516年）
王九思（1468年～1551年）
李夢陽（1472年～1529年）
王陽明（1472年～1529年）
康海（1475年～1540年）
何景明（1483年～1521年）
歸有光（1507年～1571年）
唐順之（1507年～1560年）
王慎中（1509年～1559年）
李攀龍（1514年～1570年）
王世貞（1526年～1590年）
李卓吾（1527年～1602年）
袁宗道（1560年～1600年）
袁宏道（1568年～1610年）
袁中道（1570年～1626年）
鍾惺（1581年～1624年）
譚元春（1586年～1637年）
張岱（1597年～約1684年）

清

錢謙益（1582年～1664年）
吳偉業（1609年～1672年）
宋琬（1614年～1674年）
施潤章（1618年～1683年）
侯方域（1618年～1655年）
魏禧（1624年～1681年）
汪琬（1624年～1691年）
陳維崧（1626年～1682年）
毛奇齡（1629年～1713年）
朱彝尊（1629年～1709年）
孫枝蔚（1631年～1697年）
曹貞吉（1634年～1698年）

王士禎（1634年～1711年）

佟世南（不詳，生活在康熙年間）

顧貞觀（1637年～1714年）

查慎行（1650年～1727年）

納蘭性德（1655年～1685年）

趙執信（1662年～1744年）

方苞（1668年～1749年）

沈德潛（1673年～1769年）

厲鶚（1692年～1752年）

鄭燮（1693年～1766年）

劉大櫆（1698年～1780年）

袁枚（1716年～1797年）

趙翼（1727年～1814年）

姚鼐（1732年～1815年）

翁方綱（1733年～1818年）

汪中（1745年～1794年）

洪亮吉（1746年～1809年）

黃景仁（1749年～1783年）

孔廣森（1751年～1786年）

孫星衍（1753年～1818年）

惲敬（1757年～1817年）

張惠言（1761年～1802年）

張問陶（1764年～1814年）

項鴻祚（1798年～1835年）

周濟（1781年～1839年）

鄭珍（1806年～1864年）

曾國藩（1811年～1872年）

蔣春霖（1818年～1868年）

金和（1818年～1885年）

王闓運（1833年～1916年）

王鵬運（1840年～1904年）

皮錫瑞（1850年～1908年）

黃遵憲（1848年～1905年）

文廷式（1856年～1904年）

鄭文焯（1856年～1918年）

朱孝臧（1857年～1931年）

說明：

1. 以上為簡要年表，若干年代未必精準，僅供參考。

2. 年表所列以《中國文學發展史》書中出現作家為主，不含作品年代。

3. 主要參考來源：姜亮夫《歷代名人年里碑傳總表》華世出版社，一九七六年。

附錄二　詩品評詩選

1. 曹植——其原出於國風骨氣奇高、詞采華茂、情兼雅怨、體被文質、粲溢今古、卓爾不群、嗟乎陳思之於文章也，譬人倫之有周孔、鱗羽之有龍鳳、音樂之有琴笙、女工之有黼黻，俾爾懷鉛吮墨者，抱篇章而景慕，映餘暉以自燭，故孔室之門如用詩，則公幹升堂思王入室，景陽、潘陸、自可坐於廊廡之間矣。

2. 劉楨——其原出於古詩、仗氣愛奇、動多振絕、眞骨凌霜、高風誇俗、但氣過其文，雕潤恨少，然自陳思以下，楨稱獨絕。

3. 王粲——其原出於李陵，發愀愴之辭，文秀而質羸，在曹劉間別構一體，方陳思不足，比魏文有餘。

4. 阮籍——其原出於小雅，無雕蟲之巧，而詠懷之作，可以陶性靈發幽思，言在耳目之內，情寄入荒之表，洋洋乎會於風雅，使人忘其鄙近，自致遠大，頗多感慨之詞，厥旨淵放，歸趣難求。

5. 陸機——其原出於陳思，才高詞贍，舉體華美，氣少於公幹，文劣於仲宣，尙規矩，不貴綺錯，有傷直致之奇，然其咀嚼英華，厭飫膏澤文章之淵泉也，張公嘆爲大才信矣。

6. 潘岳——其原出於仲宣，翰林嘆其翩翩然如翔禽之有羽毛，衣服之有綃縠，猶淺於陸機，謝混云、潘詩爛若舒錦，無處不佳，陸文如披沙簡金，往往見寶，嶸謂益壽輕華，故以潘爲勝，翰林篤論，故嘆陸爲深，余常言陸才如海，潘才如江。

7. 左思——其原出於公幹，文典以怨，頗爲精切，得諷諭之致，雖野於陸機，而深於潘岳、謝康樂嘗言，左太沖詩，潘安仁詩，古今難比。

8. 謝靈運——其原出於陳思，雜有景陽之體，故尙巧似，而逸蕩過之，頗以繁富爲累，嶸謂若人興多才高，寓目則書，內無乏思，外無遺物，其繁富宜哉，然名章迴句，處處間起，麗典新聲絡繹奔會，譬猶青松之拔灌木，白玉之映塵沙，未足貶其高潔也。

——以上上品——

9. 曹丕——其原出於李陵，頗有仲宣之體，則所計百許篇，率皆鄙直如偶語，惟西北有浮雲十餘首，殊美贍可翫，始見其工矣，不然何以銓衡群雁彥，對揚厥弟者也。

10. 嵇康——頗似魏文，過爲峻切，訐直露才，傷淵雅之致，然託諭清遠良有鑿裁，亦未失高流矣。

11. 劉琨——其原出於王粲，善爲悽戾之詞，自有清拔之氣，琨既體良才，又罹厄運，故善敘喪亂，多感恨之詞。

12. 郭璞——憲章潘岳，文體相煇，彪炳可翫，始變永嘉平淡之體，故稱中興第一，翰林以爲詩首，但游仙之作詞多慷慨，乖遠玄宗，而云奈何虎豹姿，又云戢翼棲榛梗，乃是坎壈詠懷非列仙之趣也。

13. 陶潛——其原出於應璩，又協左思風力，文體省淨殆無長語，篤意眞古辭興婉愜，每觀其文，想其人德，世嘆其質直，至於歡言的春酒，日暮天無雲，風華清靡，豈直爲田家語耶，古今隱逸詩人之宗也。

14. 顏延之——其原出於陸機，尙巧似，體裁綺密，情喻淵深，動無虛散，一句一字皆致意焉，又喜用古事，彌見拘束，雖乖秀逸，是經綸文雅才，雅才減若人，則蹈於困躓矣，湯惠休曰，謝詩如芙蓉出水，顏如錯采鏤金，顏終身病之。

15. 鮑照——其原出於二張，善製形狀寫物之詞，得景陽之諔詭，含茂先之靡嫚，骨節強於謝混，駈邁疾於顏延總四家而擅美，跨兩代而孤出，嗟其才秀人微，故取湮當代，然貴尚巧似，不避危仄，頗傷清雅之調，故言險俗者，多以附照。

16. 謝朓——其原出於謝混，微傷細密，頗在不倫一章之中，自有玉石，然奇章秀句往往警遒，足使叔源失步，明遠變色，善自發詩，端而末篇多躓，此意銳而才弱也，至為後進士子之所嗟慕，朓極與余論詩，感激頓挫過其文。

17. 江淹——文通詩體總雜，善於摹擬，觔力於王微，成就於謝朓，初淹罷宣城郡，遂宿冶亭，夢一美丈夫，自稱郭璞，謂淹曰，我有筆在卿處多年矣，可以見還，淹探懷中，得五色筆以授之爾後為詩不復成語，故世傳江淹才盡。

18. 沈約——觀休文眾製，五言最優，詳其文體，察其餘論，固知憲章鮑明遠也，所以不閑於經綸，而長於清怨，永明相王愛文、王元長等皆宗附之，約於時謝朓未遒，江淹才盡，范雲名級故微，故約稱獨步。雖文不至其工麗，亦一時之選也。見重閭里，誦詠成音，嶸謂曰所著既多，今剪除淫雜，收其精要允為中品之第矣，故當詞密於范，意淺於江矣。

——以上中品——

19. 曹操——曹公古直，甚有悲涼之句。

20. 曹叡——叡不如丕，亦稱三祖。

——以上下品——

——南朝梁鍾嶸《詩品》

國家圖書館出版品預行編目資料

中國文學史綱要／盧國屏著. ——初版.——
臺北市：五南, 2019.01
面； 公分
ISBN 978-957-11-9882-8（平裝）
1.中國文學史
820.9 107013458

1XFM 中國文學系列

認識文學，你不可不讀

中國文學史綱要——筆記書

作 者—盧國屏

發 行 人—楊榮川
總 經 理—楊士清
副總編輯—黃惠娟
責任編輯—蔡佳伶
封面設計—姚孝慈
出 版 者—五南圖書出版股份有限公司
地 址：106台北市大安區和平東路二段339號4樓
電 話：(02)2705-5066 傳 真：(02)2706-6100
網 址：http://www.wunan.com.tw
電子郵件：wunan@wunan.com.tw
劃撥帳號：19628053
戶 名：五南圖書出版股份有限公司
法律顧問 林勝安律師事務所 林勝安律師
出版日期 二〇一九年一月初版一刷
定 價 新臺幣420元